曼陀罗悬疑馆

给您最好看的原创悬疑小说

民国诡秘

四绝探案

老钟／著

贵州出版集团
贵州人民出版社

图书在版编目（CIP）数据

民国诡秘：四绝探案 / 老钟著 . -- 贵阳 : 贵州人民出版社，2020.4

ISBN 978-7-221-15871-0

Ⅰ . ①民… Ⅱ . ①老… Ⅲ . ①长篇小说 - 中国 - 当代 Ⅳ . ① I247.5

中国版本图书馆 CIP 数据核字 (2020) 第 008724 号

民国诡秘：四绝探案

MINGGUOGUIMI: SIJUETANAN

老钟／著

总 策 划　陈继光

责任编辑　陈继光

特约编辑　陈胤凡

装帧设计　陈　晨

封面设计　源画设计

出版发行　贵州人民出版社有限公司（贵阳市观山湖区会展东路 SOHO 办公区 A 座）

印　　刷　长沙鸿发印务实业有限公司（长沙市黄花工业园 3 号）

版　　次　2020 年 4 月第 1 版

印　　次　2020 年 4 月第 1 次

印　　张　18.5

字　　数　210 千字

开　　本　710mm × 1000mm　1/16

书　　号　ISBN 978-7-221-15871-0

定　　价　42.00 元

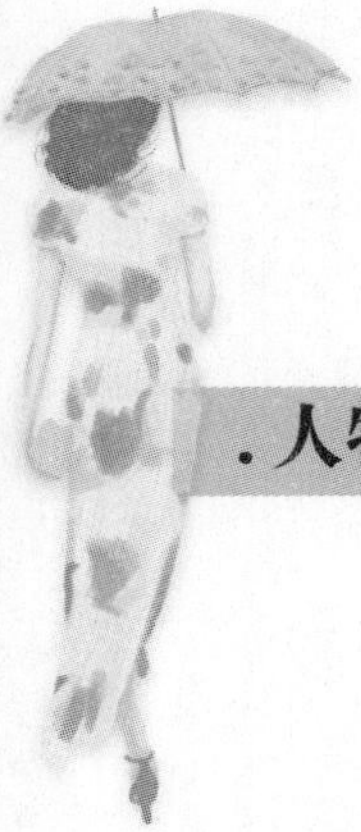

.人物简介.

云中飞　警察署小队长，一支穿云箭独步江湖；幽默，聪明而英俊的少年。

谭同　武馆奇人，刀法厉害；舞女大哥——追查妹妹死亡连环奇案；

贾老道弟子　吴宇道士，轻功。

胡玉儿　黑寡妇，懂诡术探宝的奇人；美丽的女人，有黑寡妇称号

实质是未嫁，有着狐狸般的勾魂眼神，冷艳；

四人一起破奇案；

张运　云中飞手下。

珠子　矮肥巡警。

刘名顺　捞尸队队长。

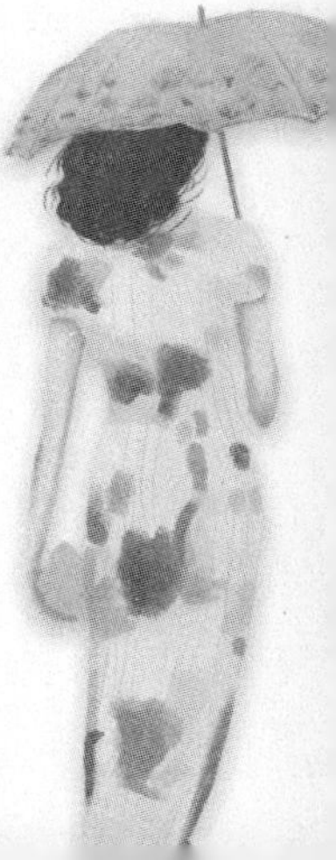

引子　老狐妖作祟

民国初年，端午节前一天，子时。

天空乌云密布，一弯新月若隐若现，广州湾一片寂静。一道白色的身影出现在镇台街某大户人家的深宅大院前，他身形奇特，全身纯白如雪，脚步轻灵无声，宛如幽灵般行走。他目光如炬地环顾四周，然后静听动静，除了听到不远处有狗吠声之外，再也没有其他声音，便完全放下心来，嘴角流露出奸邪的笑意。此时，乌云被缓缓吹开，这白色身影依稀可以看到面貌，只见锋利牙齿，狐狸脸，细小眼睛，乍一看，不像是寻常之人。他见四处无人，三蹿两纵直上墙头，然后蹿房越脊来到其中一间房的房顶上。他四处环顾，并没人影，于是便蹲下身子，掏出一把锋利的匕首，轻巧地撬开房瓦，露出一个小洞，探眼往里瞧，只见房间之中烛火微亮，一个未出阁的少女安静如水地躺在床上。他顿时感到心中宛如潮水般涌动，一阵狂热，便迫不及待地接连撬开旁边房瓦，露出一个洞来。

他从房梁之上轻灵如燕地跳跃下去，悄无声息地来到少女身边，伸手撩起薄如蝉翼的床帐，双眸宛如秋后的蚊子紧紧地盯着少女，见少女皮肤白皙如雪，睡意正酣，心怀一喜，便钻了进去。

那少女却不曾深睡，原因是近来广州湾出现了老狐妖迷奸少女案，所以，她心怀恐惧，加上她白天上街，隐约觉得有东西跟踪，就多留了个心眼。她一听到床上的动静，惊吓得猛然睁开眼睛，一双宛如深潭之水的双眸惊恐地看着闯入者，立马吓得尖叫一声，随即晕了过去。

那老狐妖想不到竟然惊醒了少女，也吃了一惊，心下暗暗嘀咕，早知道用迷香（迷香是用曼陀罗花煎煮浓缩挥干水分，再兑上黄杜鹃碾成的粉末，两者相加药力倍增，人闻一下立即昏迷，一两个时辰也醒不过来）了。一来他大胆，二来就算少女看见他也会立即昏过去，所以迷香这环节也省了。他看着少女巧燕动人，心中狂跳，便打算伸手过去。正在此时，门外忽然传来捉拿妖怪的声音，便瞥了眼过去，见门外火把逐渐向这边亮过来，心想可能是一早做好准备的，便连忙跳下床，事不宜迟地一个飞身上梁，接着钻出小洞上到房顶。

此时，一众家丁拿着火把站立在房门外，其中一人忽然瞥见房顶上的白色怪物，不由得颤抖着叫道："大家快看……就在上面！"

其余家丁一听，纷纷仰望上去，只见朦胧的月光下，一只白色的怪物冷眼地盯着他们，双眸流露出凶恶的光芒，一张狐狸脸，甚是吓人。

"狐妖——"其中一个家丁惊慌地喊道。

"快，拿梯子上房顶，烧了他——"不知道谁喊了声。

老狐妖此时心有不甘，却无可奈何，咬牙切齿地吐了口唾沫，转身顺着房瓦飞快地向前跳跃而去，转眼之间，便消失得无影无踪……

第一章　海上女浮尸

清末民初，广州湾在危局之中却异常地繁华。欲说广州湾历史兴衰，要先从海边码头说起。

广州湾旧时码头一共有十个，几乎所有的走私线路都是来自海运，因此，海运是广州湾经济的命脉，如何重要不必言说。它三面环海，东有南三岛，南有东海岛和硇洲岛。因为广州湾所有的经济来自海运，常年客船、货船往来不绝，尤其开放海禁的九个月，更是船帆点点，难以数计。加上清末民初，广州湾成了法国殖民地，开发走私鸦片、赌场和妓院，码头更是人山人海。

这天，是农历五月初五端午节。说起端午节，历史源于屈原跳江，民众这天有做粽子和赛龙舟等纪念活动。由于立夏不久，加上是五月初五端午节，民众除了走亲戚的，城里大多数人都集中到码头上来观光看热闹了。只见1号到10号码头人头攒动，喧闹如蜂，岸边绿树哗啦啦作响，波涛荡漾的海水散发着淡淡的鱼腥味。

1号码头上沿着石阶而上是座水仙庙，也叫炎河二帝庙，上面有副对联，“炎河二帝耀中华，水仙庙前乐融洽”。庙宇两边分别有两口水井，一清一浊。而在庙宇前，搭着个戏楼，戏楼内一个老戏班主，他年约六十，细眼尖脸，穿着长衫，他手拿着扣板，一起一合，口若悬河地讲述着野史。戏楼外围拢着几十个人，完全被老戏班主说得耳朵流油，眼球却时不时地瞥着石阶下的龙舟。

在人群的外围，有一男人拿着一张凳子坐在临海的椰树下，他名叫“彪叔”，是大广州湾娱乐场所的管理者，他眯着眼睛看着即将开始比赛的一二十条龙舟，似乎心事重重，双手不断不安地摩擦着。

这时，2号码头那边有一年轻人脚步匆忙地往这边赶过来，他双眼四处环顾着，似乎在寻找什么东西或者什么人。当他来到1号码头瞥见彪叔时，忙跑了过来。他来到彪叔身边，已经是气喘吁吁，却神色慌张，瞥了眼龙舟上身穿各种颜色衣服的男人，弯腰压低声音：“彪叔，已经失踪三天了，也没看到人影，估计是出事了！”

彪叔双手停止摩擦，却反倒冷静下来，良久才吐出一句话来：“会不会是藏起来了！”

年轻人顿时一愣，张嘴却说不出话来。他暗想彪叔猜测得可能没错，对方就是故意隐藏了起来，一旦他将消息透露出去，广州湾可就不太平了。

他正想间，忽听大鼓轰隆一声巨响，接着先紧后缓，有力，有节奏的敲鼓声响起，顿时，整个码头上的人都停止了呼吸，都目瞪口呆地看着一条条龙舟整装待发。

这一二十条龙舟都是经过龙舟人精雕细琢的，无论是龙头还是龙身，就连龙尾巴都栩栩如生，在每个龙舟水手用力划动下，迎合着勇猛有力、有节奏的鼓声吆喝着如同箭一般往前射去。

这时海面上的雾气逐渐消失，懒洋洋的太阳正打着哈欠观看一年一度的龙舟赛。

蜿蜒的码头上，青年男女除了观看龙舟比赛，也时不时瞀俊男美女。

在1号码头处，有个俊美少年特别引人注目。他眉目清秀，五官端正，双眸流动，一袭青衫，全身散发着异于常人的气质。他正是广州湾的巡警队的其中一员，名叫云中飞。今天，他是按照上级吩咐前来码头维护治安的，同来的还有几位同事。他们非常了解，十个码头其实是分由三派商会掌控，每个商会表面上风平浪静，私底下明争暗斗。这次的龙舟比赛也和往年一样，都是他们出资举办的，表面上是比赛，实质是斗面子，一旦比赛获胜，这一年他们在码头可是活得舒畅。这里此时此刻已成为法国殖民地，民国政府警察署的巡警自然也需要负责整个码头的安全。

比赛正在如火如荼地进行着，其中三条龙舟逐渐落后，码头上商会的人不由得大发雷霆，心急如焚，大声地叫嚷起来。

正在此时，近处海面上突然浮现起黑色的海藻，刚开始时，并没有多少人留意，但当海藻密密麻麻地涌现，宛如一张张巨大的黑网铺展开来的时候，人群不由得发出震惊的尖叫声。

云中飞和几位巡警也看得真切，眉头不由得皱了起来，其中一个惊讶地“哎哟”了声。

“云队长，你看，这是怎么一回事？”其中一个肥胖脸、小眼睛的青年挠着头不解道。云中飞也就23岁，却因为破过奇案，加上聪明绝顶，所以才当了其中一个小队的队长。

云中飞觉得这些海藻突然之间铺天盖地地出现，其中一定有蹊跷，一时之间却想不明白。

众人此时的目光都停留在海藻上，议论纷纷，觉得突然出现这么多海藻，着实是怪事一桩了，而且码头上的工人说自打他们在码头工作，从来没见过这么奇怪的事情。众人越说越离奇。

正在大家惊讶间，海藻的中央位置的海藻忽然缓缓向四周散开，露出一处空白来，紧接着，空白处咕咕咕地冒起水波，那些水波如同泉涌一般。近处的不少人留意到这奇怪的景象，都禁不住好奇，目不转睛地盯着，生怕错过一丝一毫。

突然，空白处缓缓钻出一个东西来，全身纯白，那东西轻轻挪动着，突然睁开眼睛看着岸上的人群。人群看得清楚，是一具尸体，似乎是诈尸了，不由得惊叫起来。

云中飞几人也看得真切，不由得惊吓着面面相觑。

海面上惊现浮尸，岸上的人群一下子就炸锅了。

“这事情奇了怪了！”

“这可是广州湾第一件离奇的怪事呀，说不准有海妖作怪了。”

……

此时，坐在云中飞附近看热闹的人中有一人也瞥见此等怪事，也是吃惊不小。他长着瓜子脸，却是大眉大眼，身材高挑，虽不是人中龙凤，也算一脸英气。他名叫刘名顺，是广州湾的一人物，也是六妖七怪的其中一怪，他由于精通水性，而且双眼能够在海中深处看清楚东西，所以在捞尸队当队长。

他见海上惊现浮尸，这是他本职的工作，便四处环顾，见到码头上的船夫，便走了过去和船夫打招呼。那船夫认得刘队长，听闻是让他借船捞尸，认为那是不吉利的事情，心里虽然不同意，嘴上却不敢说，只能勉强借用。

刘队长便让船夫带路，直奔码头而下。

云中飞几人正想过去看个究竟，忽然见到刘队长和船夫，便明白过来，忙叫住。刘队长见是云中飞，不由得客套几句，商议之后一起下到船上，直奔海上女浮尸。

几人来到浮尸近处，只见是一具女人的尸体，全身无一处不是白色的，看那惨白惨白的脸色和瞪得牛眼大的双眼，加上纯白衣服，生前一定是个美人。而在女尸身上腰部处却捆绑着一条生锈的铁链，那铁链有手臂粗，拖着女尸时浮时沉。在尸体的四周，围拢着上百条小鱼，却不惧怕船上的人，继续张嘴吸着尸体身上的气息。

众人觉得诡异，也不敢随便声张。云中飞仔细看尸体，也没看出致命伤处，看那瞳孔，似乎惊吓过度而死，或者是溺亡。

此时，刘队长忽然看到尸体下一道黑影，心里便一顿，暗道，难道下面有古怪。他也想不了这么多，忙脱掉上衣，露出白晃晃的上身，接着一纵身就没入水中，只晃荡起几丝水花。

刘队长钻入水中之后，便张开眼睛四处环顾，只见晃晃荡荡的海水之下，距离他不过几米处有个黑影正目不转睛地盯着他。那黑影具有一个人身影那么大，却看不清楚到底是何物。他心下暗暗震惊，心想，那怪物难道是海妖不成？早年间传闻码头上的船夫经常看到一个宛如孩子般嘴脸的妖物，曾经闹得沸沸扬扬，也不知道真假。

刘队长一来胆大，二来出于好奇，便咬了咬牙，一低头便顺着通往深海的铁链往那黑影游去。那黑影见有人向他游来，却不急不忙地往深海钻下去。刘队长虽然是广州湾水性最厉害的人物，能够在海中待上十来分钟，但那黑影的速度宛如鲨鱼一般，刘队长没下十来米，便看不到那黑影了。刘队长心里惊讶不已，四处寻找，依然不见踪影，再看那铁链，也不知道牵连着什么，深不见底，伸手去拉扯，完全不能撼动，心想自己就算再厉害，也不能够抵挡住水压，因此暗暗长叹一声，便往水面游去。

在船上的云中飞等人，见刘队长没上来，都紧张地盯着水面，心里忐忑不安，担心刘队长可能出事了。大家正愁眉不展的时候，突然水声一响，钻出刘队长的头颅来，气喘吁吁地环顾着众人，脸上是一会儿青一会儿儿白，半晌也没说出话来。云中飞一见他的表情，眉头更是一锁，心想，这事情不简单，表面上不露痕迹，却吩咐手下去帮忙捞尸体。

几人将女尸捞上船后，便叫船夫拿块布将尸体遮掩起来，往岸上而去。上了岸，捞尸队的队长刘名顺便上去寻找木车。岸上的人见打捞上来的尸体用布遮掩着，因为担心接触了霉气纷纷闪开一条道来。他们一边观看，一边议论纷纷，嘈杂声此起彼伏，而海上的龙舟赛则无人关心谁输谁赢。

过了片刻，刘名顺便找来一个60多岁的老者，拉着一台拉牛的木车。刘名顺知道这个老者是孤家寡人一个，常年在码头一带捡垃圾，有时帮忙运货，所以很快就把他找来。老者见过世面和生死无常，倒也不忌讳，一停靠木车，便上去和刘队长合力将尸体弄上车，直接往外面拉出去，然后往城外的城隍庙方向而去。

城外的城隍庙早年间香烛旺盛，到了清末的时候，由于社会动荡，逐渐荒废。到了民国初年，已经成了义庄。义庄是专门停放无人认领尸体的地方，也有一些无家可归的流浪汉不怕死人在此居住。

刘名顺这边拉尸体去义庄，云中飞这边则安排人去叫光头法医，将今天发现浮尸的情况报告警察署领导，而他则跟随刘名顺去义庄。云中飞觉得今天这具女浮尸突然出现在海面上，并且用铁链捆绑着，据刘名顺一路上讲述海底下神秘的诡异，越发觉得此案蹊跷。

海底下的神秘诡异到底是什么？为什么吸引着刘名顺往下游？生锈的铁链为什么捆绑着女尸？铁链下面到底是什么？女人到底是怎么死亡的？

云中飞隐约觉得，五月初五龙舟赛出现女浮尸，惊动整个广州湾，背后一定有着什么原因和动机，他觉得一场巨大的危局正在上演着，女浮尸只不过是个引子罢了。

义庄地处偏僻，四处野草丛生，乌鸦在老树上“呱呱呱”地叫着，令人胆寒。

尸体被拉到义庄之后，拉尸的老者就颤颤巍巍地溜了。刘名顺和云中飞将尸体到进义庄破旧不堪的地面上，便面面相觑。

此时的义庄还停放两具流浪汉尸体，因为这两天一直无人领认，故此一直停放着。由于担心尸体发臭，再过两天，再无人认领，便会在附近的乱葬岗草草掩埋。云中飞知道刘名顺的厉害，所以第一句话就道：“河里捞起一具尸体，怎么判断是意外还是谋杀呢？”其实，在讲这句话之前，云中飞心中多少有个判断，只不过这方面刘名顺比他似乎更有经验。

刘名顺与海中的尸体打交道多年，自然第一眼就能够看出其中的缘由。在船上，他已经偷偷撩开布看过，他虽然不是专业的法医，也算是半个靠经验来判断的法医了。

根据刘名顺的推断，死者是生前被人杀死后再抛尸的。刘名顺的推断也正符合云中飞的猜测。当刘名顺讲解之后，云中飞手下也匆忙带领法医光头过来了。光头一进入义庄，那宛如骆驼皮的脸就耷拉下来，一双骨碌碌的金鱼眼向两个队长问了声好，便蹲了下去撩开布。

光头检查之后告诉云中飞，当发现一具在水里的尸体时，如何判断是溺死，还是被抛尸呢？所谓的“溺死”，就是指人体入水后，因为液体堵塞呼吸道而发生的窒息死亡，也就是我们所说的“生前入水”。而抛尸入水，是指凶手杀人后，将尸体抛入水中，那么死者的死因就不一定是什么了。所以，鉴别这两者，最关键的是看死者的死因究竟是不是溺死。需要了解以下鉴别指征：第一是看尸斑，生前入水的尸体，因为尸体随水流翻滚，体位不断变化，没有一个固定的“尸体低下位置”，如果忘记了什么是尸体低下位置，就是溺死的尸体尸斑不太明显。当然，溺死后不久就被打捞上来的尸体，就会重新形成明显、固定的尸斑。如果死后，待尸斑稳定再抛尸入水，则会有明显的尸斑。

第二是看口鼻腔和气管：溺水过程中，因为冷水刺激呼吸道，呼吸道黏膜分泌亢进，气管通常会呈明显充血状，甚至会有水中的泥沙进入气管和支气管。同时，因为溺液和黏液以及空气随剧烈的呼吸运动或呛咳搅拌，会在呼吸道形成泡沫，所以尸体打捞上来后，泡沫会溢出口鼻腔，这被称为“蕈样泡沫”。而死后入水的人，因为没有呼吸运动，气管不会充血，也就没有此类泡沫。当然，在高度腐败的尸体里，这种泡沫就很少见了。接着看窒息征象：作为窒息的一种方式，溺死也会有其他方式导致窒息的征象，比如眼睑的出血点、内脏淤血、口唇青紫、指甲紫绀、颞骨岩部出血等。如果是抛尸入水，那么死者可能不是窒息死亡，会有其他的死亡征象。然后是看手：溺死的人，因为在水中下意识挣扎，手指夹缝、指甲内可能会有泥沙、水草。这是一种生理反应，但抛尸入水者则不会有。根据上述情况，可以判断死者是死后被抛入水中，死亡时间大概是三天前。

在光头分析死亡原因的时候，云中飞留意到死者背上刺绣着一朵娇艳的牡丹花。云中飞见过不少死者，还是第一次看到有刺绣的。

随后，光头告诉云中飞，死者死前已经怀孕。这个消息倒是使云中飞大吃一惊。

云中飞了解清楚情况之后，便和刘名顺及光头告别，快马加鞭赶回单位，一进入警察署，便直接奔向大队长办公室。

大队长姓蔡，长得肥头大耳，细小眼睛，身材高大，说话却是油腔滑调，人称“油蔡”，意思是这人特别会做人，人前说人话，鬼前说鬼话。在法国人面前完全是个孙子，在云中飞他们这些巡警的面前就是一个会摆架子的上司。

油蔡听完云中飞的汇报之后，细小眼睛好像怨妇般盯着美男子，半晌才道：“这件事情的确离奇，说不准是码头上的人搞的鬼，一切交给你去办，务必尽快破案。”

云中飞从油蔡的眼神中看出一些无法察觉的不安，心想他难道知道一些线索？他心里这样想，嘴上却答应着转身往外走。

油蔡忽然叫住他。云中飞转过身来，疑惑地看着大队长。队长皱着眉头来回走了一会儿，一脸不安的样子。忽然，他停住脚步，让云中飞带人去码头一趟了解情况，务必尽快破案，至于海上浮尸案，就让其他人去办吧。

云中飞听完情况之后，心里更是一惊，心想今天的事情真的非常奇怪。他嘴上却不说，答应着退出了办公室。

从二楼下来，沿着长廊往大厅走去，一路上，他见到一些同事正在忙碌着，一些却在说闲话。在这个警察署，大多数人都是通过关系进来的，破案的本事倒是没有，拍马屁的功夫却是一流，他也见怪不怪。

闲得蛋疼的几位，正在说广州湾出现了一件怪事，接二连三地大户人家漂亮的闺女被一个成精的老狐妖迷奸，那老狐妖精通人性，会幻术，每次犯案都是选择在深夜，白天物色哪家少女便悄无声息跟随到家，在门外做好标记之后，深夜便翻梁揭瓦潜进去，先是用迷香迷晕少女再犯案。这几人口水飞溅，倒是说得头头是道。

云中飞也听说过此等怪事，受害人家由于女儿被迷奸，羞于启齿，也不会报案，受害的少女有想不开的，也会选择自尽，因此闹得满城风雨，人心惶惶。警察署也派人深夜潜伏，却连老狐妖的影子也没看见。

“难道海上女浮尸与老狐妖有关？”云中飞觉得近来广州湾出现奇案，和老狐妖脱不开关系。如果真的和老狐妖有关联，只能先破此等奇案。

旧时的广州湾，诡秘奇案多发，加上桥头和茶馆说书人的讲述，更是诡秘离奇。

云中飞一方面安排人查询近期是否有失踪人口案，另一方面让人张贴告示，看是否有认领尸体的亲人或者知道死者身份。

他安排妥当之后，便按照油蔡的吩咐，带领几个手下前往码头一趟，查明码头庞嘴儿离奇死亡案。

第二章　码头凶案

广州湾1号码头，沿着石阶而上，便是一座水仙庙，也叫炎河二帝庙，在庙宇的两边分别有口水井，水井间距离不远，却有些离奇，左边的清澈可以见底，右边的却混浊不堪。在庙宇前搭建着一座戏楼，每年戏楼都会请戏班来演戏，正旦、花旦、武将、丑角轮番上场，演绎出历朝战场、后宫、爱情故事。戏都是以粤剧或雷剧为主。戏楼一旦演戏，各家各户可是争先恐后前来，一时间倒是人山人海。

在戏楼的近处，有个小茶馆，小茶馆是个半破旧的瓦房，瓦房外窄内深，冬暖夏凉，在茶馆深处摆着一张桃木桌，上放惊堂木，面前站立着广州湾老讲古人——崔翁。崔翁年约六十八，瘦长脸、黑黢黢的皮肤、一双眼不大不小，却特别有神，身穿青灰色长衫，留着白花花的胡子，一副仙风道骨。

崔翁讲的故事最为厉害的是大明朝悬案，他能将大明朝历史倒背如流，说到惊险处，突然一拍惊堂木，“啪”的一声，吓得下面满满的人一惊，纷纷注视着崔翁，张口结舌，半天也没说出话来。崔翁见故事吊足听众胃口，便说了句，“下回分解”。众人意犹未尽，心痒痒的，却也无法，纷纷猜测着故事的下一段。由于故事实在吊足听众胃口，所以大家议论纷纷，叫嚷着崔翁再讲下去，毕竟时候还早。崔翁见群情汹涌，再加上铜板纷纷砸在台面上，的确推托不过去，便吞了吞口水，继续讲下去。

此时，在这些听众中有位赫赫有名的人物，姓周名伟，是广州湾码头商会的三大会长之一，约莫46岁，长得方头大脸，眼睛虽小，却炯炯有神。周会长是河南人，20多岁就来广州湾打拼，先是从一个码头的工人做起，由于为人诚信，够义气，有胆量，加上够凶狠，经过多年的奋斗，终于在几年前打下一片天地，也就是今天的广州湾码头。他由于做事凶狠，得罪了不少人，每次外出都会带上不少手下。

周会长是个老戏迷，也是听书的爱好者，平常除了工作和应酬以及去广州湾会馆外，都会抽时间过来听书。这天，难得是五月初五龙舟比赛，自然也难得空闲过来听书。他见崔翁留下扣子，其余人纷纷吵闹，最后崔翁无法，估计再不说下去，可能会被揍一顿，便瞥了眼窗外，见到码头上的人闹哄哄的，好像热锅上的蚂蚁，完全炸开了，心里不由得一顿，眉头一皱，心下嘀咕着，可能出事了。 他猜想着会不会是其余两个码头赶着龙舟赛闹事，这要是往年，其余两个码头的工人闹事可是常事。

广州湾三大商会码头，分别是三个帮派，三个帮派之间多年来你争我斗，彼此水火不容，但是彼此实力都差不多，因此斗来斗去，也分不出输赢。

周会长想着可能是其他商会的人闹事，便戴起帽子，抬脚往外面走出去。他一站起来，围拢在他旁边的身穿清一色黑衣服、戴着黑帽子的男人便齐刷刷站起来，快步跟随上去。

从小茶馆出来，顺着石阶往人群走过去。遮挡在前面的人见到周会长他们，纷纷点头哈腰，快速让出一条通道来。周会长从这些黝黑的码头工人的眼神中看出一些羡慕和胆怯，但更多的是惶恐，心里顿时有些不安，他预感到那围拢的人群中，定然发生了什么不祥的事情。

待周会长来到人群围拢处，瞥见巡警云中飞和捞尸队队长刘名顺正在将一具尸体抬上木车，而尸体被遮盖鱼的布遮盖着，散发着难闻的鱼腥味。云中飞弄完尸体后，拉车的老头便拉着车往城外方向走去，而云中飞却和旁边一个年轻人嘀咕着什么，那人答应一声，便向周会长方向走来。周会长一声不吱地盯着云中飞往木车方向走去，心里猜测着死者的身份，该不会是码头的工人？

而在旁边的码头工人则议论纷纷，周会长一打听，原来是海上发生浮尸奇案。

“难道有人想在码头搞事情？”周会长眉头深锁，似乎预感到一场暴风雨即将来临。

“这的确是百年一遇的奇事，”周会长一个叫张承的得力手下嘀咕着，“会不会真的有海妖作怪？”

关于码头鬼怪奇事历来不少，自然大家的心思都往那方面猜测。

正在此时，周会长瞥见一个剽悍汉子，码头的力夫脚步匆忙地向他这边跑过来，看那神色异常惊慌，他心里不由得越发一顿，果真出事了？

那力夫气喘吁吁地跑到他面前，焦急地道：“周会长，庞嘴儿他……”

周会长伸手拍了拍他肩膀，皱着眉头不解地道：“庞嘴儿，他怎么了？”

“庞嘴儿他在南湾码头出事了。”力夫说着伸手抹了把额头上的汗水，声音依然焦急地道。

众人一听说庞嘴儿出事了，纷纷震惊地瞪大双眼，半晌也说不出话来。要说这个庞嘴儿，可是商会数一数二的打手，为人忠诚、凶狠，深得周会长的信任，时常跟随在周会长左右，但是这天庞嘴儿却说有事情外出，周会长也不多问，想不到没半天的工夫却在南湾码头出事了。

“走，叫上兄弟们，带上家伙！”周会长心下气愤，怒瞪双目挥手叫嚷起来。

在广州湾码头，一共分为三大帮派，也就是三大商会，其中，1号到3号码头是广州湾码头商会管辖，4号到6号码头则是南湾码头商会管辖，7号到10号码头是潮海码头，是潮海商会管辖。

自从有码头以来，码头的争夺从来都没有停止过，每一年都打打杀杀，经过几年的拼杀，目前逐渐成为三大商会码头。尽管是三大商会，但是彼此之间也是明争暗斗，就连巡警那边也是无能为力，只能够让三大商会平衡，不再闹出大事来就是。

周会长一吆喝，正在码头上看热闹的工人纷纷响应，抄家伙的抄家伙，吆喝的吆喝，转眼间便有百十来人凶神恶煞地直奔南湾码头而去。

正在看热闹的平民一看到如此的阵势，知道有事情要发生了，胆小的则待在原地继续观看龙舟比赛——此时，龙舟比赛已经接近尾声，第一名和第二名的龙头相继冲过线，胆大的和喜欢看热闹的，则远远跟随着去看热闹。喜欢看热闹的都是好奇的，闲着无所事事的，喜欢将发生的事情经过口头的加工形成小说般的传奇故事。

由于广州湾商会距离南湾码头不远，这边一下子过去这么多人，个个拿着家伙，一副兴师问罪的样子，那边早就收到消息。

这时，南湾码头的商会会长袁六，人称六叔或六爷，长得剽悍，大脸，一双眼如同鹰犬一般锐利，脸善心毒，不但力气大、能打，而且精于算计，他正在码头上的树下乘凉看龙舟比赛，他这边也看到海上的奇案，也吩咐人去打听情况。他这边刚一吩咐下去，立刻就有一个精瘦的手下惊慌失措地从码头下边跑上来，惊慌得半天也说不出话来。他见手下吓傻了，便上前抡了对方一巴掌，对方捂住脸才回过神来，指着码头下的船急切地说："庞嘴儿出事了！"

一听说庞嘴儿在他管辖的码头船上出事，他也吓了一跳，急忙往下奔去。六爷跑到一条大船上，只见昔日能说会道，打起架来那股凶狠完全不输六爷的庞嘴儿正如同一条死鱼一般仰面躺在船舱上，全身湿漉漉的，胸口插着一把寒光闪闪的匕首，一双奇大的双眼直勾勾地盯着天上，一看样子就是死不瞑目。

"到底怎么回事？"六爷看到庞嘴儿死在自己的码头船上，意识到事情的严重性，他似乎也预感到一场暴风雨即将来临。

"回六爷，我也不清楚是怎么回事呀！"刚才精瘦的手下名叫吴七，是管庞嘴儿这条船的，他一见六爷暴跳如雷，一副要杀人的样子，立马吓得双腿一软，"扑通"一声跪倒在六爷面前，颤抖着说："我早上从船上出来就一直在看龙舟比赛，刚才因为肚子饿，想着回船拿点吃的，想不到一上船就看到一个人躺在船上，我吓了一惊，上前仔细一看，倒是认出是庞嘴儿来。"

吴七哆哆嗦嗦地说完，六爷皱着眉头，闭眼深呼吸一下，随即冷静下来，他心想，要是让周会长那边知道庞嘴儿死在他的船上，事情就大了。可是，庞嘴儿估计不是他的人杀的，目前死因不明，也不能够乱抛尸体，一旦乱抛尸体被那边的人知道，问题就越发严重了。他想了一会儿，还是决定报官，查明真相。于是，他一边吩咐吴七去警察署那边找油蔡大队长，一边让兄弟们准备家伙。

六爷吩咐完之后，便掏出一根南洋香烟，缓缓地吸起来。他吸了没几口，他码头上的工人纷纷抄家伙过来，个个一脸焦急，也不知道发生了什么事情。待他们看清楚船上躺着的是庞嘴儿，立刻明白过来，一个个张口结舌，半天也放不出一个屁来。

正在这时，周会长带领着百来人脚步匆忙地赶过来，个个如虎似狼，想要一口吞了他们似的。六爷这边的人也是打架出身的，见了这阵势也毫无惧色，反而个个瞪眼，一副要打架的样子。

六爷一向和周会长水火不容，今天庞嘴儿死在他的船上，自然得有个说法，不然今天这架是打定了，后果自然难以想象。他情知自己理亏，倒是闷声不语，向手下挥了挥手，让他们让出条道来。

六爷手下见六爷挥手，虽然心有不甘，但对方的人死在自己船上，也说不过去，便慢吞吞让出一条道来。

周会长一言不发，带领着手下直奔船上而来。他带领着人上了船，其余的人便在六爷的人对面一字排开站立着，个个握紧家伙，等待周会长发话，一场打斗一触即发。

周会长来到庞嘴儿面前，见庞嘴儿惨死在船上，也不问因由，一双小眼睛怒瞪着六爷，脸上的肥肉抽搐着，怒喝道："六爷，庞嘴儿无缘无故死在你的船上，你怎么解释？"

六爷倒是忍声吞气，注视着周会长，不慌不忙地道："周会长，庞嘴儿神秘地死在我这边的船上，我知道是我理亏，但是，人也不见得是我们的人杀的。"

“不是你的人杀的，难道是我的人杀的？”周会长怒瞪着六爷，大声嚷道。

“周会长，你这话说得好像是我的人杀的，就算是我的人杀的，总得需要证据吧，比如人证和物证。”六爷冷冷地道。

“我靠，摆明就是你们的人干的，难道是我们的人跑到你这边来杀了庞嘴儿。”不知道谁大声应了起来。

其余人一听这话，也纷纷叫骂起来，群情汹涌，一场暴风雨即将来临。

周会长也不是蛮不讲理的人，他心里倒是琢磨着，庞嘴儿今天无缘无故死在这里，的确有些蹊跷，正所谓事出突然必有因。但是，今天六爷不给他一个交代，不论是他，还是他的手下，都无法说得过去，这可是关系到整个码头的面子。

“周会长，人到底是不是我的人杀的，查明真相就是，一旦是我的人干的，我必定会给你们一个交代，就算不是我的人干的，庞嘴儿在我的船上出事，我也会给你一个满意的答复。”六爷并不是害怕周会长，但是他也觉得事出突然，单纯靠打架是无法解决问题的，要真是打起来，只有两败俱伤，说不准别人就渔翁得利。

“六爷，你话既然说到这个份上，我也直说，”周会长指着六爷一字一顿道，“一旦查明是你的人干的，并且是你指使的，我就算搭上整个码头，也要和你干到底！”

“对，对，绝对不能放过他们！”周会长的人大声叫嚷起来，他们早已经摩拳擦掌，只等周会长发话就开打。

六爷的人也不是吃素的，自然也怒瞪眼回骂，一时之间工人之间怒气燃烧，眼看着就要打上了。

“哎哟哟，哎哟哟，你们这是准备干架呀！”码头上忽然传来响亮的声音，伴随着掌声。

在场的人被洪亮的声音震慑住，纷纷停止对骂，迎面仰望上去，只见身穿巡警服的一个肥头大耳的人，细小眼睛眯着，头发油光发亮，正不温不火地顺着石阶往码头走下来。他的身后左右两边分别有着十来名身穿巡警服的警员，正目不转睛地盯着下面的人，好像猫盯着偷吃的老鼠。

众人一见是警察署的蔡大队长和手下，便不再声张，但是，周会长这边的人依然怒瞪着对方，一副咬牙切齿的样子。

六爷一见蔡大队长来了，紧绷的脸上立刻堆出笑容，迎了上去："蔡大队长，你来得真是时候，你给大伙评评理，他们的人死在我们的船上，硬说是我们的人干的，这不是明摆着冤枉嘛。"

蔡大队长见了六爷，立刻拿出官威来，脸上顿时严肃起来，也不和六爷打招呼，直接上了船。六爷伸在半空的手见蔡大队长没接，尴尬地笑了笑，转身尾随过去。

"蔡大队长，庞嘴儿死在他们商会的船上，你倒是要给出一个公允来，不然我可是让他们吃不了兜着走。"周会长一脸严肃道。

蔡大队长仔细地观察了一遍尸体，便抹了下头发，眯着眼盯着周会长："周会长，依我看来，这庞嘴儿，是吧，的确是被人杀死的，不过，这其中的实情，我看还是需要调查才能够落实情况，如果真的是六爷的人干的，我一定会帮你伸张正义，你说是不是应该这样办呀？"

周会长见警方插手，也不便再发飙，强吞了口气："一切就看你蔡大队长了。"

"对，对，这不就好说了吗，也用不着打打杀杀的才能够分出真相。"蔡大队长见周会长愤怒的脸色逐渐淡了起来，便瞥了眼六爷，“是谁首先发现尸体的？”

精瘦的吴七一听蔡大队长喊话，立马从人群里钻出来，颤颤巍巍地跑到船上，先是抱拳对蔡大队长行了个礼，然后将和六爷所说的话重复了一遍。

蔡大队长听完吴七的话，心里在嘀咕着，他是知道庞嘴儿的，这是一个非常凶狠的打手，时常跟随在周会长身边，一般人是干不了他的，更别说是眼前这个精瘦的吴七，那到底谁是凶手呢？

“周会长，要不这样，我让法医过来先验尸，等待结果出来再说，你看这样可行得通？”蔡大队长此时自然不敢随便给周会长脸色，因为目前六爷这边理亏，自然是巴结着他，好让他松气，不然真打起来，他们这二十来个巡警也不敢乱动，更何况，一旦出了事情，他还不是会被上头点名挨骂。

周会长沉默着点了点头。

蔡大队长不由得长松了口气，知道今天的架是打不成了，便问手下法医光头怎么还没过来，不料手下贴着他的耳朵小声地告诉他，光头让云中飞请去义庄了，因为今天海上出现了离奇的浮尸案。蔡大队长一听这事，心里一紧，这倒是什么日子，一天内出现了两具尸体，都是令人头痛的悬案。他想到此处，琢磨了下时间，心想云中飞那边一时三刻也分不出身来，只能等待其他法医过来。他正焦急间，忽然瞥见手下带领着一个年轻的法医脚步匆忙地上了船。年轻的法医叫谢羽，是光头的徒弟，他上前和蔡大队长打了声招呼，便开始勘察现场和死者的死因。

谢羽仔细勘察了一遍之后，根据他的经验，初步判断这条船是死者死亡的第一案发现场，从现场来看，并没有打斗的痕迹，具体的死亡原因还是需要解剖后才能够清楚。

众人一听说没有打斗的痕迹，登时傻了眼，按照庞嘴儿的功夫，普通人根本近不了身，就算是功夫厉害的人，也不可能没有打斗就直接干掉他，除非是事出突然，或者其他缘由。

“六爷，就麻烦你的人跟随我们回去录口供，”蔡大队长说着看向周会长，“周会长，请相信我们警察署的办案能力，一定会给你一个明确的答复，依我看，你们都散了吧。”

周会长点了点头，吩咐一个人跟随法医过去，然后带领着自己的人往码头走上去，在他的带领下，黑压压的人群逐渐消失在码头上。

蔡大队长也不继续和六爷废话，让人抬着庞嘴儿的尸体回去，自己也带人回了警察署询问。

第三章　女浮尸身份

云中飞带领三个年龄相仿的手下从警察署出来之后，并不急着前往码头，而是前往法医那边的停尸房。法医的停尸房就在警察署近处同一条街上，没走几步便到。

停尸房在法医办事处的地下室，四人顺着狭窄的楼道下到昏暗的停尸房，只见停尸房如同地狱一般忽明忽暗，加上药水的气味，也是吓得他们胆战心惊。

此时，光头和谢羽已经解剖完尸体，见他们进来，便脱下口罩迎上去。

“真是倒霉透顶，一天内遇到两件这种事情。”光头抱怨道。

“真是辛苦你了！”云中飞客气了句。

“据解剖的结果，庞嘴儿是被人从正面刺伤流血过多而死亡的，死亡时间大概是巳时，除此之外，并没有其他的发现。”光头摇了摇头，无奈地长叹一声。

“那就奇怪了，依庞嘴儿的本领，对方就算想偷袭，也不会如此轻易得手，”云中飞纳闷地道，“庞嘴儿到码头到底干什么去了？”

他想到此处，也不继续和光头多说，带领手下从停尸房出来，直奔六爷的码头去。

法医处距离六爷的码头也不过是十来分钟的脚程，眨眼工夫便到了。他们来到六爷的码头，便直奔吴七的船。

吴七此时正在船上边打扫着，边懊恼着，为什么庞嘴儿偏偏死在他的船上。庞嘴儿为什么别的地方不去，偏偏来这里，他到底是来寻人还是寻物？如果是寻人，那么，他所寻的人可能就是凶手：如果来寻物——按理来说，他的船上也没什么值钱的东西呀，那只有第一个可能了。

吴七正打扫着，忽然听到脚步声，便抬起头来望过去，见到四位警官向他大步走过来，正踏上船。他不由得张口结舌，心里倒是骂孙子，这帮人怎么总是阴魂不散的。他心里这样想，精瘦的黑黝黝脸上抽搐了下，还是露出笑容迎上去：“我说，几位警官，我不是刚去过警察署录口供吗，怎么又麻烦你们跑一趟了？”

“吴七，你也别废话，云队长有事情问你，你就老实交代，不然下场你是知道的。”云中飞背后一个剽悍的巡警张运怒瞪了吴七一眼。

吴七被张运的眼神吓得一哆嗦，嗫嚅着道：“小的明白，小的明白。”

云中飞仔细地观察了遍船，船不大，船舱也只有二三十平方米，甲板半新旧。他看完甲板之后，进入船舱看了一遍，里面并没有可疑的地方，于是回到甲板上，挥手示意吴七坐下，自己则坐在他的对面。

“吴七，今天你是什么时候离开船的？”云中飞心里琢磨着，瘦削的吴七根本不可能是真凶，那么，庞嘴儿来这船上，一定不是偶然的，而是和凶手约会，而凶手到底是什么人，为什么必须要和庞嘴儿在这种地方见面。庞嘴儿明明知道两个商会水火不容，除非是有什么紧要的事情，才会过来。

吴七皱着眉头想了想，道：“因为是禁海期，没有什么生意，所以是辰时起的床，因为怕耽搁了看龙舟比赛，所以也没吃早点就上码头去看热闹了，等待巳时回来想弄点吃的，不料看到庞嘴儿死在了甲板上。”

“那么，在你上岸到回船这段时间，是否看到什么人上过你的船？”

“当时，我站在那边的位置，正好不能够看到自己的船。”吴七伸手指了指码头上斜对面一个椰树旁边的位置。

云中飞心里猜测，庞嘴儿这么一个不大不小的人物出现在这里，南湾码头的人必然有认识他的，而且人口众多，尽管热闹，必然有认出他的人来，所以，在吴七这些码头工人之中仔细一打听，想必会问出一些踪迹来的。他想到此处，便如此这般吩咐下去，他三位手下领命便分别开始行动。

云中飞则注视着白茫茫的海面出神，他在想着今天两宗的离奇死亡案件，几乎是发生在同一时间，那么，极有可能的是，凶手见人群都往1号码头那边涌，想必这边码头空荡荡的，凶手一定是在这个时候下的手。依他推测，根据庞嘴儿的双眼突出震惊的情况以及近距离刺杀，凶手极有可能是和庞嘴儿相熟之人。

“对了，只要查到这点儿，自然水落石出了。”他轻轻拍了拍脑门，喃喃道。

这时，吴七见云队长不再询问，便继续干活清洗。

第三章　女浮尸身份

“对了，吴七，庞嘴儿在你们码头这边是否有相熟的人？”云中飞冷不防地问道。

吴七抬起头来，眼神不安地闪烁，想了想，然后摇了摇头。

“难道海上浮尸案和庞嘴儿凶杀案有所关联？”云中飞百思不得其解，苦苦思索着，“如果没有关联，那么难道是巧合？”他认为，这其中可能暗藏着什么玄机，只是目前有障眼法，他肉眼凡胎无法看透罢了。

云中飞觉得继续在船上待下，也无法问出什么来，他的几位手下估计一时三刻也回不来，便转身往码头走去。他边走边想，庞嘴儿死亡的事情蹊跷，说不准吴七有事情隐瞒着他，如果是南湾码头的人知道真相，又故意隐瞒着警察署，那么，这件事情调查起来就相当棘手了。

果然如云中飞推测的一样，南湾码头的工人并没有人注意到庞嘴儿出现在吴七的船上，更别谈和谁在一起了，因为那个时候他们在看海上浮尸，都往那边码头移步看热闹。至于庞嘴儿是否出现在码头，却没有工人看见过。云中飞越发觉得纳闷了，这其中有两个问题，第一，要不就是码头的工人说谎，要不就是庞嘴儿并没有出现在码头，而是在其他地方出现，说不准是被人谋杀后移尸船上，从而陷害南湾商会，故此激发商会间的矛盾，不过，后一种可能性不大，毕竟法医初步判断吴七的船是案发第一现场；第二，在众目睽睽之下，想要在别的地方移动尸体过来，完全是不可能的，除非懂得妖法。

谭同见今天是五月初五龙舟赛，陈大武馆的馆长陈大也应了节日放假一天，因此武馆今天也没有徒弟上门——本来武馆的人不多，加上馆长陈大，也就是十来个人，徒弟一不来，武馆更是冷清，所以陈大便邀着他一大早就去码头看龙舟赛。谭同本是河南人，早年间习得武艺，擅长使用刀，算是武艺界一个奇人。因为家乡民不聊生，难以生存，前年前往广州湾的妹妹谭小牙寄信过来，说广州湾目前尽管是法租界，不过异常繁华，很多都是来自五湖四海的兄弟姐妹前来谋生，是个不错的好去处，所以他才毅然决定前来广州湾。他来广州湾的另外一个原因，是有个同乡陈大在广州湾开武馆，于是他来了广州湾之后，便借住在陈大武馆，跟着陈大以教武艺为生，日子也算过得去。

这天，谭同和陈大来码头看热闹，正看得热闹间，忽然瞥见海面上浮现黑茫茫一片的水藻，接着是有警察署的人和捞尸队的人前往捞尸体，如此一来，因为怕惹了霉气，所以很多人都散了，他们见热闹无法看下去，便也准备打道回府。

本来，这天是节日，谭同在广州湾只有妹妹谭小牙一个亲人，他打算今天和妹妹一起吃一顿饭，可是，昨天他去妹妹的住处却没有看到她，在住处等了两个时辰也没人回来，再去妹妹工作的地方大广州湾寻人，接见他的妹妹的同事说谭小牙已经有两天没来上班了。谭同心里非常纳闷，担心妹妹出事，但是他清楚妹妹的工作，说不准这个时候正在陪着某个老板呢。

生得虎背熊腰的陈大，宛如巨石一般，他见谭同眉头深锁，似乎心事重重的样子，便问道："谭兄弟，你可有心事？"

谭同生得也甚是结实剽悍，一米八五，国字脸，浓眉大眼睛，短胡子，黑黢黢的脸，双眸特别有神，也就是二十七八岁年纪，算得上一表人才。他见陈大问起，便抬起头来注视着对方："我是在担心我妹妹，毕竟有两天没有和她联系上了，她也真是的，外出也不通知我一声。"

"谭兄弟，我知道你疼爱妹妹小牙，不过，她毕竟是在风月场所上班的，有时候也是难免身不由己呀。"

“这年头，谁都活得累呀。”谭同摇摇头，不由得长叹一声。

他们说话间，途经老街一间简陋的饭馆，陈大想着回去两人还要麻烦买菜，便拉着谭同走了进去。小饭馆此时还没有到午饭时间，加上是节日，店内只有三个工人打扮的中年男人围成一桌在喝酒聊天，店内显得有些冷清。

两人挑选了一个靠街的位置坐下，点上一小碟鸡和牛杂，外加一个青菜，再打了二斤低等米酒。菜都是现成的，很快就上来，两人于是一边喝酒一边聊天。旁边的三个工人则在谈论着今天早上码头的浮尸案，他们唾沫横飞，说那海上的死者是被海妖吃的，传闻海底藏着一只巨大的海妖，专门吃落入水中的人。他们谈论了一会儿，又说起近来广州湾的异事，就是城中近来出现了一个专门迷奸少女的老狐妖，那老狐妖他们其中一人可是见过，长得说不出的可怕，可能已经成精了，在顶屋直接来回穿梭，来无影去无踪，就连警察署那帮饭桶也奈何不了。听说警察署上面急了，为了破案，已经张贴悬赏公告，赏钱可是不少。

“我猜想，也不知道是从何处来的贼子，假扮成狐狸的样子，专门祸害少女，真是可恨。”谭同一向性子耿直，最为见不得贼人做这种伤天害理的勾当。

“我想，就连警察署的人也摸不透这贼人，想必这贼人倒是有些本领，要不，我们兄弟俩就夜捉老狐妖，如此一来，武馆的生意就会蒸蒸日上。”陈大举起杯子伸向谭同，用眼神看着对方，见对方犹豫了下，却最终拿起杯子迎上来，便呵呵笑道。

他们谈话间，忽然见门外走进一个身穿道袍、留着长发的英俊道士。那道士背着一个简陋的包袱，还有一把桃木剑。道士进门后便在谭同两人旁边坐下，点了一些素菜和两碗米饭，便低着头吃起来。

这年头乱世，世道艰难，倒是有不少人出家当和尚和道士以及尼姑的，所以饭馆的人也见怪不怪。

旁边三个中年男人见这道士长得俊气，打扮倒是有些清新脱俗，心想也不知道是何处的道士流浪到此地，便有心戏弄一番，于是他们嘀咕了几句，其中一个大汉便借着酒意抬脚过来，一屁股就坐在道士的对面，双眼瞪得如铜铃一般看着道士，脸上嘻嘻笑道："我说，你这个道士，背着木剑，真的能够降妖除魔？"

那道士只是低头吃饭，不管对方。大汉见对方完全不将自己放在眼里，便暴跳如雷，脸色大变，站起来伸手过去便要夺木剑。陈大在广州湾多年，见多识广，多少猜测到这三人可能是码头的打手，历来欺负弱者，他虽然看不过去，见谭头握紧拳头，便向谭同使了个眼色，让他不要多管闲事。

眼看着大汉的手就要夺取道士的木剑，想不到道士身子轻轻一偏，大汉的手便捉了个空。大汉感到越发羞耻，双手捉向道士的衣领。道士抬起头来瞥了大汉一眼，只见那眼神清澈如水，不温不火，待大汉双手要扑到，伸手轻轻一撩，大汉站立不稳，往回倒退几步。在场的人见了，都震惊地瞪大了双眼。

大汉想不到道士竟然懂一些皮毛功夫，自己刚才一时大意，小看了他，这次，他握紧拳头，使出力气，双拳抡了过来。

谭同轻轻惊讶了声提醒道士。

道士嘴角微微抽搐了下，露出不屑的冷笑，待大汉冲过来，突然往回一倒退，在大家没看清楚他站起来使出招式的时候，大汉已经"扑通"一声跪倒在地上，捂住胸部不断地喘气。两个同伙见了，心想是遇上高手了，哪还敢再扑过来，连忙上前向道士赔礼道歉。道士二话不说，向桌上抛了几个铜板，便往门外走去，头也不回。

“这，这道士会妖术！”被打的大汉瞧着门外惊慌地道。

陈大和谭同看在眼里，那道士身段轻灵如燕，出手极快，不由得面面相觑，暗暗震惊这道士小小年龄，竟然如此厉害。

经过刚才一段小小的打斗，坏了他们喝酒的兴致，便付了钱，走出了小店，远远瞥见那道士沿着老街往警察署方向走去。

“这道士年纪轻轻，身法就比我们厉害，也不知道是何方人物。”陈大习武多年，只练得一些拳法，要是让他和道士交手，恐怕也不是对手。

“看这道士行色匆匆，似乎是路过此地。”谭同见道士完全消失在视线内，才道。

“今天难得是节日，大哥还没喝够，要不陪大哥再到别处去喝个痛快。”陈大拍了拍谭同肩膀，意犹未尽地道。

谭同心里想着应该陪大哥继续把酒言欢，可是心里惦记着妹妹小牙，便道：“大哥，要不，你先到宋小曲儿处听会儿曲，我且去妹妹处看她是否回来，如若回来，我们一家人再喝个痛快。”

“好，一言为定！”陈大和谭同约定好，陈大便往宋小曲儿处去听粤曲。而谭同则脚步匆忙地往妹妹居住的镇台街走去。妹妹已经失踪三天了，这可是头一回，他心里多少有些预感，妹妹可能出事了。他记得前天晚上，曾经梦见妹妹来找他，一脸悲伤，呜呜咽咽着，也不说什么，就完全不见了，因此，他这三天心里一直不安。

谭同心急火燎地赶往镇台街妹妹的住处，他发现住处依然大门紧闭，哪里有半个人影，心里越发慌了起来。他一时之间也不知道去别处寻找，便在妹妹住处门外坐了下去，苦苦等待。

谭同大概等了一个时辰，此时已经是下午时分，心里想着妹妹如果回来，晚上必然会去武馆寻他，而大哥陈大则在宋小曲儿处，于是便站起来急忙往大哥处赶。

从镇台街到宋小曲儿处起码要两趟路，他见街上不时有车夫拉着人力车，却不舍得花费，只能快步小跑着。

他跑过两条街，忽然见到街边张贴公示处密密麻麻围拢着人群，都是一些游手好闲，或者喜欢说碎语的妇道人家，他们在看告示，一边叽叽喳喳地说着，谭同原本路过，不承想，听到的却是“浮尸身份”几个字。他不知道为什么，心里无端一顿，便停住脚步，往人群里面钻。当他看清楚公示上寻人启事的人物画像，立刻吓了一跳，瞪大了双眼。那寻人启事上的画像竟然和他失踪三天的妹妹一模一样。

“原来妹妹就是海上女浮尸？！”半晌，谭同才缓缓回过神来，喃喃自语。他回过神来，顿时感到一阵悲伤涌上心头，他唯一的亲人离奇失踪后平白无故死亡了，从此之后，世上再也没有那个灿烂美丽的谭小牙了。他忍不住悲伤，几滴眼泪滚落下来滴在他手上，热乎乎的。他呆了半晌，伸手抹了把眼泪，忽然想起陈大哥，便决定和他一起到警察署去报案，查明妹妹死亡的真相。他知道妹妹性格历来倔强，不可能独自放弃生命，定然是有人将妹妹杀害抛尸码头，不料五月初五妹妹喊冤，尸体才浮出海面。他要将杀害妹妹的凶手亲自手刃，以解妹妹的痛苦和冤屈。

云中飞四人在码头找附近的工人依次问过一遍，并没有工人看见过庞嘴儿出现在南湾码头，更别说是出现在吴七船上。如此一来，云中飞觉得此案更是离奇了，按照他的推断，一来可能是码头的工人担心惹麻烦；二来可能是按照六爷的吩咐，谁也不能够透露半点儿与庞嘴儿有关的线索，三来就是庞嘴儿不是走路来的，而是搭乘船来的，他当时和凶手在另一条船上，不知道为什么会出现在吴七的船上，最后凶手突然出其不意将他杀害。

云中飞觉得此案疑点甚多，也不是一时三刻就能够破案的，瞥了眼天色，已经不早了，也是时候该吃晚饭了，于是决定打道回府，明天再去周会长那边询问情况，看那边有什么消息。

跟随云中飞的三个手下，不像警察署那几个咸蛋一样的废物，而是能够吃苦耐劳，做事情从来不抱怨，因此云中飞将他们当作兄弟来看，每逢有什么好处，都会关照他们一份。

四人离开码头之后，云中飞想着他们回去吃饭也晚了，便带领他们去警察署附近的饭馆大吃一顿。其余三人，和云中飞一样，都是孤家寡人一个，无妻无儿，脾气相投，甚是合得来。

四人进入饭馆，瞥见里面不甚热闹，只有一些值夜班的巡警在吃饭，除此之外，还有一些不相熟的人。老板见了这几位主儿，立刻笑脸迎接，安排他们坐下后，便开始弄拿手菜。别看这只是一家普通的饭馆，老板可是清末的大厨，听说还是御厨，什么生、津、海、味都吃过、做过，后来清朝垮了，到了民国，他为了谋生，只能够租这一块地来搭建小饭馆。

云中飞见菜和白酒端了上来，他手下张运便每人斟满一杯酒。云中飞见大家累了一天，也不废话，便拿起筷子动手夹起牛肚来。这家的牛肚炒得特别脆、特别香，在广州湾可是找不出第二家来，的确是下酒的好菜。他们吃了点小菜，便开始推杯换盏起来。云中飞由于满脑子想着今天的奇案，倒是没多喝。近来广州湾诡秘之事离奇多了去，他们身为警察署的巡警，却无力破案，不但给民众带来恐慌，还使社会存在着不稳定的因素。

云中飞瞥见其余值夜班的巡警也在喝酒发牢骚，说这几天值夜班看守，不要说想捉获老狐妖，就连老狐妖的影子也没见到，再这样下去，他们恐怕连饭碗能否保住都是一个问题了。云中飞听了他们的话，打了个激灵，心里有个毫不相关的想法，那老狐妖会不会和海上浮尸案以及庞嘴儿案有所关联？他心里非常清楚，尽管目前海上浮尸案闹得满城风雨，人心惶惶，不过，相对老狐妖案，更是使人夜不能寐，特别是家有漂亮闺女的人家。

提起老狐妖案，的确是目前全城最为关注的焦点，不仅是街头巷尾的人群，各大报纸都争先报道。警察署受上级的命令，四处搜寻老狐妖，晚上更是让巡警加班加点，限令三天内破案。可是那老狐妖神出鬼没，他们连老狐妖的屁毛也没摸到，再这样下去，警察署无脸见人，只好关门了。

“云队长，我都两天没休息了，今晚又要巡逻捉拿老狐妖呀？”张运向云中飞敬了一杯酒，连声地抱怨道。

“对的，再不回家，这衣服都不敢穿了呢。”另外一个叫珠子的矮肥巡警喝得一脸通红，嘟嘟囔囔着。

云中飞想了想，虽然上级下命令加班捉拿老狐妖，每个巡警队长也带领手下在负责片区连夜蹲守，但是，老狐妖来无影去无踪，他们这帮兄弟再这样熬夜下去，可是受不住呀，就算当面遇上，也没力气追呀。

他正想开口，忽然瞥见门外走进一个身穿道袍的俊美少年，背上背着一个包袱和一把桃木剑，他不由得一下子愣怔住了，瞪大了双眼。那道士清澈的眼神在人群中很快就看到了他，于是微微一笑，向他走了过去。云中飞连忙让张运拉了张椅子过来，另外让老板再加菜。

那道士倒是不客套，将包袱放下，端端正正坐在云中飞的旁边，冲云中飞道：“师兄，别来无恙呀！”

“师弟，我正想抽空上山去找师父和你，想不到在此处遇到你，你该不会是偷偷下山了吧。”云中飞虽然和师弟接触不多，不过感觉彼此有着缘分，自然亲切了些。

张运和二位同事见云中飞和少年道士自称师兄弟，不由得面面相觑，比画手势。

云中飞和少年道士嘘寒问暖了几句，云中飞便分别介绍他们认识，原来这道士姓吴，叫吴宇，是上元观的道士，师父姓贾，和云中飞是同门，因为后者进入师门早，所以吴宇称呼后者为师兄。至于云队长是怎么到上元观拜师的，云队长倒是没有深说。

“师弟，你这次下山是？”云中飞虽然在道观待的时间不长，不过深知师父是将吴宇当作传人来培养的，深得师父道法和武功。大概五年前，云中飞还不是巡警的时候，机缘巧合和贾道士相遇，贾道士见云中飞一脸正气，将来广州湾乱世的诡秘奇案还需要他侦破，因此收了他为徒。

“师父云游四海之前给我留了封信，说近来广州湾出现邪妖，让我下山帮师兄捉拿，故此前天便下山来，已经在城中摸索了两天。”吴宇对着云中飞的耳朵压低声音，“据我打听到的消息，这老狐妖精通易容术，能够幻化成不同人形，所以，一般人用肉眼看不出来，我在城中日夜蹲守，发现老狐妖每次作案都会在对象门前画个不易察觉的月牙形标志，而且，我已经探到老狐妖今晚的去处。”

云中飞听了，震惊地瞪着双眼看着吴宇，心想这小子比起警察署那帮饭桶要强一千倍，竟然短短两天就能够摸到老狐妖的去处。

“此事不可张扬，毕竟人多嘴杂，一旦走漏风声，传到老狐妖的耳中，以后想要捉拿他便难上加难了。”吴宇叮嘱道。

云中飞沉默地点了点头。他听了吴宇的话，心中已经有了全盘计划，今晚务必要将老狐妖捉拿归案，还广州湾一个清平世界。

云中飞见吴宇胸有成竹的样子，心里便有了信心，便和其余三个兄弟推杯换盏喝得痛快。大概亥时，见吴宇使眼色，知道也差不多了，便给了酒菜钱，然后低声吩咐兄弟别喝了，一会儿有正事要办。三人见云队长站起来，一脸正经的样子，心想这小子就是鬼点子多，一定有什么隐秘之事没告诉兄弟，于是纷纷站起来跟随他往门外走。

谭同看完公示之后，便急匆匆赶往宋小曲儿处寻找陈大，和陈大说了妹妹的情况，后者震惊不已，随后一起前往警察署报案。警察署登记之后，也不仔细询问情况，便让他们先到城隍庙认领尸体。

谭同深知这年头人们生活在水深火热中，警察署的人多的是披着羊皮的狼，想靠他们破妹妹的案件，没走后门估计也是没影儿。他们从警察署出来后，便按照他们的交代前往城外的城隍庙去认领尸体。到了城隍庙，也不用仔细辨认，第一眼就看出海上浮尸就是妹妹谭小牙。谭同见了妹妹，想着昔日兄妹之间亲切温暖的情景，难免感怀悲伤，禁不住呜呜哭泣起来。

陈大深知谭同和谭小牙的命运如同河中浮萍，无处安身，也不免感怀悲伤，忍不住落泪。

两人哭泣了半晌，陈大最终安抚谭同，然后外出叫了木车一起帮忙将谭小牙尸体拉回陈大的武馆设了灵堂。原本谭同兄妹无以为家，妹妹只在镇台街租了个公寓，所以才回陈馆长处设了灵堂。

安置了灵堂之后，陈大便找人请了道士过来超度亡灵，另外，又请人到大通街附近的店铺去买香烛、纸人等一切应用东西。

云中飞五人从饭馆出来之后，见昏暗的街道除了一些流浪汉以及晚归的游子，有些冷清。

云中飞见附近没人，便压低声音将吴宇道士所说告诉他们，他们三人听后，震惊得半天也回不过神来。

“飞哥，听说那老狐妖狡猾异常，我们五人倒是势单力薄，要不要回警察署去请人过来帮忙？”张运瞥了眼警察署的方向道。

云中飞皱着眉头想了想，心想一旦汇报上去，担心走漏风声，以后再想捉拿老狐妖可就难上加难了，但是，单凭他们五人，真的能够捉住老狐妖吗？对于这一点，他完全没有信心。

他犹豫不决的时候，吴宇微微邪笑：“传闻那狐妖诡计多端，如果汇报警局，警局必然会安排所有的警员到目的地去埋伏，如此一来，其他地方则没有警力巡逻，必然会引起狐妖的警觉，那么，狐妖可能会因此不出现。”

“还是师弟想得周到，我知道怎么办了。”云中飞想了想，在张运耳朵边嘀咕了几句，完全交代清楚后，后者便转身往警察署走去。

“飞哥，张运他？”珠子挠着大脑袋，注视着张运的背影，纳闷地道。

云中飞神秘地笑笑，我自有安排。

吴宇瞥了眼天色，空中乌云密布，一弯新牙月若隐若现，预感到一场暴风雨即将来临。吴宇对于捉获老狐妖倒是完全没有信心，只是他临下山前按照师父信中所说，如何追查、如何捉捕，相信他能够对付得来。他虽然下山甚少，但是自小孤苦飘零，见惯世间人情冷暖，思想比起一般少年要成熟，更有智慧。

四人在饭馆门外近处等了张运片刻，便见他气喘吁吁地跑过来，向飞哥使眼色，飞哥对张运办事很放心，便默契地点了点头。

“时候不早了，我们该出发了！”吴宇道。

云中飞四人对望了眼，一脸信心十足的样子，既激动又兴奋，他们心里想着，一旦捉获老狐妖，他们在警察署可就是名人了，说不定能够加工资升官呢。

据吴宇摸底，今晚狐妖要去的地方是牛皮街的一处姓陈的深宅大院人家，这户人家是做药材生意的，倒是有个深居简出的女儿，长得美若天仙，多少男儿渴望着能娶到这个女孩。由于近来老狐妖迷奸少女，陈商人也担心狐妖盯上女儿，所以叮嘱女儿近期不可出门，但是，哪有少女长在深闺人未识，只是朱颜老，叹了红尘芳华。

老狐妖每次犯案时间都是选择在丑时，先是到少女家中窥探，静待所有人都睡熟后才上房屋揭开房瓦，然后用迷香迷晕少女才一跃而下犯案。因此，必须在狐妖未到之前找到合适的地方隐藏，布局擒拿。

云中飞一行五人悄无声息来到陈家深宅大院附近，仔细地查看了一遍，并没有可疑的人影出现，只有狗吠声此起彼伏。他们观察完四周情况后，便围拢在一起商议。陈家大院在牛皮街的偏角处，东、西两边是围墙隔着的小巷，北边靠近公园一带，地处还不算偏僻，南边是主要行道，平日间这附近的人都在这条大道行走。

云中飞思量一番，认为五人分开蹲守危险性高，根据他以前破贼案的经历，认为狐妖要犯案，必然会假装夜行人或者在附近房屋上出现，一探陈家大宅究竟，因此他们主要在南边紧盯着大门，静听动静便是。其余四人听了云中飞的建议，也无法想到别的办法，便都同意下来。

民国初年，广州湾除了近来的老狐妖案和两年前的飞贼盗窃案外，还算平静，加上时局动荡，不少名人和外地人涌入，走私泛滥，烟馆、妓院遍地开花，一时之间，广州湾如同海上繁花，灿烂盛开。无论是白天还是夜晚，都是一片繁华景象。其实，越是表面平静，越是暗流汹涌。

因此，城中每个角落，晚上都会有卖夜宵的，或走街串巷叫嚷，或定点售卖。

五人在陈家大院对面的小巷紧紧盯着大门，发现每隔半个小时都会有走街串巷的商贩经过，不过，这些商贩并没有驻足停留观察陈家大院情况，因此也没有必要上前询问。

五人之中，张运三人见过云中飞的厉害，一支穿云箭独步江湖，两年前飞贼闹得满城风雨，也是那个飞贼走霉运，被巡逻的云中飞撞见，使出神秘的穿云箭将飞贼从房梁上射落。他们三人想着，云中飞对付狐妖还有暗藏的穿云箭，而他师弟尽管风度翩翩，看上去似是弱不禁风，哪有什么厉害招数能够对付狐妖。

他们在小巷也不知道守候到什么时辰，那暗暗的天色逐渐打起闪电来，闪电如同神鞭一般，从天直劈下来，似乎要将大地劈开一般吓人。随即，一阵阵轰隆隆的雷声大作，紧接着，豆大的雨点铺天盖地直砸下来。

五人见了这情形，急忙就近躲在屋宇之下，眼巴巴地望着，说不出的可怜心酸。大雨下了好一阵儿才停息，逐渐淅淅沥沥起来，四处都是滴滴答答的水声。

“应该是丑时了，怎么还没见那狐妖诡秘身影？”张运仰望了下天色，拍了拍被雨水溅湿的衣服，不安地长叹一声。

他话音刚落，听力异常敏锐的吴宇隐约听到头顶上房瓦的细碎脚步声，不由得向他们四人伸手示意别说话，然后指了指头顶上。四人见他一脸紧张，预感到了什么，立刻噤声紧张地仰望上去。

此时云开淡月，只见一道身影投射在墙壁之上。那身影矮小，却是狐狸的嘴脸。他们见了，顿时吓得心几乎跳出来。

云中飞心想，那狐妖并不曾发觉他们，而是在高处观察陈家大院以及附近的动静。云中飞之前和师弟商议布局，是等待狐妖进入深宅大院再行动捉拿，现在的情况似乎有些不妙。

墙壁上狐妖的身影一动也不动，似乎预感到一切太过平静了，所以行动才拖慢。

吴宇此时有些按捺不住心性，毕竟年少气盛，想要越墙而上一见狐妖庐山真面目，以便捉拿。云中飞了解师弟的脾性，连忙伸手按压住他肩膀，摇了摇头。

云中飞担心打草惊蛇。

过了片刻，那身影慢慢移开，接着听到细碎的脚步声传远，接着他们看到一道白色的身影从房顶之上向陈家大宅院一跃而去，轻灵如燕地出现在深宅大院房顶之上。他们这时才看那身影，个子不高，全身纯白，一副狐狸嘴脸，正悄无声息地往大院正院走去。

大宅院忽然传来几声狗吠，那白色身影忽然伸手一扬，也不知道抛下何物，那狗吠声随即消失。

五人此时屏声敛气，连屁也不敢随便放一个。

云中飞见那狐妖来到正院便蹲下身拿出匕首揭开房瓦，他觉得事不宜迟，便向其余四人挥了挥手，弯腰悄无声息地往大宅院跑去。待那狐妖跳下去，他们便翻墙而入。此时，守候在宅院暗处的巡警见了，在油蔡大队长的带领下也快步围拢上来，纷纷翻墙入院。

云中飞他们刚进入院中往正院跑去，忽然院中火光四起，纷纷传来捉拿妖贼的声音。云中飞暗喊了声“不好”，脚步更是加快冲了进去。

吴宇此时便施展轻功，向前飞快奔跑，然后踩着树木往前跳跃，接着上了院房，一飞身便没了踪影。张运三人在后面瞥见，震惊得目瞪口呆。

那狐妖进入房间，见那美若天仙的少女正安静地睡着，正想行不轨之事，不料外面喊声四起，大吃一惊，连忙推门而出，瞥见火把从四周围拢而来，暗想这人家守卫如此隐秘，也吃惊不小。他毕竟是来无影去无踪之物，却不将这俗人看在眼里，因此冷笑一声，心里惦记着少女，回身便将那少女从房中抱了出来，一跃上了房梁。

此时，那宅院家丁纷纷围拢而来，看到少女被狐妖紧紧抱着，正冷眼盯着他们，不由得吓了一大跳。

“快，快，捉拿狐妖！”有人大声喊道。

正在此时，忽然见一道身影从他们头顶上跳跃而过，如同凌空而来，接着轻灵如燕地出现在狐妖面前，双手环抱，冷静如水地盯着狐妖，张嘴说出不轻不重的话：“今天你别想跑了！”

那狐妖见眼前这翩翩少年身穿道袍，背插木剑，脸色淡定，不由得微微吃惊。狐妖见人越来越多，有些人开始爬墙而上，正围拢过来。他不敢久留，转身往东边跑去。狐妖尽管抱着少女，脚下却不曾放慢，也完全不吃力。

吴宇冷笑一声，踩着房瓦紧紧追了上去，没一会儿工夫，还没有走出大院，便要追上，接着看到他抽出木剑向那狐妖刺去。

狐妖暗暗吃惊对方脚步跑得比他还快，连忙放下少女，一个翻身闪避开去。狐妖见情况不妙，也不敢久留，便顺势踩着房瓦向前飞跑。那狐妖双脚如此轻灵，刚接触房瓦随即飘逸而去。

那下面巡警和人群见到道士顺着房瓦紧紧地追着，从大宅院房瓦上飘过另外一座房子，接着是另一座，眨眼之间，两道一白一青的身影便消失得无影无踪。

第五章　浮尸死因

“两利俱乐部”是当时广州湾最早获得专利权的赌馆之一。法国殖民时期，高价中标就可合法开设赌馆，美其名曰：“俱乐部”。法租界的赤坎市烟馆、妓馆、赌馆林立，到处乌烟瘴气，三害泛滥。法当局怂恿华人走私和贩卖鸦片，贻害国民。为了扩大毒品的销售，还唆教一些人领取贩毒牌照，一些只知图利、不顾国民利益的商贩，向法当局高价领取“一等门牌”（贩卖鸦片执照）开设烟馆，赤坎大通街便有“裕源”“生源”“广宏安”“广宏泰”“福成”“福隆”“公德发”等烟馆。

鸦片由印度走私运来分发以上各商号出售，门前贴有“公茶发客”便是此等经营。

在两利俱乐部这条老街上，云集了合法的妓院、烟馆，自然也是三教九流人物云集。赤坎妓女大都集中在镇台街、牛皮街、花园仔、猪笠街一带，较为高价的居住在镇台街、花园仔，次之则居住在牛皮街，低价的则在猪笠街。

而在这条老街的中间，临近两利俱乐部有家大广州湾，是一家舞女唱歌、有钱人光顾的地方，类似于现在的KTV。大广州湾是民初最大的娱乐中心，官商云集，来的每个人都是上流社会的人物，要不然也不敢到这种地方来消费。

此时，一个浓眉大眼的青年正坐在舞台下，双眸悲伤而锐利地观看着舞台上的舞女，舞女身穿绣花旗袍，打扮妖娆，一双眼睛如同勾魂蛇一般一边观看着台下的各色人物，一边扭动着袅娜的舞姿，朱唇轻启，一曲柔情似水的歌曲顿时响起：

夜雨里，柔情似水，把你抱入怀，多少相思，一往情深深几许……

这位浓眉大眼的青年正是谭小牙的哥哥谭同。谭同安葬了妹妹之后，心里想着妹妹定然是无辜惨死，可是警察署那边却没有回复，他思量之下，心想，单靠警察署也是不靠谱的，便决定独自寻找真凶，手刃真凶。他来到妹妹的住处，仔细地查找，除了妹妹的几件高档衣服以及化妆品之外，还有几本小说，并没有有用的线索。他拿起《醒世姻缘》这本书，心里倒是纳闷，妹妹什么时候起看起这类小说来了，是不是时常寂寞，所以无聊，才看看的。

谭同初来广州湾时，见妹妹打扮时髦、清雅、漂亮，和少女时完全不同，完全找不到昔日那个黄毛丫头脆嫩、单纯的影子，便微微吃惊。小牙初时时常陪伴哥哥逛街，游玩广州湾各处，亲切之情依然浓郁。后来，小牙逐渐忙碌起来，见面的次数也少了起来。谭同得知妹妹在大广州湾做舞女，不但精于舞蹈，而且歌曲动人，深得老板的看重，自然也被上流社会的人物看上。小牙是那聪明伶俐的女孩，虽然在这乱世飘零，却也能够洁身自好，但是，毕竟是风月场所，纸醉金迷，难免有朝一日也会坠入深渊。

谭同和妹妹聊天时，曾经听妹妹说，她在大广州湾工作时，得到一个叫小样姐妹的帮助，彼此的感情情同姐妹。因此，他进入大广州湾打听情况，就想找小样，说不定小样会知道妹妹的秘密。此时，在上面莺歌燕舞的正是小样，他也是向端茶水的工人打听到的。

小样唱完歌曲，便向台下弯腰，等待在侧边的舞蹈队伍随即进入舞台，在动人的钢琴声中缓缓起舞。舞女个个舞姿惊艳，令人眼前一亮。

舞女小样随即转身往后台走去，一会儿撩开布帘，进入后台化妆间，只见不宽敞的化妆间宛如一条长廊一般向里延伸，化妆台前只有两个舞女，她们正在浓妆艳抹，一边唠叨着话题。

其中一个单眼皮的姑娘，有二十出头，对着旁边站立着抽烟的舞女压低声音说："听闻海河浮尸的死者身上有着玫瑰花的图案，不知道这事儿是不是真的？"

对于命运宛如浮萍的舞女，她们无法把握自己的命运，舞女在民国时代是一个时代繁华和没落的见证。她们往往身不由己。

"这倒是坊间传说，也不知道真假，而且据民众所说，那舞女生得特别标致，"抽烟的舞女缓缓吐出烟雾，"小牙已经不来舞厅六天了，我琢磨了很久，猜想那具尸体就是她，不会错！"

单眼皮姑娘其实早就想到这一点，瞥了眼门外，见刚进来的小样正在对着镜子顾影自怜，便压低声音："这个传闻早就在大广州湾传开了，可是，老板让我们这些人不要胡乱猜测，也不能够随便乱说，真是搞不懂呀。"

"可能是担忧小牙的死会引起姐妹们的恐慌吧。"抽烟舞女唉声叹气地长叹一声，"想想我们这些舞女，真是悲凉，连死也还不如一条狗。"

“就是，就是。”

“传闻是海河妖作祟，也不知道真假。”

……

她们正说话间，忽然听到门外传来脚步声，接着闯进一个浓眉大眼的英俊青年，不由得面面相觑。

“哎哟哟，小哥哥，你该不会是走错地方了吧？”抽烟的舞女只在风月场所活动，也只是和一些三教九流的人物接触，自然不认识小牙的哥哥。

谭同没和风月场所的舞女打过交道，自然腼腆，吃吃地笑了笑。

小样听到说话，向门外瞥去，见了那壮汉长相，似乎有些眼熟，估计在哪里见过，却一时想不起来，心里想，会不会是曾经有一面之缘的客人，不过见他打扮，不像富豪弟子，倒像一般的码头工人装束。

“你是？”小样蛾眉轻锁，纳闷地问道。

“你就是小牙口中经常提到的小样吧？”谭同答非所问地道。

“难道你是？”小样忽然想起去过小牙租住的公寓，看到小牙和她哥哥的合影，不由得震惊地瞪大双眼。

其余的两个舞女见壮汉提到小牙，疑惑地面面相觑，她们在猜测对方的身份。

“请你跟随我来！”小样觉得此处不是说话的地方，便伸手示意谭同出去。

谭同会意地点了点头。

谭同跟随着小样从大广州湾出来，见小样往门口旁边拉黄包车的车夫招手，那车夫认得小样是会馆的红牌，连忙拉着车小跑过来。小样一句话不说，优雅地上车后和车夫说了句，去海边长廊，车夫答应一声，便不紧不慢地走起来。谭同也照样画葫芦，叫上一辆黄包车跟随上去。在车上，谭同一脸迷惑，小样带着他离开会馆，一定有什么话不方便在此处说，如此说来，妹妹的死的确是蹊跷。

妹妹到底因何而死?

大概半个时辰，他们分别在观光的海边长廊下车。两个车夫收了钱便离开了。谭同见小样头也不回慢吞吞地走向长廊。

在广州湾时期，包括现在的湛江港湾，都有着观光的观海长廊。长廊大概五公里，海边是细沙，乱七八糟的石块，一片片的红树林，锈迹斑斑如手臂粗的铁链。

小样来到海边，站在铁链前，目不转睛地注视着幽暗而辽阔的海面，一言不发。

“小样，我自我介绍一下，我是谭小牙的哥哥谭同，是个武夫，因为小牙生前提起你，我在广州湾认识的人不多，所以才来找你，看你能否告诉我关于小牙的一切。”

“谭大哥，我虽是和小牙萍水相逢，但彼此算得上情同姐妹，对于小牙的死，我感到很意外，也很悲伤，可是，我不清楚她到底是怎么死的，所以，你找我，我也帮不上忙呀。”小样瞥了眼谭同，双手揉捏着，一脸不安的样子。

谭同见昏黄的灯火下，小样的脸有些不一样，认为可能是灯光的缘故，所以也没多想。

谭同虽然是江湖中人，可是，他毕竟经历过变化无常的人情世故，自然也看出一些端倪来，他认为小样故意带他来这里，必然有话说，但是，她似乎有着什么难言之隐，却不敢说出来，越是如此，他越怀疑妹妹的死，背后可能有着神秘的力量。

“小样，小牙死得很惨呀！”谭同忽然长叹一声，“你要是看在她往日和你的情分上，请你务必告诉我，到底是谁杀了她，如此一来，我将手刃凶手，妹妹也就不白死了。”

“谭大哥，我真的不知道是谁杀了小牙，我要是知道，我早去警察署报案了。”小样有些哀伤地道。她可能是想起小牙生前和她的情分来，不由得生出一阵悲伤。

“虽然你不知道谁是凶手，但是，”谭同想了想道，“小牙生前和谁来往最多，还有，小牙失踪之前，是否和你说过要去哪里、去见谁，还有，她失踪前是否有些不寻常？”

对于谭同的一连串疑问，小样微微闭上眼睛回想。

“对，应该是他，小牙失踪前提起过一句话，她要和上流社会的钱公子约会。”小样想了半晌，忽然睁开眼睛道。

“钱公子？”

“不错，就是他，百汇商行的钱公子，广州湾的风流人物。”

“周会长，请你放过我，我真的不知道是谁杀了庞嘴儿，真的不知道……”

与此同时，在一座深宅大院内，灯火明亮，大堂的中央素檀花木椅上坐着一个方头大脸的人，小而锐利入刀的眼神，正寒光闪闪地盯着下面跪着的精瘦男人。那精瘦男人被打得鼻青脸肿，一边伸手抹着嘴角流淌出来的血迹，一边可怜巴巴地哀求着，听着令人疼心。

在吴七的背后，站立着两个彪形大汉，个个凶神恶煞，其中一个脸上残留着的刀疤更为恐怖。精瘦的吴七被他们揍了一顿，几乎要被打残。

“吴七，你少在周会长面前假装一无所知，”刀疤宛如狼嚎般的声音响起，“你也不想想，我们周会长是能够看穿人心的厉害人物。”

周会长见刀疤如此会拍马屁，而且拍得响，便挥手制止，弯腰低头注视着吴七，锁着眉头说：“我说吴七，你也别将我们商会的人看似巡警队那帮傻小子，以为你们都是说实话的，其实，我们都是码头的人，也算是彼此了解，你倒是想想，庞嘴儿无缘无故死在你的船上，你说你不知道情由，总有点说不过去吧？更何况，庞嘴儿出事之后，你就躲了起来，你心里要是没鬼，怎么可能躲起来？”

吴七被周会长的眼神看得直发抖，他心里刚开始是强硬顶住不说出真相，不过，他清楚周会长的为人，一旦被他知道吴七隐秘着杀害庞嘴儿的真相，后果可想而知了。

周会长见吴七眼神闪烁，心里是摇摆不定，便冷笑一声：“吴七，七哥，你是有家室的人，我想，就算六爷想保你，也保不住呀！”

吴七一听周会长要动他的家人，立马吓得一哆嗦，心里的防线完全崩溃，“啪”的一声瘫软在地，嘴里嘀咕着：“周会长，你千万别动我家人，我将我知道的告诉你，不过，这事情千万别让六爷知道，你也知道六爷为人凶残，要不然，我也无法在广州湾待下去了。”

行，我答应你！“这才是识时务者为俊杰，呵呵呵！”周会长拍了拍手，笑起来。

“周会长，这事要从五月初五那天早上说起，那天……”吴七回想起来，那天早上，他如同往日起了个大早，天色还蒙蒙亮，海面上还是烟雾弥漫。近来，由于是禁渔期，加上六爷也没安排他做其他工作，所以闲得慌。他起床之后，肚子都贴着后背了，想着码头上戏楼附近一带有一家叫牛魔王的面馆，那面馆是码头以前一个老工人开的，面条脆嫩而香味十足，面馆尽管简陋，却吸引很多人一大清早就过去。

吴七想着头道汤，便收拾一下，匆匆忙忙赶去。他来到面馆，门前已经黑压压排了二十多人，基本都是这一带的码头工人和附近的人，包括讲古的崔翁。大家都沉默无声，踮脚看着里面的人稀里哗啦地吃着，口水都流到脚丫了。吴七忽然听到略微嘈杂而熟悉的声音传来，便好奇地扭头瞥了过去，只见两道身影在一棵巨大的榕树下，其中一道身影如同马一样高大，另外一道则非常剽悍。吴七第一眼就认出如同马一样高大的身影就是他的熟人，也就是码头工人张四。张四生来嗓门大，尽管压低声音，吴七还是听到了几个字“烟……不要”这类的莫名其妙的话。他们似乎在商议什么，但是张四好像有些不服气，自然嗓门就高了点。刚开始，那剽悍身影的侧脸吴七觉得好像在哪里见过，等待对方不经意地瞥向面馆，他第一眼就认出是庞嘴儿。吴七当时心里一顿，觉得有些纳闷，张四原来和庞嘴儿认识，怎么没听他提起过？他们商议了一番，两人便匆匆往戏楼那边走去。

吴七说完之后，便眼巴巴地看着周会长。

“难道庞嘴儿的故人是张四，他们到底在商议着什么？”周会长嘀咕着，“如此一来，张四就有很大的嫌疑，但是，张四既然和庞嘴儿是故人，到底有什么事情非要杀害庞嘴儿？难道是害怕庞嘴儿说出他的秘密吗？”

周会长想了想，便吩咐黑牛刀疤，让他带人摸清楚张四底细，问清楚情况。刀疤答应一声，便转身离开。

“吴七，你走吧。”周会长认为吴七该说的都说了，留下来也没有用，便挥了挥手。

吴七说着站起来，冲周会长感激地抱了抱拳，然后颤颤巍巍地往外走。

周会长注视着吴七精瘦的背影，心里对于庞嘴儿和张四所说的话“烟……不要”反复揣摩。

“难道，庞嘴儿告诉张四我们烟馆的事情？”周会长心里忽然一惊。

南湾码头——六爷地盘。

云中飞听完几位手下的汇报，不由得有些失望地皱起了眉头。他瞥了眼端坐在石阶上的吴宇道士，回想起前两天晚上吴宇追捕老狐妖的情况，当时，老狐妖被师弟追捕，飞檐走壁，他们这些警察署的人可是望尘莫及，眨眼间便不见他们的影子，只能够朝大概方向追去。吴宇大概半个时辰之后和他们见面，告诉他们，他和老狐妖交了手，对方被他的木剑刺伤右手臂，已经逃入码头方向。

当晚，他们根据吴宇提供的线索，摸清楚老狐妖逃走的码头就是南湾码头——六爷的地盘。虽然老狐妖逃入六爷的地盘，但是不能够证明是六爷的人，他们也不敢随便进入搜查。

广州湾时期的三大商会码头，说白了就是三大帮派，每个帮派的人都是走江湖的，因此形成了各种独立的地盘，除了捕鱼的工人之外，兼海运、走私，甚至贩卖鸦片，经营烟馆、娱乐场所，背后关系错综复杂，所以，他们小小的巡警，万不敢随便乱动。

这天，云中飞已经听说海上浮尸案死者的身份是大广州湾的舞女谭小牙，是他的哥哥看到公告前往警察署报的警，警察署已经安排另外的警员前往调查，不过，大广州湾背后的关系非常隐秘，似乎有大人物罩着，完全问不出什么来，故此，案件陷入了泥沼之中。

云中飞听闻此案的调查，心中便是越发好奇，他越发觉得谭小牙的死牵连甚深，背后可能有着什么不可告人的秘密。

此时，云中飞和几位手下以调查庞嘴儿的死对六爷码头的工人进行查询，一方面悄悄观察是否有人的身影和老狐妖相似，以及看看那个人的右手臂是否受伤。

云中飞是瞒着警察署悄悄调查的，他认为，不管六爷有多厉害的手段，总不能阻止他们调查庞嘴儿死亡的真相，更何况，庞嘴儿的死关系到两个商会，一旦查出是六爷的人按照六爷的吩咐干掉庞嘴儿的，两个商会必然大打出手，到时候也不知道有多少人因此妻离子散。

云中飞此时听闻几位手下的调查毫无发现，不由得心想，那老狐妖可能不是码头的人，只是慌乱之中逃入码头隐藏而已。他瞥了眼几位手下，见张运正从石阶下匆匆忙忙地跑上来，一来到他的面前，立刻显得激动而兴奋，气喘吁吁道："飞哥，有消息了！"

云中飞几人一听，几乎一起跳了起来。

"什么情况？"珠子按捺不住焦急地追问道。

"老狐妖的事情没影。"张运大声地喘气，摆了摆手，然后压低声音道，"不过，却有个意外的发现，吴七有个兄弟叫张四，五月初五那天没人见到他，不但如此，庞嘴儿出事到现在，也没有张四的消息，犹如完全消失了一般。"

"难道，庞嘴儿的死和张四有关？"珠子挠着头半知半解道。

"你这小子，还是聪明的。"云中飞拍了拍他的肩膀，意味深长地道，"那么，接下来，我们就着手调查张四的下落。"

"是。"张运几人纷纷应道。

第六章 烟馆，幕后黑手

室内烟雾袅袅，宛如梦幻般的世界。每个人都躺在雅座里，拿着烟枪对着火，正不断地吸吮着，一旦连续吸吮几口，顿时感觉一阵眩晕，全身软绵绵地如同进入云端一般飞翔。这时，在其中一间雅座内躺着一个高大、穿着长衫的男人，长脸如马，双眼突出，鼻子高挺，他一边吸吮着，旁边一个身穿粗布旗袍的女子一边给按摩着，轻微的笑意间荡漾出万种风情。

就在此时，大门忽然被推开，闯进四五个身穿黑衣服的青年，戴着黑帽子，他们气势汹汹的样子，一冲进来，便分开四处寻找什么。

马脸男人正舒服地躺着，忽然见一个陌生的男人闯进来，目光如炬地盯着他，他顿时吓出一身冷汗。那青年上下打量着他，然后从口袋掏出一张照片来认真对过，确认是他，便吹了声口哨，其余四个青年立马一窝蜂地跑过来，也不等待对方反应过来，上前便将他拖起来。那马脸的男人张嘴便叫嚷，但他还没叫出第二声，便被打晕过去。五个青年就在众目睽睽之下将他拖了出去，其余人就像没发生事情一样，正享受着鸦片烟带来的虚幻人生。

五个青年将他拖出烟馆之后，直接拉上了一辆小车。驾驶员二话不说，启动汽车，快速地往码头方向驾驶而去。

大概半个时辰之后，汽车停靠在码头附近的烟台街一座豪华的房子前。几个青年下车后便将马脸男人往里面拖，经过三层庭院后，进入大厅，便将马脸往地上一抛，宛如抛一条死狗一般。

此时，上面中央的黄花梨木的椅子上，正端端正正地坐着一个黑面孔的男人，黑脸上一道刀疤如同蜈蚣一般，甚是吓人，那双眼奇大，几乎要从眼眶跳出来似的，因此看人如同一道闪电一般，如同夜魔的鬼，谁见了也吓得半死。

马脸的人一被摔倒，立刻感觉到一阵痛楚，顿时迷迷糊糊地睁开眼，环顾四周，当他看清楚黄花梨木上的黑脸男人时，立刻吓得全身发抖，张开嘴半天也说不出话来。

“黑牛哥，”马脸男人颤颤巍巍地道，“我没招惹你呀。”

“张四，你应该知道你干了什么事情，我才请你过来呀！”黑面孔的脸阴晴不定，也不知道他的话带有几分真假。

张四心里顿时一惊，心想着到底还是东窗事发，可是，他依然假装糊涂，什么也不知道的样子，可怜兮兮地道：“黑牛哥，你什么意思呀？”

黑牛从椅子上不紧不慢地站起来，来到张四的面前，突然，一伸手握住张四的脸，如同鹰犬的眼神紧紧地盯着他，半晌，他才冷笑道：“张四，你也是聪明人，你干的事情毕竟不是天衣无缝，你想想，你应该知道怎么做了。”

张四心里想着，人一旦落在黑牛的手上，也是难以逃脱，因此，他心里在想着计策，看能否欺骗过去。

“黑牛哥，我只是六爷一个手下，我也不清楚你将我带来这地方到底什么意思呀。”

“我靠，你少拿六爷来吓唬我，你也应该知道，我黑爷在江湖上也不是吃素的，我可以告诉你，今天你如果不将真相说出来，也不可能走出去。”

“黑牛哥，我不明白你的意思呀，我只是一个码头工人。”

“我去，你少来这一套，吴七已经和我说了，五月初五当天，他看到你和庞嘴儿一起在聊天，随后，他跟踪你，发现你竟然在吴七的船上将他杀害。”

“黑牛哥，我和庞嘴儿无冤无仇，我怎么可能害了他？”张四此时假装冷静，一脸无辜的样子。

“看来不动真格的，你是不说真话了。”黑牛“呼啦”一声抽出匕首，寒光闪闪，直刺着张四双眼。

张四一直胆小如鼠，见黑牛要动真格了，他顿时吓得直哆嗦，嗫嚅着道：“黑牛哥，我……我真的不知道呀！”

黑牛见张四这小子心理防线已经崩溃，不由得冷笑一声，猛举起匕首假装要刺向他，吓得张四立刻脸如灰纸，急叫道：“不要，我说，我说。”

黑牛伸手拍了拍他的脸，邪恶地笑道：“就你听话，乖！”

张四见黑牛收起匕首，不由得长嘘了一口气，颤颤巍巍地将他和庞嘴儿的勾当告诉黑牛。五月初五那天一大早，他和庞嘴儿约在码头的榕树下商谈，也就是庞嘴儿和他偷偷走私一批烟，主要是通过张四的船来运输，但是由于庞嘴儿临时改变主意，他压我一成，我不服气，便和他顶了几句话，合作便暂时一拍而散。

我和庞嘴儿分道扬镳之后，我见烟馆还没开门，便在码头等待龙舟开赛，也没看多久，烟瘾犯了，便到烟馆去，一直待到被他们平白无故地拖过来。

黑牛眼神如电地盯着黑牛，看他所说是真还是假。

“接着说呀！”黑牛睁大眼睛瞪了对方一下。

张四吓得一哆嗦，道：“我只是和庞嘴儿偷偷干一些烟的走私买卖，要是你们让我以后不和庞嘴儿合作，我远离他便是了。”

黑牛心里一顿，上下打量着张四，这人虽然人高马大，却胆小如鼠，就他那胆量，不可能敢杀掉庞嘴儿。

“庞嘴儿死了，你知道吗？”

“庞嘴儿死了？”张四吃惊地瞪大双眼，“你不会是开玩笑吧？”

“张四，你看我的样子像开玩笑吗？”

“真死了？！”张四自从和庞嘴儿在码头见面后，连续几天待在烟馆，所以也不知道外面的情况，更不知道庞嘴儿出事了。

“庞嘴儿除了和你走私烟外，你还知道他和你们码头的谁有着交往吗？”黑牛追问了句。

张四想了想，然后摇了摇头。

百汇商行对面的小茶馆门外侧边有个卖凉茶的小摊，摊主是个年迈的男人，他正在给一个剽悍的青年倒茶。剽悍青年见旁边无人，便假装不经意道：“老伯，听说百汇商行的钱公子是广州湾的风流人物，长得特别帅气，也不知道真假。”

“小伙子，那钱公子的确是人中龙凤，不过，”老伯说着抬起头来瞥了眼青年，眉头轻轻皱了皱，认为对方只是随口问问，没有深意，便接着道，“那钱公子是个花钱的败家子，家里的产业都花在女人的身上，听闻旺城的百汇商行资金也紧缺，估计这败家子也维持不久。”老伯说完长叹了一口气。

剽悍青年正是谭同，他听小样说妹妹小牙失踪前和钱公子有往来，因此推断妹妹的死亡和钱公子有着密切的关联。他只是一介武夫，深知大广州湾有钱人的厉害，自然不敢贸然前往钱公子府邸和百汇商行，来到此处，刚好遇到凉茶摊主，便以假装无意上前询问。

“对了，年轻人，你提这钱公子是？”老伯深邃的目光瞥了眼谭同道。

“老伯，你别疑心，是这样的，我一个老房亲戚的妹妹曾经被钱公子欺负，我那老房亲戚不服气，便上前讨理由，不料被打残了腿，想想真是有钱人欺负穷苦百姓呀。”谭同想了想，才说出这些谎话来。

“这钱公子的确是嚣张跋扈，一般人他可是没看在眼里，更别提我们这些穷苦人了。”老伯好像担心对面商会的人听到似的，压低声音道。

谭同想张嘴继续询问，忽然看到老伯指了指对面，只见一辆崭新的小轿车停靠在百汇商行门前，身穿黑色西装的保镖下车后便上前拉开门，接着一个身穿白色西装、打扮时髦的青年从里面钻出来，头也不回地走进百汇商行。

“小兄弟，这就是钱公子了，”老伯看谭同目不转睛地盯着钱公子的眼神，多少猜测到他的意思，“不过，小兄弟，如果你是想为家人讨回公道，我劝你还是别自找麻烦。”

谭同听了老伯的话，微微愣怔了一下，一口气将一杯凉茶喝干净。

“号外，号外，广州湾日报，老狐妖被警察署围捕失踪，云中飞队长师弟轻功追捕……”忽然，从旁边走过一个卖报纸的小孩，身穿粗布衣服，正张嘴叫嚷。

谭同付给老伯茶钱，然后上前买了份报纸，便向百汇商行走去。据谭同了解，百汇商行是家银行，他虽然没有多余的钱，但是了解一些业务还是可以的。他进入百汇商行，只见里面倒是有不少人在柜台前排队存钱，也有业务经理在帮助客户了解情况。负责接待的业务员瞥见谭同穿着朴素，估计也不是有钱的主，所以也懒得招呼他。谭同倒是不慌不忙，眼睛仔细地扫过商会一遍，瞥见钱公子就在前面和一个穿着打扮时髦的有钱公子有说有笑。他见钱公子白净脸，双眼说话时闪烁出英俊气，看着倒不像是凶恶之人。

谭同瞥见那时髦青年和钱公子告别，钱公子便向里面的办公室走去，便咬了咬牙，向钱公子走去。无论如何，他都需要正面询问钱公子关于妹妹的情况，如果钱公子真的是杀害妹妹的凶手，对方可能就会回避他。

“先生，里面是办公室，请留步！”眼看着钱公子要走进里面的办公室，谭同忽然被刚才在门外的保镖伸手拦住，冷峻地道。

“钱公子！”谭同大胆地叫道。

钱公子听到叫声，缓缓地转过身来，眯着眼睛上下打量着谭同，轻轻锁起眉头，一脸的不解。

“钱公子，我是谭小牙的哥哥谭同。”谭同目光炯炯地看着钱公子道。

“小牙哥哥？！”钱公子微微惊讶地瞪大双眼，然后挥手示意手下让他进来。

保镖目光如炬地盯着谭同上下看了一遍，才放下手。随后，谭同跟随钱公子进入了办公室，彼此分别坐下。

“谭大哥，你今天来找我，想必是关于小牙的死吧？”钱公子一落座，就直奔主题。

谭同见钱公子目光清澈，倒是直奔话题，不由得微微愣怔了下，才开口道：“钱公子既然知道妹妹小牙的死，我也不拐弯抹角了，据小牙妹妹同事所说，小牙失踪前曾经和你在一起，是吧？”

钱公子不置可否地点了点头，有些讶然道：“谭大哥该不会怀疑是我干的吧？”

谭同见钱公子目光坚定，如此平静，心里一顿，暗想钱公子说话干净利落，应该不会是杀人凶手。

“请钱公子见谅，妹妹小牙突然死亡，实在有很多疑点，听说小牙生前和钱公子关系不错，说不准钱公子或多或少知道小牙失踪的真正原因。”

钱公子尽管是留恋于烟花柳巷、风云场所的男人，但他的确对小牙非常钟情，刚开始，他在大广州湾和小牙接触，就被小牙的优雅美深深吸引，以为她只是一个喜欢金钱的女孩，追求之下，想不到小牙身为浮萍，却不被金钱蒙蔽，因此越发喜欢她。他告诉谭同，他对小牙是有感情的，在小牙失踪前，他的确和她有约会，不过，当晚他便将她送回家，可是，想不到从此再也没有她的消息，直到警示张贴告示，他才得以知道。

对于钱公子的话，谭同看到从钱公子的眼神流露出的真感情，不像是逢场作戏，心里不由得长叹一声，暗想对方既然喜欢妹妹，不可能会杀害她。而妹妹可能知道了某些不该知道的秘密，才可能被杀害。

“妹妹到底知道了什么？”谭同暗暗嘀咕。

“谭大哥，出于我对小牙的感情，这些钱你拿着吧，权当是我对小牙的念想。”钱公子不知道什么时候拿出一个钱袋放在谭同的手上。

“这个万万不能够！”谭同大吃一惊，连忙将钱袋放在台面上，然后站起来，向钱公子抱拳说了声“谢谢”，便转身离开。

钱公子注视着谭同的背影，眉头深锁起来，眼神之中流露出复杂的神色。

谭同从百汇商行出来，望着人来人往的街道，一时惘然，调查妹妹的线索似乎就此中断，刚才钱公子所说的话也不知道真假，或者对方在向他隐瞒着什么。他忽然想起小牙的姐妹小样，那天晚上她言辞闪烁，似乎有着难言之隐，说不准她会知道更多的线索，他想到此处，决定再次前往大广州湾。

大广州湾内依然是霓虹灯闪烁、莺歌燕舞，各界名流云集。

一辆警车缓缓在大广州湾门外停下，车门打开，从上面下来三人，分别是身穿长衫马甲的青年。他们下车后，便径直向闪烁着灯光的大广州湾走进去。

带头的青年英俊非凡，身后的少年则风度翩翩，唯独另外一青年剽悍，长相平凡。他们进入舞厅，见里面正莺歌燕舞，一个打扮妖艳的女孩正在唱歌。负责招待的大堂经理见了他们，便连忙带着他们走向雅座背后，那里还空着几个位置。

三人分别坐下后，点了酒，大堂经理答应一声一会儿就上，让他们稍微等待一下，便转身离开。

“飞哥，上面唱歌跳舞那些女孩，个个都是尤物呀！”剽悍的张运目不转睛地看着唱歌的女孩，咂了咂嘴，嘻嘻笑道。

吴宇在道观待时间长了，是第一次到这种地方，并且换下道袍，有些不习惯。

“我知道你这小子就是情种，可是，这种地方的女孩可是处于水深火热之中，接触的人多，复杂。”云中飞伸脚踹了下张运。

云中飞边说边拿眼扫了遍厅内，偌大的厅内都是坐着大广州湾的风云人物、有钱公子、上流人士。

这时，服务员端了酒上来，分别给他们斟上酒，然后说了声“慢用”，便扭着丰腴的屁股要离开。云中飞便叫着她，在她耳边嘀咕了几句，服务员瞥了眼吴宇和张运，连连点头，然后才转身离开。

“张运，今天的酒你埋单，我介绍女孩给你认识，怎么样？”云中飞眯着眼看着张运微笑着。

张运愣怔了下，嘻嘻笑道：“飞哥说话算数？”

“我什么时候骗过你。”

“那一言为定。”张运瞥了眼吴宇，见他局促不安，不由得逗乐他道：“喂，小师弟，让飞哥也介绍一个给你，以后也用不着道观清修呀！”

吴宇却洒脱地微笑着。吴宇嘴上笑着，心里却想着，师父让他下山协助云中飞破案，可是，自老狐妖上次逃走之后就销声匿迹，再次寻找，的确有难度，因此，他只能够帮助师哥破其他案件，由于穿着道袍办事不便，师哥便给他添了一身衣服。

这时，刚才离开的服务员带着两个打扮妖艳的姑娘向他们走过来，来到近处，姑娘见是云中飞这位警官帅哥，微微愣怔了下，浓妆的脸上顿时堆起笑意，一屁股坐在他的旁边。其中一个嘴角有颗小痣的姑娘看着云中飞娇滴滴地道：“哎哟哟，云警官，好久不见呀，今晚怎么突然有雅兴来大广州湾来找我小蜜呢。”

“我这不是想念着你嘛！”云中飞见小蜜贴上来，却一把抱住她的小肩膀，在她耳边嘀咕几句，小蜜听了，顿时又羞又恼，冲着吴宇和张运道：“原来是张警官和吴师弟呀，来，小蜜敬你们一杯。”小蜜说完，端起酒杯举起来，见他们也端起杯来，便轻轻碰杯，然后一扬脖子，一饮而尽。

云中飞不由得轻轻拍了拍手喝彩，他眼尖，瞥见斜对面的雅座上，一个身穿黑色西装的剽悍男人向他走过去，正是周会长的手下黑牛，也称呼为刀疤，他心里不由得一顿，心想，周会长派他过来，估计是有事情要和他说。

“云警官，周会长有请！”黑牛上前恭恭敬敬地冲云中飞道。

云中飞冲吴宇和张运使了个眼色，站起来，嘻嘻笑道：“你们可要照顾好这两位姑娘呀！”他说完，大大方方地跟随黑牛走向雅座。

吴宇和张运可是初次和夜场的姑娘喝酒，闻着旁边的胭脂味，加上女孩娇滴滴的声音，顿时如同煮熟的螃蟹一般，完全动弹不得了。张运和吴宇都猜测到了云中飞的心思，这小子是将打听谭小牙的任务交给他们了，他们这酒也不是白喝的。

“云警官，别来无恙，快请坐！”周会长呵呵笑着，连忙伸手示意云中飞坐在他的对面。

云中飞见周会长皮笑肉不笑地看着他，另外一只手紧紧地搂着一个打扮还算清雅的单眼皮姑娘的细腰，说了声“多谢”，便不慌不忙地坐了下去。

“云警官真是有雅兴呀，也来这地方玩耍！”周会长放开旁边的姑娘，那姑娘连忙为云中飞斟酒。

“周会长，都是男人嘛，我云中飞也不是清修弟子，自然也免不了堕入红尘，你说是吧？”云中飞端起酒杯呵呵地笑道。

“自然，自然。”周会长眯着眼紧紧地盯着云中飞的眼神，也端起酒杯，慢慢地品尝一口。

“周会长，你派人请我过来，该不会单纯喝酒吧，应该是为了庞嘴儿的死吧？”云中飞虽然和周会长接触不多，不过，他在警察署工作几年，接触过码头各界人士，自然深谙码头商会的复杂性，他要不是警察的身份，像周会长这样的人物，压根儿不会将他放在眼里。

“云警官年轻有为，又身怀绝技，是广州湾人民公认的第一神探，我一个靠码头混口饭吃的会长，自然要巴结一下呀。”周会长掏出香烟，旁边的女孩连忙点上，他吐了口烟圈，缓缓地道，“关于庞嘴儿的死，我相信凭着云警官的聪明，破案只不过是时间的问题罢了。”

云中飞见周会长说得风轻云淡，实则是怀疑警察署的破案能力。云中飞自接触此案以来，深感到此案的复杂性，不可能单纯是仇家谋杀这么简单，背后牵连到的可能是整个码头的利益问题，因此，无论他是否找到真凶，都可能是骑虎难下。

到目前为止，此案依然疑点重重，凶手到底和死者是什么关系，为什么会选择在六爷的码头杀害死者，凶手又是怎样行凶的？按照他的推断，凶手可能和吴七相熟，而且吴七可能是同伙，五月初四当晚可能就潜伏在吴七的船上，吴七可能和庞嘴儿说了什么，庞嘴儿才出现在吴七的船上，这时凶手突然出现将庞嘴儿杀死。

“周会长请放心，我们警察署不会放过任何一个罪犯，不管罪犯背后有多大的靠山。”云中飞说完，便说了声“抱歉”，转身便走。

周会长没有叫住他，双眸有神地透过烟雾注视着云中飞的背影，嘴角不经意地露出邪恶的笑意。

“这小子前途无量呀！”

第七章　胭脂店铺黑寡妇

警察署，蔡大队长办公室。

云中飞把从广州湾小姐打听到的事情告诉蔡大队长。

蔡大队长听了，忽地从椅子上站起来，来回走着。他想着云中飞打听到的消息，大广州湾所有的舞女背后都刺着红玫瑰，这是会馆舞女的标志，而谭小牙是这大广州湾舞姿不错的姑娘，深得不少上流男士的喜欢，自然是招蜂引蝶，有不少商界和有钱公子追求，其中以百汇商行的钱公子以及广州湾码头的周会长最为疯狂。

“周会长？”蔡大队长注视着警察署外面人来人往的街道，喃喃道，“如果周会长和谭小牙有关联，谭小牙死后被抛进码头倒是说得过去。”

“蔡大队长，我还想起一事，据那小姐所说，前天晚上有个剽悍的青年前往大广州湾找一个叫小样的女孩，听那青年提到小牙，似乎和小牙非常熟悉。”

“哦？还有此事？”蔡大队长觉得有些纳闷，那青年似乎认识小牙，而且知道小梓，似乎想从小梓那里打听小牙的消息。

他到底是谁？

“蔡大队长，谭小牙的尸体出现在码头外面的海上，并且是在周会长的地盘，现在，又获知死者和周会长认识，那么，谭小牙的死可能和周会长有着密切的关联，因此，我建议立刻调查周会长。”云中飞知道码头水深得很，故此才来向蔡大队长汇报。

蔡大队长也深知码头不能够轻易得罪，不过，目前老狐妖案、庞嘴儿案、谭小牙案都指向了码头，他不得不小心处理。他眉头深锁，双手紧握，沉思了片刻，忽然转身，小眼睛锐利地盯着云中飞：“我猜测，这事情不可能就这么简单，一定是有人在背后搞鬼，你就放心去查，无论发生什么事情，警察署都支持你。”

“是。”云中飞大声应道，然后转身准备离开。蔡大队长想了想，忽然叫住他，意味深长地道：“你应该知道怎么做了吧？”

云中飞想了想，然后微微笑了下，也不回答，便转身往门外走去。他一边走一边想，他猜测蔡大队长的意思，如果要调查码头，必然会牵连起一场巨大的风波，所以，一旦调查，就往深处查，如果查不出什么来，他和蔡大队长可是吃不了兜着走。毕竟，这里是法租界，码头商会的人和法国人已经开始接触，说不准得罪码头商会，就会得罪法国人。

云中飞一出蔡大队长办公室，等待在门外的张运和珠子立马小跑跟随着队长，张运边跑边问：“飞哥，蔡大队长什么意思？”

云中飞也不放慢脚步，道：“现在可是你们发挥的时候了，珠子负责调查百汇商行的钱公子，张运你去大广州湾，打听谭小牙的情况，看她到底是什么人。”

“是。”

“是。”

云中飞单独从警察署出来后，便往码头方向走去。警察署门外的街道两边生长着不知名的绿树，一年四季常青，温煦的阳光透过树叶，散落着一路斑驳的影子。街上，码头工人偶然出现拉着货物往市场方向而去，时不时有人力车夫经过。他再往前走，拐个弯，便是热闹的街道，街道两边店铺林立，小吃店、胭脂水粉店、日杂店铺、中药材店铺，五花八门，人来人往，加上汽车和人力车，喧闹不已。

距离面馆十米，他便瞥见师弟吴宇正在稀里哗啦地吃着面，师弟见了他，便招了招手。云中飞微微笑了下，看到旁边的临街报馆亭，便掏出钱过去买了份今天早上的《广州湾日报》，瞥了眼上面的头条新闻：海上女浮尸案依然成谜，警察署蔡大队长宣布不日破案。头条新闻的下面，报社编辑竟然根据浮尸案写成了民间诡秘传奇悬案。

“真他妈有才！”

云中飞摇晃了下有些发晕的脑袋。自从老狐妖案到现在，他都没睡过安稳觉。

“云警官，你的面！”面馆的小伙计第一眼就认出经常来光顾面馆生意的云中飞，朴实的脸上堆起热情的笑容，然后将碗面放在他的面前，说了声慢用便转身忙去。

“师哥可是广州湾第一神探，走到哪里都是光彩照人呀。”吴宇眯着眼看着师哥，笑容迷人。

“老狐妖可有什么线索？”云中飞将报纸放在台面上，弯腰低头吃起面来。这家面馆可是广州湾较为出名的面馆，所有的面都是手工做成的，烫底都是牛骨头，也不知道熬了多少牛骨才有这味道。

“自从老狐妖失踪后，每天清晨我都在码头外观看进进出出的码头工人，不过，那狐妖却毫无踪影，我猜想，他会不会是故意引我们注意码头，是另有目的？”

吴宇的话倒是如醍醐灌顶，云中飞顿时一愣，亏他还是神探，连这点都没有想到。他不由得有些吃惊地看着吴宇，心想，师弟心里清净如镜，可能比起他们警察看得清。

“师哥，你怎么了？”吴宇见师哥看他的眼神有些不对劲，疑惑地道。

“没什么，”云中飞继续低头吃面，“一会儿我和你去周会长公馆，我猜测，谭小牙怀的孩子可能和他有着关联。”

“关于这点，也未尝不可能，可是，如果谭小牙怀中的孩子是周会长的，那周会长怎么可能会杀害自己的孩子呢？”吴宇不解地道。

“有两种可能性，第一，周会长不知道谭小牙怀孕。第二，谭小牙可能知道了他什么秘密，非死不可。”

“据我了解，广州湾码头可是龙潭虎穴，周会长也是个狠角色，师哥，你可得小心一点。”

“不入虎穴，焉得虎子。”云中飞说着放下筷子，掏出钱放在桌面上，便站起来，“走吧，戏是越来越好看了。”

吴宇跟随着云中飞沿着人行道往大通街方向走去，到了拐角处，穿过马路，见旁边停靠着人力车，便走出去，分别上了人力车，告诉车夫地址。那车夫便缓缓地往前小跑起来。一路上，依然是车水马龙，人来人往，喧闹不已。云中飞感觉到这表面上看起来繁华异常，其实则是暗流汹涌。

两人在大通街一座看起来豪华的周公馆门外下了车，然后向大门走去。大门两边站立着两个身穿黑西装的青年，他们忽然见到两个陌生面孔的英俊少年快步走过来，连忙伸手拦住，双眸如鹰犬上下打量着他们，一脸气势汹汹的样子：“两位请留步，这是周公馆，你们这是？”

云中飞冷淡地笑了下，伸手入怀掏出警官证递过去，用力地拍了拍对方的肩膀：“麻烦通知一声周会长，就说警察署的云中飞拜访。”

那青年见是警官，吓了一惊，说了声：“抱歉，麻烦请等待一下。”便推开门，快步小跑进去。

那青年一会儿匆匆忙忙地跑出来，满脸堆笑地道：“云警官，不好意思，让你久等了，周会长有请。”

云中飞于是和吴宇跟随着对方往里面走去，只见是个大庭院，假山流水，曲径优雅，空气清新，再往里面走，是一座豪华的大别墅，装修精致，仿法国建筑。青年带领他们进入大厅，只见周会长已经在一套黄花梨木的椅子上端坐着，见到云警官两人走进来，连忙站起来，热情地道：“云警官，欢迎大驾光临，令寒舍蓬荜生辉呀，快，请坐！”

“周会长，想不到我们这么快又见面了，看来真的有缘分，你说是不是？”云中飞大大方方地在周会长对面坐了下来。吴宇则在云中飞背后站立着。

周会长愣怔了下，呵呵笑道：“该不会庞嘴儿案这么快就有消息了吧？”

“看来周会长真是幽默。”云中飞目不转睛地看着周会长，见他目光如炬，深邃得让人无法猜测他此时内心的真正想法。

周会长是个心机特重之人，云中飞暗暗想着。

周会长亲自为云中飞泡了茶，才迎面看着对方，认真地道："云警官，这么一大早就光临寒舍，是不是为了庞嘴儿的案而来，不过，话说回来，你们的人已经调查过庞嘴儿的情况，我想，我没有必要再说一次吧？"

"周会长，"云中飞紧紧地盯着周会长的眼神，一字一顿道，"我今天可不是为了庞嘴儿案而来，而是为了海上浮尸案而来。"

"哦？"周会长端着茶杯的手微微停顿了下，疑惑地看着云警官。

"据警察署调查，海上浮尸是个女孩，名叫谭小牙，是大广州湾一个优雅的美女，周会长是大广州湾的常客，应该认识吧？"

周会长慢慢放下茶杯，脸上平静如水，压根儿看不出什么不对劲。

"自然认识。"周会长道，"对于谭小牙的死，我略有耳闻，不过，云警官，你该不会怀疑谭小牙的死和我有关系吧？"

云中飞今天来是想试探一下周会长，也没有实质的证据和证人证明是周会长所杀，因此严肃地道："任何与谭小牙接触的人都有嫌疑，包括周会长你。"

周会长一听云警官这话，倒是不温不火，淡淡地道："云警官，我周某是追求过谭小牙，但是这姑娘心无杂念，自然也看不上我区区一个会长，对于她的死，我也感到很惋惜，不过，她到底是怎么死的？"

"被人谋杀然后抛尸。"

周会长听了，脸上的肌肉抽搐着，握紧拳头狠狠地砸在桌面上，骂道：“真是可恨，到底是什么人会杀害一个手无缚鸡之力的女孩？”

云中飞此时则认为，以周会长的实力，应该一早就打探到谭小牙是被人谋杀的，为什么此时却假装不知呢？难道，他真的是幕后的黑手不成？

“周会长，谭小牙生前有个秘密，或许谁也不知道。”云中飞观察着周会长脸上微微惊讶的表情，故作神秘道。他在试探周会长的反应，因为一个涉水太深的人，加上是靠打打杀杀夺取码头的人，自然也多疑，难免会露出马脚来。他推断，周会长可能不知道谭小牙怀孕的消息，所以才如此试探。

“云警官，我只是谭小牙众多追求者中的一人，她身在红尘之中，难免也会有不可以说的秘密，对于女人的那点秘密，我可不感兴趣呀。”周会长意味深长地淡定微笑道。

云中飞见他如此，一时之间也问不出什么来，便站起来：“周会长，今天打扰了，周会长人脉广，如果知道一些谭小牙死亡的蛛丝马迹，不妨告诉小云我。”

“当然，当然。”周会长站起来道，“那就不远送了。”

“后会有期。”云中飞说完，带领着吴宇往门外走去。

“师兄，你这招引蛇出洞是否行得通，会不会打草惊蛇了？”一出门外走了十来步，吴宇见四处无人，便问道。

“周会长可是一只老狐狸，这招会不会有用，我也难以把握。”云中飞回想刚才和周会长的谈话，觉得这只老狐狸隐藏得很深，就算是他干的，也难以寻找到证据。人家毕竟是老江湖，怎么可能留下证据呢。

“那接下来我们该怎么办，你该不会派人来盯着周会长吧？”吴宇瞥了眼师兄道。

"还是师弟聪明。"云中飞皱着眉头道，"不过，周会长是什么人你不清楚，要想紧盯着他不出事，可是一件难事。"云中飞清楚，一旦盯上的人发现周会长的秘密，就可能会被干掉，消失得无影无踪。

警察署云中飞办公室。

"飞哥，百汇商行的钱公子情况已经摸清楚了，他明显就是风流倜傥的败家子，吸烟土、留恋烟花柳巷，为人嚣张跋扈，却又胆小，他是追求过谭小牙小姐，并且，谭小牙失踪前曾经和他见面约会。据钱公子交代，谭小牙小姐那天心情很糟糕，似乎是心事重重，钱公子问她是不是遇上了什么难事，他可以帮助。可是对方却好像有着难言之隐，他便没有追问下去，只是说了句她一直用着的胭脂，胭脂店铺断货。"

"钱公子还说，有个黑汉子自称是谭小牙的哥哥，他也找上钱公子打听妹妹的死因。"

"从大广州湾舞女的口中也得以知道，的确有个剽悍青年找上舞女小样，也就是谭小牙生前的姐妹，从两人描述来看，打听谭小牙的是同一个人，正是小牙的哥哥谭同。"

张运将获得的消息清晰地向云中飞队长汇报。

云中飞听了张运的话，心里想着，那个自称是谭小牙哥哥的谭同，真的是她的哥哥，还是另有其人，目的又是什么？

"胭脂断货？"云中飞想谭小牙所说是无意之中说出的，还是有意说出的。

"舞女小样那边询问到什么有用的线索吗？"云中飞认为，如果小牙有什么秘密，想必会和小样透露一些。

张运摸着头想了半天，忽然想起什么来，猛一拍脑门："据小样所知，她发现小牙近来有心事，而且时常作呕，小样是过来人，便清楚小牙怀孕了，于是追问，小牙却不透露。”

云中飞站起来，思考一番，然后目不转睛看着张运，道：“我们走，我想，小样可能会知道一些线索，只是不敢说。”

在装修优雅的咖啡馆内，生意冷淡，客人稀少，只有云中飞和张运以及小样面对面坐在里面的位置上。云中飞打量着小样，只见她优雅、娇媚，打扮时髦，宛如出身名门的大家闺秀，身上却隐约透露出风尘女子的气息。

“云警官，久仰大名，你可是大广州湾女孩的偶像哦。”小样见到大名鼎鼎的广州湾第一神探云中飞，比起坊间流传的还要英俊，不由得双眸闪烁，泛起光芒。

“小样小姐，我是你们的偶像，不会吧？”云中飞端起咖啡，慢慢品尝一口，涩中带着浓郁的香味。

“当然，我们姐妹经常提起你，恨不得跑去警察署见你一面。”小样双手托着脸，好像慵懒的小猫毫不羞涩地盯着云中飞看。

张运见小样一副痴情的样子，倒是羡慕不已。

“可以啊，以后你们想见我，到警察署去找我就行。”云中飞见小样一脸痴情，忙伸手在她眼前摇晃，小样才回过神来。

“真是不好意思了，见了偶像有点情不自禁了。”小样微微低头道。

“小样，我想问一下，当你知道小牙怀孕的时候，她有没有和你透露她背后的男人是谁？”

“这个嘛……”小样蛾眉轻锁，似乎是在回想往事，喃喃道，“这个可是女孩子觉得羞耻之事，自然不可能和外人透露的，包括情同姐妹的我。”

“你仔细想想，她虽然没有和你透露过背后的男人，不过，你们经常在一起，说不准见过她和那个男人而不曾留意呢。”

“大广州湾是个风月场所，进进出出的男人很多，小牙算是一个比较受欢迎的女孩，倒是有不少公子和她见面，要说有什么特别的吧，倒是钱公子像狗皮膏药贴着她，不过，小牙倒说过，她对钱公子没兴趣，所以，我想，小牙肚子里的孩子不是钱公子的。”

“除了钱公子，还有什么人和小牙偷偷接触？”

“还有什么臭男人……”小样不经意地道，忽然，她想起有天晚上，是小牙出事前的那段时间，总有一台黑色小车停靠在大广州湾门对面，小牙下班后总是偷偷摸摸上那台小车。

云中飞和张运听到这个信息，心里不由得一顿，真相呼之欲出，对望了一眼。

“可认出车上的人？”张运屏住呼吸追问道。

小样想了想，道：“只看到车内后座上坐在一个剽悍的背影，年龄好像有点大，却看不清楚。”

两人不由得一阵失望。

“可记得车牌？”云中飞道。

小样想了想，然后点了点头。

两人心里顿时一喜。

“对了，小样小姐，不知道小牙经常去哪家胭脂店铺呢？”云中飞冷不防道。

“我们姐妹都是去一家叫‘裕源’的胭脂店铺，店铺的老板娘是个年轻貌美的姑娘，大家背后都叫她黑寡妇，而且听说，黑寡妇和周会长的关系不错。”

“黑寡妇？”云中飞两人纳闷地面面相觑。

裕源胭脂店内的柜台后面坐着一个年轻貌美的女孩，有二十来岁，身穿白色绣花长裙，黑色秀发油光发亮，扎着一条条宛如少女的辫子，双眸清澈透亮，宛如深潭之水，却有着宛如狐狸般的勾魂眼神——“冷艳”，此时她正在柜台敲击着算盘，计算着近期需要进的胭脂水粉。由于广州湾成了法租界，很多胭脂水粉都是走私过来的，真假难辨，由于被势力大的商人操控，自然是水涨船高。

柜台前，两个宛如姐妹的少妇正在认真地挑选着胭脂，旁边一个扎着马尾辫的丫鬟打扮的少女正在热情地介绍。

这时，走进一个俊美的少女，也就二十来岁，白净皮肤，双眼宛如清泉般明亮，穿着打扮算是高端，却也显得优雅，另外是个剽悍的青年，看样子有些愚钝。

云中飞和张运进了胭脂店，四下打量了下，锐利目光最后停留在柜台后面的女孩身上，见那女孩优雅、冷艳，比起一般的大家闺秀要好看很多。

那挑选的两个少妇见了如此英俊的少年进了胭脂店，都吃惊地睁大眼睛，以为是风流少年需要买胭脂送给女孩子。

云中飞以为黑寡妇是个妇女，少说也有二三十岁了，但是，扫了一眼，却没看到，他便以为柜台后的女孩是帮忙打工的，于是上前问道：“请问老板娘在吗？”

柜台后的女孩见俊美少年风度翩翩，似乎在哪里见过，但是一时之间却想不起来，便疑惑地问道：“请问你们是找老板娘买东西，是吗？”

“是的，又不是。”云中飞见女孩目光不像是单纯的少女，眼神里糅合着淡淡的哀怨，似乎经历过世事的样子。

“这位公子，你不是和我开玩笑吧？来胭脂店不是买东西，难道是找人不成？”柜台后的女孩忍不住莞尔一笑，露出洁白的牙齿。

云中飞从怀中掏出警官证递过去，那女孩见是大名鼎鼎的大广州湾第一神探云中飞，吃惊地瞪大双眼，站起来轻声道：“老板娘在后面，麻烦请进来。”

云中飞点了点头，便向柜台侧边一个小门走去，张运紧步跟随上。

女孩带领他们进入店铺后面，这是个不大的休息室，也可以说是办公室，里面办公的东西一应俱全，角落里还堆放着不少胭脂水粉。

“云警官，请坐！”女孩礼貌地指了指不知道是用什么木做成的椅子，然后自己大方地坐在他的对面，不等待云中飞坐下，继续道，“我就是这间胭脂铺的老板娘，不知道云警官到胭脂店铺来是？”

云中飞和张运微微吃惊，他们想不到老板娘这么年轻，怎么会被称呼为“黑寡妇”呢？

黑寡妇似乎看出了他们的想法，莞尔地笑道：“是不是你们认为黑寡妇是个年老色衰的女人？”

云中飞和张运面面相觑，有些不好意思地笑了笑。

云中飞见黑寡妇表面上看起来大方、漂亮、爽快，不像是有心计的女孩。

“是这样的，我有个朋友，前段时间和我说过，她经常光顾你这里，不曾料想，胭脂断货了。”

“请问你的朋友是谁，又是需要哪种胭脂？”

“她叫谭小牙，至于她需要哪样胭脂，我倒是不清楚。”

“谭小牙？”黑寡妇蛾眉轻锁，对于这个名字似曾相识。

“她是大广州湾的舞女，曾经来你这里购买胭脂水粉，你应该有印象吧。”云中飞目不转睛地看着黑寡妇那迷人的眼神道。

“哦，我想起来了。”黑寡妇忽然抬起头凝视着云警官。

云中飞心里一喜。他认为他的猜测果然没有错，谭小牙将线索留在这里。

“这两天，大广州湾的小姐来购买胭脂水粉，暗暗嘀咕着说，她们的一个姐妹死了，好像叫谭小牙，我也没怎么细问，不过，那个女孩我倒是有些印象，是个优雅漂亮的女孩子，双眼看起来清澈、单纯，却又混杂着繁华红尘。”

“对，就是她。”

“可是，我弄不明白你说她说胭脂断货的意思，毕竟我们这里的胭脂长年都不会断货的。”

“那就奇怪了，如果黑寡妇这里长年不会断货，为什么谭小牙会和钱公子这样说？”云中飞觉得这其中一定有蹊跷。

第八章　暗杀暗访

子时，周公馆。

紧闭的公馆大门缓缓移开，从里面悄无声息地开出一辆黑色小车。由于是深夜，从外面完全看不清楚里面到底是什么人。

在周公馆街对面停靠的黑色小车，见周会长的车出来，便打着火，缓缓地跟随上去，不近不远地，大概也只是三十米的距离。

在后面黑色小车上，除了司机外，还有两个身穿长衫夹克、佩戴手枪的警察。负责驾驶汽车的正是张运，坐在副驾驶座的是云中飞，另外一个就是珠子了。

云中飞白天在周公馆和周会长见面，从谈话中，云中飞隐约觉得，他所说的话如果有效果，那么，今天晚上，周会长必然会有所行动，果不其然，到了子时，周会长的车才出来。这时，他们也调查清楚，谭小牙在大广州湾对面上的小车车牌，正是周公馆的。

“飞哥，你说，周会长这么晚了，他到底去哪里？”张运注视着前面昏黄的街道，除了他们的小车外，偶尔有夜行者或者其他汽车经过，倒是显得气氛诡异。

“到了就知道了。”云中飞道。其实，他也不清楚周会长这么晚到底去干什么？他总隐约觉得，今晚似乎有些不对劲，有一种不祥的感觉袭来，令他打了个冷战。

“飞哥，我有一个想法，”珠子注视着前面周会长的小车，“谭小牙怀着的小孩有没有可能不是周会长的？”

珠子这个想法云中飞也想过，毕竟他是个思维缜密之人，不过，他认为这种可能性不高，毕竟谭小牙不是随便的女孩，她之所以和周会长在一起，一定是有原因的，他认为有两种可能性，第一，谭小牙是被周会长使用计谋和他在一起的。第二，谭小牙经受不住金钱的迷惑，毕竟一个女孩子在红尘之中是想寻找一个安稳的家。

家，是所有人的梦想，是寄托。

“这个只有周会长才清楚。”云中飞觉得周会长知道的线索，可能超出他们的想象。

周会长的小车在前面的路口拐弯，向码头方向开去。

张运担心被发现，所以不急不慢地跟随着。可是，对方的小车拐弯之后开始加速，似乎是发现后面的跟踪，想摆脱。

云中飞三人心里同时一惊，张运也只好加快了速度。

周会长的小车开足马力狂奔，在黑夜中宛如幽灵般穿梭。随着夜越来越深，只有淡淡的月儿悬挂着，昏暗的街道弥漫着一股邪恶的气息，令人胆战心惊。

随着周会长的小车越来越接近广州湾码头，云中飞那种不安的预感也越来越强烈。突然，周会长的小车在拐往码头方向的位置突然停住。

“张运，小心一点！”云中飞目不转睛地注视着前面的小车，心几乎提到嗓子眼儿上。他思维快速地在思索着，开始推测这是一场阴谋。

当张运的小车在周会长的车旁边停靠下来，依然没有见到周会长的车有动静，三人不由得面面相觑。

“会不会有诈？”张运扭头看着云中飞道。

“难道中了调虎离山之计？”云中飞喃喃道。他嘀咕完，也不让张运下车，叫道，“赶紧回周公馆，我们上当了。”

张运听了，连忙启动汽车，猛打方向盘，然后猛踩油门，打算掉头回去。就在此时，突然从对面神不知鬼不觉地跳出十来个身穿黑衣服、蒙着脸的人，他们都手持手枪，对准他们的汽车就砰砰地开枪射击。

三人倒是吓得不轻。

“他奶奶的，竟然敢暗杀警察！”张运吓得全身抖，急忙弯腰猛打方向盘。只听到子弹砰砰砰地射击在玻璃窗以及车外壳上。

三人知道在暗夜之中，他们可不是对方的对手，也不敢停留，当小车拐个弯，便如同箭一般往前驶去。

三人扭头见那十来个人手持手枪对准他们的方向，一起开枪射击，完全不将他们是警察的身份放在眼里。

“真是气人，这周会长竟然敢暗杀我们，我们赶紧回去叫人将他们一窝端了。”张运气愤得猛用力狠狠拍打了下方向盘。

“我想，周会长不是真正想杀我们，只不过是想给我们一个下马威，让我们以后少管他的事情，要不然，他可能会带我们到一个地方，然后神不知鬼不觉地干掉我们。”云中飞心想周会长根本不在那台车上。

而此时，周会长到底在什么地方，为什么要避开他们的跟踪，他到底有什么见不得人的勾当？云中飞双手交叉环抱着头靠在车上皮椅上，暗暗沉思着。

“号外，号外，昨夜广州湾第一神探云中飞遭到不明身份黑衣人的袭击……”一大早，街上就传来卖报纸的孩童的叫卖声。

一听到这个特大新闻，过往的行人纷纷过来买报纸，只见报纸上头版印刷着头条：第一神探遭受不明黑衣人袭击，死伤不明。

当行人看到这个消息后，议论纷纷，一时之间，整个广州湾都在散布着第一神探死伤的消息。

警察署内，所有的警员都开始陆陆续续上班。熬了一夜的云中飞正在迷迷糊糊的，却听到杂沓的脚步声相继响起。

忽然，他听到一阵匆匆忙忙的脚步声跑过来，然后听到一声叫声：“飞哥，你醒醒，你上报纸了！”

对方连续叫了几声，云中飞才睁开眼来，睡眼惺忪地看着张运，见他拿着一份报纸和早餐，一脸不安的样子，便抬起头来，打了个哈欠：“我说张运，运哥，你能不能别吵，我刚睡着。”

“飞哥，你看看！”张运将报纸递给云中飞，然后将早餐放在台面上。

昨夜，他们遭受袭击之后，赶回周公馆，却发现周公馆异常安静，好像什么事情也没有发生过一般。由于云中飞推断周会长用了调虎离山之计，所以也没必要继续守下去，于是回了警察署。

云中飞瞪了张运一眼，打开报纸，看到头版头条新闻，一骨碌地跳了起来，他摸了摸还有些发晕的头，喃喃道：“这报社怎么会这么快知道这个消息？”

“飞哥，你现在可成了广州湾的风云人物了。”张运意味深长地伸出大拇指。

“去！”云中飞瞪了张运一眼。

云中飞看着报纸，来回踱步，忽然抬起头来看着张运：“这事你怎么看？”

张运皱着眉头，沉思了下，道：“依我之见，有两种可能：第一，就是周会长给报社爆料，目的是想将大众的目光引到你身上，给警察署带来压力，好让我们放弃调查。第二，就是我们警局的人将此事不经意说起，被报社的人知道，所以连夜赶印出来。”

“分析得不错，”云中飞向张运赞赏地点了点头，“不过，我猜测，周会长没有必要这么做，他不可能明目张胆地叫嚣警局，其中一定是有人在暗中操作，这位幕后的黑手是想借我们的手除掉周会长。”

张运听了队长的话，反复思考，认为非常有见地，不由得瞪大眼睛拍了拍手：“那接下来，我们应该怎么做？”

“不管这件事情是不是周会长所干，他毕竟是谭小牙案的重大嫌疑人，因此，必须日夜监控周公馆。”

“是。”

“云队长，蔡大队长叫你上他的办公室去！”这时，从门外走进来一个年轻的警员，他冲云中飞说了句，便转身离开。

“飞哥，看来这事情越发复杂了，他们动手都动到我们的头上了。”张运无奈地耸耸肩，摊开双手。

“好戏上场了！”云中飞说完，大步往门外走去。

他上到二楼蔡大队长的办公室，见门没关上，蔡大队长正在办公桌后面低头看着什么，脸上的表情看不清楚。云中飞敲了敲门，蔡大队长见是他，便站起来，叫了：“请进！”

云中飞一进去，蔡大队长便从办公桌后面走出来，上下打量着他，见他平安无事，才略微放心，脸色却严肃异常，怒道：“他们胆子也够大了，竟然敢动我的人，真是不见棺材不掉泪！”

云中飞见蔡大队长暴跳如雷，也配合他，握紧拳头，咬牙切齿地道：“不把他们一窝端了，我们警察署的人以后还怎么在广州湾混呀！”

“码头错综复杂，而且人员众多，想一时之间一窝端了，并不是一件容易的事情啊。”蔡大队长拍了拍云中飞的肩膀，眉头深锁，长叹一声道，“昨夜的事情到底是怎么一回事？”

云中飞于是便将昨夜之事说了一遍。云中飞心里清楚，但凡是走江湖这行的，无论是码头、商会，每年都会向管辖的领导送礼物，蔡大队长虽然比不上局长大人，不过也少不了他的那一份。

“此事倒是有些蹊跷，周会长就算知道我们盯着他，他用了调虎离山之计，可是，他不可能贸然对你们动手，要知道，如此明目张胆对付警察，他怎么不会想过后果，因此，我推断，背后一定有黑手，想卷起一场风云。”蔡大队长冷静地分析道。

“蔡大队长的分析很精准，说不准是周会长的死对头陷害他。”

“对，没错，你和我想到一块去了。”

“难道是六爷？”云中飞心想近来码头出事太多，都是指向六爷的地盘，所以，他猜测六爷和周会长正在暗斗。

“估计错不了，你就赶紧安排内线跟踪调查，说不准几件案件都与六爷有关。”蔡大队长一脸严肃道。

“是。”

云中飞答应一声，便转身出去。他来到自己的办公室，见吴宇师弟和张运正在里面闲聊着，他忽然见到吴宇，心想这小子一定是看到新闻才赶来的。

“师哥，这事蹊跷呀！”吴宇伸手敲了敲头版新闻。

云中飞看着师弟清澈的眼神，心想这小子心无杂念，心思缜密，看起事情来比起一般人看得透彻。他看了师弟一会儿，沉默地点了点头。

“对了，师弟，这几天我让你暗中调查庞嘴儿死亡的事情是不是有新进展了？”云中飞看师弟的眼神，隐约看出一些喜悦的端倪来。云中飞认为，他们警方太过显眼，不妨让师弟去跟踪调查庞嘴儿案，说不定会有效果。看来，他的想法是正确的。

“师哥就是师哥，果然什么也隐瞒不了你。”

“快说。”

吴宇睁大皓月般的明眸，想了想，告诉云中飞，他是假扮从外地来的商人，想寻找码头合作，走私一些胭脂水粉、烟土等，那些码头的工人一听这消息，个个都很高兴，都悄悄地告诉吴宇，其实，码头上的工人，除了帮助码头走私一些烟土等东西之外，自己也暗底下走私。码头虽然分为三大帮派，但是彼此不和，不过，也有着底下的兄弟暗下合作走私，其中庞嘴儿就是和吴七以及一个叫孙赛的男人合作。经吴宇调查，孙赛并不是码头上的工人，而是一家叫“广宏安”酒店的经理。吴宇调查孙赛的时候，发现孙赛的祖辈都是制作龙舟的。据码头的工人说，孙赛家都会赶在五月初四那天晚上将龙舟制作好然后送到码头，因此他推断，孙赛五月初四那天晚上就悄悄将龙舟送到码头，然后和吴七见面，并且当晚在吴七的船上过夜。当第二天庞嘴儿化装偷偷进入码头，趁机进入吴七的船和孙赛商谈走私烟土的事情，后来因为彼此闹了矛盾，所以孙赛杀害了庞嘴儿，然后趁着海上浮尸案乱象，悄悄潜水溜走了。

听完吴宇的讲述和推断，云中飞和张云“呼”的一下子就跳了起来，惊讶地瞪着眼睛看着吴宇，好像眼前这人有问题或者是美女一般，半晌也回不过神来。

“喂，我说你们两个是不是有病呀，这样瞪着我。”吴宇真想伸手狠狠抽他们两人一巴掌。

“张运，通知下去，立马出发，前往广宏安捉捕孙赛，我这就上去汇报给蔡大队长。”云中飞说完，冲师弟伸出大拇指，然后快步朝门外冲出去。

压抑得太久的云中飞，这时终于可以舒了一口气，庞嘴儿案很快就要水落石出了。

广宏安对外表面上是家酒店，但是暗下却做着不寻常的交易，警局的人都有所耳闻，但之前调查却毫无线索。

云中飞将师弟获得的线索告诉蔡大队长之后，蔡大队长原本委顿的脸色立刻来了精神，他决定亲自带队前往，于是和云中飞他们带领十来个手下前往广宏安。他们决定进行一次大围捕。为了不打草惊蛇，以防孙赛逃脱，蔡大队长分别安排手下悄无声息地将广宏安包围了起来。由于他们没有见过嫌疑人，所以，必须打听嫌疑人在广宏安所在的位置。

蔡大队长安排之后，等待午饭时间到了，便带领着云中飞、张运、吴宇三人一起大步往广宏安酒店大门走去。云中飞推测，既然传说广宏安暗藏密室干着不干净的勾当，那么，这个密室的地方必然非常隐秘，不是寻常人所能够看得到的。

四人来到酒店门外，门外的服务员礼貌地说了声“请进”，四人抬脚进入酒店大堂，只见大堂内装修豪华，桌椅干净整洁，服务员身穿西服，显得文质彬彬，第一眼看上去就是一家高级的酒店。此时，店内宾客云集，服务员来往穿梭，忙个不停。

这时，一个年轻漂亮的女服务员小跑过来，脸上带着职业性的微笑："四位先生，是否预订座位了？"

蔡大队长此刻的打扮，身穿西装，大腹便便，倒像个老板。他沉默地摇了摇头。

服务员见他们打扮穿着甚是时髦，其中两人非常俊美，不过其中一个好像熬过夜，精神和肤色都不是很好，心里猜测着到底是有钱公子，习惯过夜生活，因此自然也不敢怠慢，连忙带领着他们在西边位置雅座坐下。

四人分别坐下，蔡大队长心想既然来了，自然要招呼一下自己还有辛苦的手下，于是对着菜单点了几样下酒菜和酒。那服务员一一记下，答应一声，便转身离开。

云中飞目光跟随着刚才离开的服务员，见她是往大门斜对面的小门进去，接着看到有服务员端菜出来，便明白里面是厨房，然后，他四处打量，并没有发现什么异样。

"淡定，淡定，你们也别好像老鼠进了屋一样，充满好奇和警惕的眼神，要是眼尖的人，便会怀疑上的。"蔡大队长倒是见过大场面，压低声音道。

云中飞三人听了，便点了点头。

"吴宇师弟，这次可是多亏了你，我们才发现这条线索，事后我们警局一定会对你表扬表扬。"蔡大队长注视着吴宇微微笑着道。

"蔡大队长客套了，我这不是按照师哥的吩咐嘛。"吴宇眯着眼笑道。

"你们师兄弟配合得完美，痛快！"蔡大队长笑道。

“蔡大队长，你留意一下，楼上可是有暗桩。”张运低声道。

“不要乱看，这些人鬼灵得很，我们略微不对劲，就会给人家盯上了。”蔡大队长用眼角的余光看到楼上的围栏旁边站立着一个身穿黑西装的青年，正目光锐利地盯着下面的人，时不时假装在看手表，站得久了，便开始抽烟。

“我想，楼上可能是个秘密的去处。”云中飞自然也看出端倪来，道。

……

在他们秘密谈话间，服务员端了菜和酒上来。于是，他们边喝边假装寻常客人一般，有说有笑。

除了吴宇滴酒不沾外，蔡大队长三人倒是难得来这种地方喝酒，自然喝得舒畅。在酒席间，云中飞发现了一个不寻常的情况，倒是有好几桌都是单独一个男人和一个年轻女孩，男人年龄大一点，他们吃喝的时候，年轻女孩妖媚无比，不像是寻常人家的大家闺秀，倒是像野路来的。

那些男人和女孩吃饱喝足之后，便上了二楼，在上面负责盯梢的青年见了他们，连忙点头哈腰，然后伸手向他们示意往里面走。

“依我看，这些女孩子是这家酒店的，专门勾搭有钱人，然后到楼上的密室干那些见不得人的勾当。”云中飞观察一番之后道。

“蔡大队长，我也是这样想的。”张运附和道。

蔡大队长点了点头，皱着眉头沉思了片刻，才缓缓道：“我们不清楚这里面的门路和复杂的情况，也不方便贸然行动，所以，我想能否找个女孩打听情况，或者干掉上面那个暗哨。”

“找个女孩，我想不可能，因为我刚才留意到，那些女孩和客人好像嘀咕着什么暗语似的。”云中飞刚才假装上厕所经过那些人的身边时，特意听了下。

“那只能够在不惊动其他人的情况下，干掉上面那个人了。”蔡大队长压低声音道。

“好。这件事情就交给我吧。”张运一仰脖子，干掉一杯酒，站起来便往楼梯口走去。

“这臭小子做事冲动，行不行啊。”蔡大队长嘀咕了声。

“请放心，这可是他的强项。”云中飞微笑着举起酒杯伸向蔡大队长。蔡大队长强颜欢笑地举起酒杯。

此时，一种不安的氛围弥漫开来。

只见张运顺着楼梯上了二楼，却不向暗哨走去，而是一直往里面厕所的方向走去。下面的三人，除了云中飞能够猜测到张运的办法，其余两人都一脸紧张。

第九章　捉拿孙赛

过了一会儿，三人正等得焦急的时候，张运出现在楼梯口，并且还搂着一个妖艳的年轻女孩的腰，大大方方地向暗哨走去。

蔡大队长忽然回想起刚才张运是跟随这个女孩上去的，也不知道他是用什么办法哄着女孩的。

“臭小子，比你爷还厉害！”蔡大队长忍不住扑哧笑了下。

张运搂着女孩来到暗哨面前，那暗哨见这年轻人是陌生面孔，不由得瞪大双眼，如同狼一般射出锐利的目光上下盯着，也不知道他低声和那女孩说着什么，那女孩不停地点头。暗哨点了点头，便让女孩带着张运离开。

云中飞见事不宜迟，连忙冲蔡大队长和吴宇使了个眼色，然后快步往楼梯小跑去。蔡大队长和吴宇愣怔了下，连忙跟随上去。

暗哨见云中飞三人脚步匆忙地跑过来，惊了下，连忙上前阻拦。

“刚才下去的是我兄弟，他说这地方好玩，哄骗带我们过来玩，想不到他却一人独吃了。”云中飞瞥见里面是条长廊，指着张运的背影，气愤地道。

那暗哨见云中飞有点傻愣愣的，猜测是有钱公子，只是没脑子的那种，不由得哈哈大笑。他还没笑完，云中飞悄无声息地贴了过去，从腰间掏出手枪顶住他的背部，压低声音道：“不想死的，带我们进去玩玩。”

暗哨顿时吓得脸色大变，知道这主可不是好惹的，便乖乖地带着他们往长廊走进去，一边走一边猜测他们的身份，隐约感觉到今晚的事情有些不对劲，但是，手枪顶住背部，他摸不清楚对方的来历，也不敢声张。

“兄弟，小心，千万别走火了！”暗哨颤颤巍巍地道。

云中飞见四处无人，便伸手在暗哨身上摸索了一番，掏出一把手枪来，随即插入腰间。

暗哨带领着他们走进长廊，拐了个弯，便看到一个门前站立着两个好像暗哨的青年，那看门的麻子脸、小眼睛、身材短矮，见暗哨带领着三个陌生面孔进来，以为是生客，便笑道：“兄弟，有好货上门了。”

“别乱说！”云中飞手下用力了点。

暗哨自然不敢声张，沉住气点了点头。

麻子脸似乎没有发现有什么不对劲的，便打开门让他们进去。他们刚进去，后面的门便被关上了。吴宇扭头用眼角余光瞥了下，见那麻子脸腰间也藏着枪，心想，这地方果然不是寻常人能够来的。

此时，只见大门内是个偌大的大厅，大厅内灯火昏暗，烟雾弥漫，好像早晨的海边码头一般，只隐隐约约看到人影走动。

“张运那小子到底去哪里了，该不会真的开玩了吧？”蔡大队长四处环顾，根本看不清楚张运在什么地方。

“几位爷，你们知道这是谁的场子吗？就你们几个臭小子也想砸场？”暗哨此时逐渐冷静下来，骂道。

云中飞担心暗哨声张，便威严地道：“我们只是找人，只要你别乱动，我也不难为你。”

暗哨见对方完全不惧怕，倒是担心枪走火，所以只是想吓唬吓唬他们，不过见起不了作用，便道：“找谁？”

“这个你就不用管了。”云中飞推着暗哨往前面走去，忽然看到一个房间，也不管房间里是什么人，便推门而入。

昏暗的房间内放置着一张沙发和桌子，桌子上摆放着一些水果，沙发上躺着一个男人，正手持烟枪，吞云吐雾，旁边的女孩穿着单薄的短袄，正在给男人按摩。

云中飞他们突然闯进来，倒是吓了他们一惊。他们刚想张嘴问，蔡大队长就掏出手枪上前，对准他们，两人顿时吓哑，惊恐地瞪大双眼。蔡大队长骂了句：“人渣！”便抡起拳头狠狠地砸了下去。拳头还没砸下，原本都吓傻的两人顿时晕倒过去。

云中飞担心有变故，刚想抡起拳头砸晕暗哨，想不到暗哨张嘴“来……”还没有喊出声，背后便被砸了下，顿时“啪”的一声摔倒在桌子上，一动也不动了。

“师弟，想不到你够狠的。”云中飞拍了拍师弟的肩膀道。

“此地不宜久留，赶紧行动。”蔡大队长收起手枪，压低声音道。

云中飞和吴宇点了点头。

三人走到门外，假装什么事情也没发生，便往前面走去。

“师哥，这地方不小，胡乱找人也不是办法呀。”吴宇道。

“这个不用担心，跟随我来就行。”云中飞瞥见一个身穿黑色长裙的女孩子从其中一间雅房出来，便偷偷地贼一般跟随上去。

那女孩不曾想到有人突然偷袭这里，所以一直往里面走进去。那女孩走到尽头，拐了个弯便消失不见了。云中飞便快步小跑过去，见是个楼梯口，那女孩正顺着楼梯往下走，女孩好像感觉到有人跟踪，不由得仰望上来。云中飞连忙缩回头，与此同时，伸手拦住要冲过来的蔡大队长。

蔡大队长吃了一惊，连忙收住脚步。

过了一会儿，云中飞听到那女孩的脚步声完全消失，却不急着下去，暗暗思量，下面可能就是烟土馆的办公室，说不准孙赛就在下面。不过，他猜测这里面是后门，一来预防发生意外，所有人都会走这个通道，二来，估计所有人出去也是走这个通道，这样就不会有人注意，那么，如此一来，下面便会有人看守，所以，事情紧急，必须速战速决才行。

他想到这里，便将想法告诉蔡大队长，蔡大队长心想，云中飞的话不无道理，但是，如果这样贸然下去，必然会露出马脚。

他们正毫无头绪的时候，忽然听到后面传来脚步声，顿时吓了一愣，连忙转过身去，见到来人，才长舒了口气。只见张运搂着刚才那个姑娘走来，一脸邪恶的笑意，逗得那女孩花枝乱颤。

那女孩见面前站立着三个陌生面孔，愣怔了下，随即警惕起来，疑惑地看着张运。

“别大惊小怪的，这三位是我的兄弟，也是孙经理的朋友，这不，听孙经理说你们的场所好玩，都一窝来了。”张运向云中飞他们使了使眼色，嘻嘻笑道。

那女孩不像普通人家的女孩子那样单纯，不过心想，这四人看似有钱公子，也想不到警察那块去，更何况，他们如果是想闹事，这种地方可不是他们撒野的，便没有多想，带领着他们往楼梯下走去。

云中飞果然猜测得没错，楼梯口有个暗哨在把守，见女孩带领客人下来，见是陌生面孔，还是警惕地打量着他们，他最后的目光停留在云中飞身上，觉得这个有钱公子似乎在哪里见过，有些脸熟，不过，一时之间想不起来，不由得纳闷地挠着头。

云中飞见那暗哨目不转睛地盯着自己，心里一顿，暗想这暗哨可能见过他，便略微低了低头，从他身边擦过去。

“这位兄弟，麻烦等一下。”暗哨叫住了云中飞。

云中飞三人都吃了惊，手悄无声息地摸向腰间。云中飞深呼吸一下，冷静地转过身来，怒瞪了对方一眼：“你这没大没小的，乱叫什么，我钱公子你也认不出来？”

“对不起，对不起。”暗哨见对方气势吓人，倒是愣了下，连忙赔礼道歉。

“下次狗眼看准一点。”云中飞骂了声，便转过身去，轻轻推了蔡大队长一下，便往前走。

暗哨挨骂之后，挠着头努力回想，这人到底是哪个钱公子啊?

那女孩见云中飞自称是钱公子，心里顿时踏实许多，于是走快了几步。三人下了楼梯，往前面拐弯，却看到一个偌大的大厅，大厅内，男男女女，人头攒动，只见大大小小的桌子面前围拢着不少人，一看场面，顿时明白过来，原来楼上是做烟土、色情生意，底下则是赌场。

云中飞仔细地扫了四周一眼，心里纳闷，他们在门外观察酒店的时候，也没见到这么多人，难道，这些人是从后门进来的，并且，可能是赌了几天几夜的。很快，他便看到东南方向有暗哨把守，并且此时小门从外面推开，走进一个精瘦的男人，此人不是别人，正是六爷的手下吴七。

“不好！”云中飞暗叫了声，连忙上前搭着蔡大队长和张运的肩膀，拼命向他们使眼色。当他们瞥见吴七的时候，都吓了一惊。在场的人只顾着赌钱，也不曾留意到他们，而吴七进来后，好像精灵一般用眼神四处搜寻，云中飞几人赶紧低头闪避。

吴七扫了赌场一遍，便大步轻车熟路地往赌场里面一个通道走进去，只见通道上面写着：办公室重地，闲人莫进！

云中飞几人看得清楚，那吴七是来找孙赛的，孙赛一定是在里面。不过，眼前的情况比较复杂，如果贸然闯进去，他们能否出得去也是一个问题，而外面接应的人，也很难找到这个地方。

“蔡大队，有什么办法？”云中飞快速地思考着，将四周的情况看得一清二楚。赌场内一共有十人把守，包括守在门口的。

“直接进去，将孙赛绑了，然后你让张运搞定门口那个暗哨，打开门冲出去鸣枪，我们的人自然会过来。”蔡大队长压低声音快速地道。

云中飞点了点头。

走在前面的女孩听到他们嘀嘀咕咕的，也听不清楚，不过，她疑心越来越重。她感觉这四人神神秘秘的，不像一般的客人，但是，她心想，这里有他们这么多人，他们四人也闹不出什么事情来。

云中飞几人跟随着女孩走进通道，很快就来到写着“办公室”的大门前。女孩敲了敲门，里面应了一声，问是谁。

“孙经理，是我呀，你的朋友来找你。”姑娘应道。

过了一会儿，门才从里面打开，露出一张瘦脸来，正是吴七。他还来不及看清楚来人，脸上就被狠狠揍了一拳，顿时感觉到头晕目眩，直接往后面倒下去。

张运将女孩往里面一推，便闯了进去。云中飞三人随后呼的一声冲了进去。

此时，办公室里的三人都吓了一惊，一下子就从座位上蹦起来，连忙伸手去腰间搂枪。但是，进来的人，三支黑洞洞的枪口已经对准他们。

“蔡大队长！”站立在办公室后面的一个高大男人，长得瘦马一般的皱脸，双眼泛白而细小，宛如一个凶狠的杀人犯一般。他猛然见到是警察署的人，带头的是蔡大队长，顿时一惊，几乎惊叫出声。

“你就是孙赛吧？”蔡大队长觉得这人好像在某个场合见过面，却想不起来。

“正是孙某，”孙赛盯着他们，射出一股宛如匕首的寒光，冷冷地道，“蔡大队长，你也不看看，这是什么地方，是你这些小喽啰能够乱闯的吗？”

“去你妈的，姓孙的，口气真大呀！”张运一脚踩在台面上，怒瞪着孙赛。

云中飞拿着枪对准其余两个剽悍的暗哨，见他们目光闪烁，估计是有些害怕，如果不是孙赛下命令，他们绝对不敢动手。不过，他心里清楚，一旦枪响，外面的人立刻就会冲进来，到时候他们着实难以逃脱，因此，必须先发制人。想到这里，他便向张运和吴宇使了个眼色，三人几乎同时出手，只见孙赛三人惨叫一声，再看过去，三人分别被一支箭和两把匕首刺伤拿枪的手臂。

他们惨叫声刚落，张运和吴宇便跳过去，两下子就将对方打晕过去，而云中飞不紧不慢地走过去，掏出手铐，“咔嗒”一声将孙赛铐上，厉声喝道：“走，跟我们回警局一趟，我们怀疑你谋杀了庞嘴儿。”

孙赛心里顿时一顿，挣扎了几下，见无法挣脱，依然冷静地道：“我只是一个做生意的，不知道你在乱说什么。”

“我们走！”蔡大队长觉得此地不宜久留，便转身往门外走去。张运从暗哨身上脱下外套，套在孙赛的手上，便押着他，和云中飞、吴宇一起往外走。

云中飞出到门外，对张运嘀咕了几句，张运点了点头，快步往前面走去。

蔡大队长在前面带队，云中飞和吴宇在后面押着孙赛，紧张不安地出到赌场大厅。他们一出现，所有的暗哨以及一些赌客的目光都盯过来。

“不好！”云中飞暗叫了声。他清楚，孙赛在这种地方混迹，自然有他的江湖经验，一旦孙赛使暗号，他们必然被围拢。

“不要乱说话！”云中飞用手枪顶住他的后背，压低声音道。

此时，眼看着张运就要走到守门的暗哨身边，孙赛心里想着，一旦被警察带走，后果他是知道的，因此只能够拼了命干了他们，才有逃生的机会。

他想到这里，便向暗哨使眼色。那暗哨经过训练，一下子就看出了端倪，纷纷对望了一眼，然后齐刷刷地掏出手枪，不知道谁吆喝了声：“干事！”

喊声一落，顿时，这十来个暗哨立马掏出手枪来，齐刷刷地对准蔡大队长这边。就在这千钧一发之际，张运眼疾手快，一个箭步上前，手腕一抖，转身就夺过那守卫的手枪，接着使用擒拿术，将守卫双手绑住，紧紧地贴在他的身后，然后伸手去拉开门，缓缓地退了出去。

赌场的人忽然见了这种情况，不明就里，顿时吓了一跳，有人尖叫起来，顿时乱了套，宛如炸了锅，纷纷拼命往门外冲。

云中飞三人趁乱押着孙赛往门外移动。

就在此时，忽然听到响起“砰”的一声枪响。

守卫在外面的警察听到枪声，急忙纷纷往这边跑过来。

蔡大队长和云中飞、吴宇三人押着孙赛出到后门，见后门是一个偏僻的小巷，此时，听到枪声的警察正齐刷刷地冲过来。而赌徒纷纷往前面跑去。

“不想死的都给我蹲下去！”蔡大队长见自己的人跑来，顿时长松了一口气，拿起手枪对着天空开了一枪。

那些惊慌失措跑着的赌徒突然听到吆喝声和枪声，再见到身穿警服跑来的警察，顿时吓得连忙蹲了下去，一动也不敢动。

蔡大队长看到跑过来的警员，立马来了精神，心想今天可是立大功的机会，怎么可能放过，便吩咐云中飞他们带孙赛回警局，这里的场面就交给他处理。他吩咐完毕之后，立刻带领着警员纷纷往里面冲。

云中飞和张运、吴宇三人一将孙赛带回警局审讯室，就将他锁在椅子上。由于吴宇是警局外人，不方便参与审讯。

此时，云中飞和张运坐在孙赛的对面，张云去拿笔纸，准备做审讯记录。

“姓名。”云中飞见孙赛尽管被铐在这里面小小的单间，依然一脸淡定，对他们不屑一顾的样子。

张运见飞哥问孙赛的话，他却扫了两人一眼，嘻嘻笑着，张运不由得来了气，伸手猛一拍台面：“臭小子，别给脸不要脸！”

“警官，你千万别吓唬我，我担心呀！”孙赛假装抚摩着胸口，像被吓坏的样子，然后哈哈大笑起来。

云中飞见张运按捺不住脾气，再次想发作，不紧不慢地伸手拦住，目不转睛地盯着对方，冷静地道：“孙经理，这不是广宏安，不是你撒野的地方，就算你什么也没说，我也有证人证明你杀害庞嘴儿。”

“云警官，我不知道你在说什么。”孙赛毕竟是老江湖，什么场面没见过，怎么可能害怕云中飞和张运。

云中飞心想，审问孙赛可不是一件容易的事情，不过，他心想，将谜团说出来，孙赛的心理防线才会慢慢崩溃。于是，云中飞告诉孙赛，他的祖辈都是制作龙舟的，孙赛家都会赶在五月初四那天晚上将龙舟制作好然后送到码头。孙赛五月初四那天晚上就悄悄将龙舟送到码头，然后和吴七见面，并且当晚在吴七的船上过夜。当第二天庞嘴儿化装偷偷进入码头，趁机进入吴七的船和孙赛商谈走私烟土的事情，后来因为彼此闹了矛盾，所以孙赛杀害了庞嘴儿，然后趁着海上浮尸案乱象，悄悄潜水溜走了。

听完云警官的讲述，孙赛愣怔了半晌，然后才仰头哈哈大笑。

“云警官，我家的确是祖传制作龙舟的，不过，我却不认识庞嘴儿，更何况，我也不清楚什么烟土生意。”孙赛注视着云中飞，一字一顿地道。

“飞哥，看来这臭小子不见棺材不掉泪呀。”张运冷笑着盯着孙赛，摩拳擦掌。

每次面对审讯，顽强不招供的罪犯他们也见过无数，吓得屁滚尿流的也见过不少，他们自然也有办法令他们开口招供。

“不要打残就是。”云中飞说着站起来，往门外头也不回地走去。

孙赛见张运这个粗汉摩拳擦掌，冷笑着向自己走过来，多少猜测到对方的意图，他心里清楚，警察办案都会运用一切手段，可是，他心里在等待那个人出现，一旦那个人出现，就会将他放了，毕竟目前他们证据不足。

“蔡大队长，请你说一下，你们是怎么摸清楚广宏安藏有赌场和色情烟馆的事情，并且如何运筹帷幄将他们一网打尽的？”

此时，广州湾各大报社的记者都围拢在广宏安前，接连对蔡大队长询问。

面对密密麻麻的报社记者，蔡大队长却非常淡定，要他单独破奇案不成，但是让他面对记者追问，在媒体面前说话，可是他的强项。他心里清楚，从今天开始，他蔡大队长就会成为广州湾的大红人，大名鼎鼎的大神探，说不准从此官运亨通。

“各位报社的记者，你们好！”蔡大队长咳嗽了二声，抚摩了下头发，才开始冷静地面对记者，“其实，对于广宏安的赌场及烟馆，我们很早就有所耳闻，不过，广宏安干这种勾当，可谓是滴水不漏，每个出入口都安排了暗哨，所以，为了破案，我安排了警员潜伏进去。所谓的潜伏，想必记者们都清楚，也就是间谍，不，不是……”蔡大队长感觉自己说错话了，连忙改口。

“一般人是没有能力在这种大酒店开烟馆和赌场的，请问蔡大队长，酒店的幕后老板到底是谁？”

“不管是谁，无论多大的后台，我都会查个水落石出的。”

“真是英明神武！”

……

面对记者们接二连三的询问，蔡大队长都一一对答如流，口若悬河。

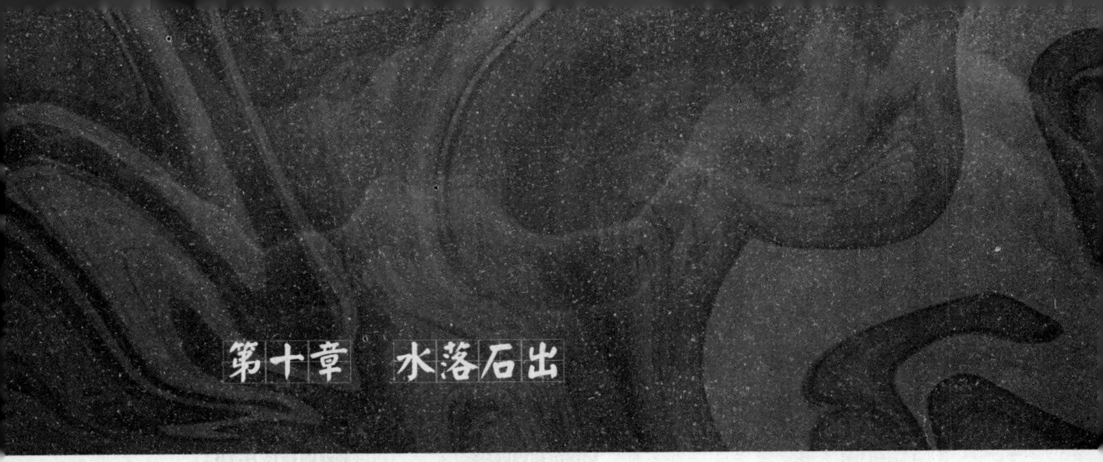

第十章 水落石出

大广州湾依然是广州湾最为繁华的夜场。灯红酒绿，觥筹交错，歌舞升平，是乱世之中的短暂繁华。

大堂内的舞池上，小样正随着音乐扭动着舞姿，轻吟浅唱，歌声温婉动人，下面观看的上流人士纷纷拍掌叫好。

谭同此时正在下面看着小样的表演，小样的舞姿和歌声深深地打动了他。自从第一次和小样接触，他就被小样的温婉所打动，他开始喜欢这个女孩子。不过，他并不是傻子，他知道小样在说谎，经他调查，钱公子根本不可能是杀害妹妹的凶手，凶手一定另有其人。可是，小样似乎在害怕什么，却不敢告诉他真相。

小样的歌声在夜场缓缓流淌，演绎着一段段乱世繁华爱情。她时不时不经意地瞥了眼谭同，自从谭同上次自称为小牙的哥哥，她就愣怔住了，谭同表面上看起来虽然和妹妹不太相似，但是，她却看出哥哥和妹妹的神情很相似。她虽和谭同接触不多，不过心想他是个老实的男人，是一个可以依靠的对象。她心里非常清楚，谭同非常疼爱妹妹，如果是他深爱的女人，必然也非常疼爱，他是想调查妹妹死亡的真相，可是，真相却宛如广州湾的水，深、复杂，怕是还没有撑到对岸，就沉船了。

“彪叔，那谭小牙的哥哥又来舞场了，我担心小样可能会走漏风声。”一个身穿黑色西装的年轻人，长得细眉细眼的，一张嘴就好像哈巴狗的样子。

彪叔坐在办公台前，伸手把玩着台面上的宛如真龙的玉器，默不作声。彪叔是大广州湾娱乐场所的管理者，多年前，他曾是社会上的一名打手，因为办事手段够狠，讲信誉和义气，便打出名气来，加上足智多谋，被老板看得起，便将这家大广州湾交给他管理。其实，说是管理，他也占有股份。由于彪叔善于管理和用人，大广州湾便成为整座城市最受欢迎的地方。不过不久前，神秘失踪的谭小牙出事了，倒是打乱了他的思绪。他心里清楚，虽然表面上他应付警察，可是，小牙死亡案如果一直没有找到真凶，水落石出，他都睡不安稳。这不，冤魂不散的谭小牙哥哥谭同，一介武夫似乎也知道妹妹的死不同寻常，所以隔三岔五地跑来，想从舞女小样和其他舞女口中打听到妹妹死亡的真相。

谭同是个聪明的武夫，上次小样不是告诉他谭小牙怀孕的消息，并且接送小牙外出的男人可能是周会长，他不去调查周会长，为什么还要到这里来，难道，他发现了什么？

“不可能。”彪叔在脑海中仔细地揣摩了一遍，心想，谭同之所以再次出现在大广州湾，有两种可能：一种就是他怀疑大广州湾和妹妹的死有着直接的关联，第二种可能就是他喜欢上了小样，一个风尘舞女。

“一会儿小样表演完下班后，那谭同武夫必然会再次找小样，到时候你就给他一点教训，让他彻底离开这里。”彪叔忽然抬起头来，一双目光宛如狡猾的毒蛇一样可怕地盯着哈巴狗的手下。

“是，我这就下去安排。”哈巴狗面对彪叔如此凶狠而奸猾的目光，也禁不住打了个冷战。

哈巴狗说完，转身往门外走去。他出了办公室，沿着灯光明亮的走廊往前走去，来到围栏处，用老鼠般的眼睛扫了下面舞场一遍，见到谭同依然目不转睛地注视着舞场上的小样，嘴角抽搐了下，形成一个弧度。他冷笑一声，便向走廊上守护的手下挥了下手。

那剽悍的手下顿时风风火火地跑过来。哈巴狗在他耳边嘀咕了几句什么，手下连连点头。

谭同在大广州湾门外力夫停车的位置等待小样。他清楚小样每次下班回家都会坐人力车回去。谭同认得端坐在前面人力车上的车夫，是个粗实的汉子，一脸老实巴交的样子，宛如谭同少年时候，后来因为历经社会动荡和人生变故，才使单纯初心完全消灭。

这时，小样已经卸了妆，身穿绣花长裙，轻移莲步地向这边走过来。她知道谭同来寻她，心里便无端地不安，她实在不想隐瞒对方，可是，如果不那样做，她和谭同都会处于危险的境地，因此，她决定今晚打发走他，无论用何种手段。

“小样小姐！”谭同见小样走过来，忙上前微笑着打招呼。

小样见了谭同如此真诚的脸，原本想拉着脸不理睬他，可是又忍不住，便点了点头。

“我可以找你聊聊吗？”谭同平常是个大大咧咧、表面冷峻的汉子，不知道为什么，面对小样的时候，就显得有些紧张，局促不安的样子。

小样见他如此，竟然忍不住扑哧地笑出声来。

谭同见她的微笑宛如玫瑰花盛开一般灿烂，霎时愣怔住了。

小样见他呆萌的样子，越发忍不住笑了。

“傻小子，小样小姐都走了，你还愣着干吗？”力夫的话提醒了谭同。

他痴痴地拍打了下自己的脸，见小样走出十来步远，曼妙的身姿在昏暗的灯光下显得越发美妙动人，越发心动，不由得紧跑几步追了上去。

“小样小姐，今天你唱歌真的很好听，宛如黄什么鹂唱歌一般。”谭同走到她的身边，一脸认真道。

“多谢！”小样微微笑道。

“小样，我能请你吃夜宵吗？”谭同咬了咬牙，才大胆地道。

“可以啊！”小样倒是爽快地答应，“前面街角处就有一档夜宵，那里的云吞可好吃了，记得小牙生前，也是最喜欢吃的。”

小样说完，有些黯然神伤起来。她回想起今年春天的时候，百花盛开，下班后她和小牙一起到街角处的云吞铺去稀里哗啦地吃云吞，一边是云吞热腾腾的香气，一边是旁边的街树花朵的香气。她回想这段时光，感觉似水流年一般。

“如果小牙在多好呀！”她从往事中回过神来，轻轻长叹一声。

“小样小姐，”谭同说着停顿一下，接着道，“你是不是知道小牙真正的死亡原因？”

小样的身子不明就里地抽搐了下，停下脚步，转身看着谭同，见他目光炯炯，充满着期待、无奈、悲伤、交汇在一起。

“谭大哥，我虽然和小牙情同姐妹，可是，她的死，我真的不清楚，我已经将我所知道的真相都告诉你了，所以，请你以后不要再来找我了。”小样原本打算吃完云吞再和谭大哥说这话，她想留下一丝念想，可是，她无法做到这一步了，因此，咬了咬牙，坚决地道。

她说完，也不等待谭大哥回话，大步往前走去。她一边走，眼泪一边忍不住地落下。

谭同想不到温婉的小样说起话来如此伤人，他的心绞痛了下，看着小样的背影，却没有追上去。

正跑着的小样，发现已经来到街角，她一边抹眼泪，一边暗骂自己嘴贱，什么话都说得出口。她正暗自责备，忽然看到街角处走出十来个人，都是清一色的黑西装的青年，他们每个人都手持木棒，正凶神恶煞地冲向呆呆站立在原地的谭同。

小样见到其中一个蜈蚣脸，分明就是大广州湾的打手，她暗喊了声不好，惊恐地瞪大了双眼，扭头看向谭同，张嘴想大喊“谭大哥，快走呀！”可是，不知道为什么，她张嘴却喊不出声来。

谭同忽然见到十来个青年齐刷刷地舞动木棒冲过来，一看样子，不像是第一次打架的，倒是像打架的老手。他吃了一大惊，心想自己在广州湾向来和人无冤无仇的，这些人该不会认错人了吧。他想到这里，看着这些人即将到，要劈向他，连忙叫嚷道：“我是陈大武馆的谭同，你们该不会搞错了吧？”

“打的就是你！”不知道谁嚷了声，这些人忽然一窝蜂地将他围拢起来。

谭同见这些年轻人脸生，也不知道什么时候得罪了他们，倒是冷静下来，握紧拳头，不紧不慢地抬出前脚，双手摆出一个八卦掌的阵势，怒嚷道：“来呀！”

谭同自小练习武艺，加以天赋异禀，后来在广州湾和陈大学习拳法，对于打架，他倒是不惧怕。他喊声刚完，倒是有几个青年抡起木棒劈头盖脸地劈了过来。谭同冷笑一声，也不敢马虎，双脚快速地移动，身子灵活地晃动，突然一下子就钻到他们的身后，抡起拳向他们的背后砸了下去。谭同心想和他们也不见得有仇恨，倒是用了五分力。

这些青年想不到对方身手轻巧灵活，一个马虎大意，顿时后背被砸了一下，却宛如铁锤砸了一般，“啪”的一声脆响，就差点没趴下去。

其余人见了，倒是吃了一惊，想不到对方双脚灵活，是有功夫底的人。但是，他们仗着人多势众，心想单靠你一人，无论如何也不可能是我们的对手。

“上！”其中一个脸上有着一条长长裂痕好像蜈蚣脸的青年叫了声，便抡起木棒冲过去。

其余人听了，“呼啦”一下，立马冲过去。

谭同倒是不急不慌，闪身上前，抡起拳头左右开弓，顿时，听到一声声“哎哟——”。

街上的人见了打架的场面，胆小的早就逃之夭夭，胆大的却站得远远的，或者躲在角落里看热闹，临街店铺的担心殃及池鱼，早已经惊慌地关门。

小样突然见蜈蚣脸这些人围攻谭大哥，惊慌得喊不出声来，颤抖着双手捂脸，偷偷地瞥过来。忽然，她见到谭同左右闪避，宛如大侠一般，将这些人打得落花流水，虽然他也不小心被砸了几下，但是这些人纷纷被打趴下，便惊异地瞪大了双眼。

被打趴的青年鼻青脸肿的，他们却越发愤怒，再次抡起木棒劈过去。

“谭大哥，你赶紧走呀！”小样忽然意识到，蜈蚣脸这些青年手段够狠，一会儿该拼命用上匕首了。

谭同见小样惊恐不已的表情，再看她看这些青年的眼神，他心里顿时明白过来了，他是招惹了大广州湾的红人。他想到这里，越发相信大广州湾隐瞒着妹妹谭小牙的真相。他见小样的眼神，明显是关心他的，他也知道再打下去，可能性命难保，便砸倒一个冲上来的人，然后往前面飞快地跑去。

其余青年见了，纷纷抡起木棒快步地追了上去。

警察署审讯室内，吴七双手被戴上手铐，惊恐不安地坐在椅子上，精瘦的脸上，高鼻深眼，正目光闪烁地看着坐在对面的云中飞以及张运。

前段时间询问吴七的时候，想不到这小子一直隐瞒着真相，要不是吴宇意外地发现他和庞嘴儿、孙赛有着神秘的联系，那么，庞嘴儿一案也不知道要拖到什么时候。云中飞和张运审讯孙赛的时候，这只老狐狸只字不提，连张运暗暗下了手段，他竟然强硬顶着，看来是个硬骨头。所以，他们是想从吴七这人下手，他们知道吴七胆小如鼠，倒是可以从他这边撬开口。

“吴七，”张运目光如炬地盯着吴七，愤怒地猛一拍台面，喝道，“孙赛已经全部招供，你就算不说，我也有证词和证人证明你贩卖烟土，你想想，按照贩卖烟土的罪名入狱，后果你是知道的。”

吴七被张运如雷的一喝，倒是吓了一惊，他目光呆滞地看着张运，嘴唇抽搐了下，忽然呵呵笑起来：“张警官，你也别吓唬我了，孙赛会这么轻易招供？你也别欺骗我。”

云中飞冷静地注视着吴七，他倒是不焦急，吴七就是能够熬，关他几天，再吓唬他，他强硬的心理防线想必会攻破，一旦吴七松口，证明孙赛杀害庞嘴儿，庞嘴儿案就宣布结束。他在想着，广宏安幕后的老板到底是谁？为什么孙赛有信心背后的老板会帮助他逃脱罪责。

“吴七，你是个聪明人，”云中飞说着站起来，慢慢地来到吴七的面前，蹲下去看着吴七的眼神，“你贩卖烟土，我们可以定你几年罪，你这身子骨一旦到了狱里，恐怕熬不了几天就会被打残，你不为自己想想，你倒是要为你年迈的母亲和孩子着想。”

吴七听到这话，心里一顿，抬起头来注视着云中飞，想着家里还有一个年迈的老母亲及一个七八岁的孩子。孩子正是上学的年龄，长得特别秀气可爱，每天傍晚都会在家门口等待他，一见父亲回来，带着童声的语气就清脆地叫“爸爸，爸爸回家了”。他一想起这个温暖的画面，想到以后可能见不到了，就忍不住流下眼泪来。他私下走私烟土，自然是犯了码头的禁忌，就这一点，想必六爷也不会放过他，他之所以这么做，也是为了多病年迈的母亲，还有孩子。

云中飞见吴七一个大男人竟然哭泣起来，估计是想家了，不由得长叹一声：“我说吴七，如果你将孙赛是如何杀害庞嘴儿的事情告诉我们，那么，你走私烟土的事情，我会上报酌情处理。”

“真的？”吴七抬起双手抹了下眼泪，双眸放出光芒，但是，想起什么，突然又黯然神伤，喃喃嘀咕着，“就算你们警方放过我，孙赛的人也不会放过我，要知道，孙赛的背后有着很大的靠山。”

云中飞听了，瞥了眼张运，张运会意地点了点头，就准备在审讯本上记录。如果他们能够询问出广宏安背后的真正势力，的确是大功一件。不过，他们也知道，广宏安能够开这么久，背后的势力想必盘根错节。

“到底是谁？”云中飞追问道。

吴七猛摇了摇头，喃喃着：“我真的不知道，真的不知道。”

云中飞见吴七的精神几乎崩溃，再逼下去，吴七可能会疯掉，皱着眉头想了想，道：“吴七，这个就算你不说，我们也会调查的，就算你隐瞒孙赛杀害庞嘴儿的真相，你也应该清楚，就算你能够从这里出去，难道周会长会放过你吗？”

一听说周会长，吴七顿时打了个冷战，他是见过周会长的手段的，这次如果出去，估计会被打残废了，不会像上次只是打几下吓唬吓唬了。

云中飞见他双眼透露着恐惧，低着头沉思着，半晌抬起头来注视着云中飞，开口道：“告诉孙赛谋杀庞嘴儿的真相可以，不过，需要你答应我一个条件。”

“竟然敢在这种地方提条件！”张运怒瞪了吴七一眼。

“可以。”云中飞爽快地答应道。

第十一章　失踪追捕

周公馆对面的简陋公寓里，珠子和两个同事按照云中飞的吩咐，连续蹲守了两天两夜，却发现周会长一直没有出现。他们便将消息汇报给云中飞。云中飞听完消息之后觉得，此事非常蹊跷，为了明确周会长是否还住在公寓，他便让珠子前往周公馆，借着庞嘴儿案告破的消息去打听消息。不料，事情完全出乎他们的意料，周会长竟然不在周公馆，再到码头打听，周会长已经有两天没出现在码头，码头的工人也无法联系到他。

一个大名鼎鼎的周会长一夜之间在广州湾神秘失踪。

报社记者消息灵通，于云中飞他们调查发现周会长神秘失踪的第二天，各大报社印刷了头版头条：广州湾码头周会长神秘失踪。一时之间，这条新闻彻底震动了广州湾，成为各大政要以及民间的热门话题。

警察署内，所有的警员都集中在一楼大厅的会议室内，有身穿便衣的、有身穿警服的，都是在窃窃私语，谈论着周会长消失之谜。

“云队长，对于周会长消失一案，你有什么看法？”一个方脸、高鼻梁、深眼、肥胖的中年男人见大家谈论得差不多了，他便扫了大家一眼，然后将目光停留在云中飞身上。

“邱局长，”云中飞站起来，锁着眉头再次厘清一下思路，才缓缓舒展开眉头，扫了众人一眼，“各位同事，既然邱局长让我发言，那么，我就根据经验和调查的情况说一下。据我所知，周会长是广州湾商会的会长，广州湾商会名义是商会，实则是帮派，形成盘根错节的复杂关系。前段时间的庞嘴儿案，想必大家都清楚，庞嘴儿是周会长的人，而谋杀庞嘴儿的却是昔日儿时的玩伴。不过，据我调查，孙赛在广州湾没有真正的实力，所以，广宏安背后真正的幕后老板是谁，依我看来，很有可能是周会长。”

在场的人听了云中飞的推断，纷纷惊讶地瞪大双眼。

云中飞接着推理起来，按照他的推测，首先思路回到海上浮尸案来，死者是大广州湾的舞女谭小牙，和周会长有着宛如情人般的关系，并且可能怀上了周会长的孩子。当警察署获知这个消息去调查周会长时，初次见面之后，周会长可能是心怀鬼胎，却突然玩失踪了。据他的推断，周会长不可能是因为谭小牙案与他有关联而神秘失踪的，因为到目前为止，完全没有证据证明那孩子就是周会长的，而且没有证据证明他杀人，所以，周会长突然失踪，可能是另有原因。

警察署的同事以及邱局长听完云中飞的推断，面面相觑，窃窃私语起来。

“云队长，那么，你怎么看周会长突然失踪的事情？”邱局长目光炯炯地看着云中飞，道。

“依我看来，所有的源头都是指向码头，因此，我猜测，周会长的失踪可能与码头有关，毕竟码头是块肥肉，所有人都盯着。”

邱局长皱着眉头深思了片刻，默认地点了点头。

邱局长扫了在场的人一眼，见没有人发表意见，包括蔡大队长都摇了摇头，于是严肃地道：“接下来的工作，我安排一下，蔡大队长负责全面工作安排，张贴告示，全城搜寻周会长，另外，调查周会长身边的人，包括码头的工人，看能否查到线索，获知周会长失踪的真正原因。”

“是。”蔡大队长笔直地站立起来，敬了个礼。

其他警员也纷纷站立起来，声音洪亮地齐刷刷叫道：

“是。”

“好！散会！”邱局长挥了挥手，然后叫蔡大队长和云中飞两人留下来。其余人纷纷回到自己的工作岗位上。

邱局长见其他同事离开，招手示意他们坐下，自己也坐在他们的对面，注视着他们，沉吟了一下道：“狐妖一案查得怎么样了？”

蔡大队长和云中飞对望了一眼，云中飞吞了口口水，道：“毫无线索。”

“对于广州湾第一神探来说，可是第一次听到毫无线索呀。”邱局长紧盯着云中飞的眼神，意味深长地道。

“请邱局长放心，我师弟正在暗中调查，只要他再次犯案，我们一定能够捉获。”云中飞坚定地道。

“关于你师弟帮忙追捕狐妖的事情，全广州湾的人都知道，不过，我细想，狐妖的身份到底是什么？”邱局长接着道，“我想着，能否从江湖上寻找。”

“邱局长，已经在暗中调查，目前还没有线索。”云中飞道。

“好！”邱局长点了点头，紧锁双眸，张嘴想说什么，却没有说出口。

蔡大队长和云中飞猜测不透邱局长的深意，便没有再说什么。

裕源胭脂铺。

店铺的外面一大早就淅淅沥沥下起了小雨。南方的雨，缠缠绵绵，宛如温婉的少女、多情的女子，剪不断理还乱。

店铺内，一个扎着发辫的少女正和一个狐媚眼的女孩在柜台后聊着天。那少女名叫雁儿，明眸皓齿，温婉动人，是胭脂铺的工人，她正和老板娘胡玉儿在说着闲话。雁儿是个孤儿，自小在孤儿院长大，吃过世人无法体会到的苦，后来，她遇上了胡玉儿。胡玉儿自小没有父亲，是跟随做神婆的母亲长大的。母亲为了养活女儿，在外面是用尽各种手段，深知人间冷暖，才勉强混口饭吃，辛辛苦苦将玉儿抚养成人。

玉儿长大后，出落得天姿国色，因为自小和母亲姐妹的儿子婚配，但是对方的儿子在前年过世，因此，坊间便称呼胡玉儿是黑寡妇，意思就是没过门的媳妇克死了丈夫。

玉儿自小跟随母亲长大，倒是知晓一些旁门左道，也懂得一些诡术。不过，她却看不上母亲干神婆这一行，跑到大广州湾去当歌星，由于声甜人美，很快就吸引了广州湾所有上流人士的目光。

大广州湾码头的周会长和玉儿母亲是老乡，周会长同情玉儿，不想这女孩年纪轻轻就沦落风尘，于是，出资帮助玉儿开起了这家裕源胭脂铺。而雁儿当初是大广州湾的服务员，因为玉儿见这女孩精灵，便让雁儿帮助她经营这家胭脂铺。

“玉儿姐姐，”雁儿双手托着下巴，一双明眸看着外面的似断欲断的雨丝，呢喃道，“坊间都传说周会长神秘失踪了，不知道这事是真还是假？”

玉儿抬眼看着雁儿，深潭妩媚的眼神中，似潺潺流水流淌，张开樱桃小嘴：“那天，周会长过来胭脂铺和我说了一会儿闲话，说他近来可能有事情外出，如果他实在回不来了，让我务必留住那样东西，当时，我认为他只是和我开玩笑，想不到他是认真的。”

雁儿在胭脂铺只关心生意经营的情况，对于周会长和玉儿的闲话倒是从来不打听，所以玉儿所说的话她也是一头雾水，不过，聪明伶俐的她，当然不过问。

玉儿清楚雁儿的心思，不过，对于周会长突然离奇失踪，玉儿也是满腹疑惑，她心想，依着周会长目前的势力，一般人可是动不了他，所以，周会长的失踪太过蹊跷。她必须弄明白周会长的失踪之谜，毕竟周会长对于她的关照无法用言语来表达。

雁儿见玉儿神情失落，不免有些焦急。

这时，街上忽然开过来一辆小车，那小车在胭脂店铺门前缓缓停靠下来，接着，从车上下来一个英俊的青年，明眸皓齿，一双清泉的眼眸一转，也不撑雨伞，直接推门跑进了胭脂铺，紧随其后，一个剽悍的青年也跟随进来。

“玉儿姐，今天真是霉气，一大早还没开张，就有警察上门了。”雁儿噘嘴小声嘀咕着。

“哎哟，”黑寡妇见了英俊的第一神探，不紧不慢地站起来，脆声道，“我还以为是谁呢，想不到是大名鼎鼎的云警官。”

“胡老板，打扰了！”云中飞不知道为什么，面对黑寡妇的时候有些不安，总感觉对方狐媚的眼神好像在吸他的魂魄一般。

“请坐！”玉儿伸手示意。她说完，从柜台后走出来，坐在旁边招待客人的椅子上。

云中飞回想起上次到胭脂铺是为了追查谭小牙提到胭脂的事情，想不到一无所获，不过，云中飞隐约觉得，谭小牙失踪前提到的胭脂缺货，可能另有深意，只是他猜测不到而已。

“不知道云警官今天来，是来看美女，还是买胭脂呀？”玉儿妩媚的眼神紧盯着云中飞，莞尔笑道。

云中飞脸上的肌肉抽搐了下，倒是有些羞涩。他自年少以来，曾经在三年前和一个外地女孩有过约会，可是，那女孩突然消失了，他便到女孩居住的地方去寻找，但是，女孩的家已经搬走。他估计对方走得匆忙，所以没来得及和他再见一面。他这时恍惚觉得，那个女孩的模样倒是和黑寡妇有些相似。

“云警官，和你说笑呢，你千万别见怪呀！”玉儿微微笑道。

站立在云中飞背后的张运见不得黑寡妇拿云中飞开玩笑，张嘴想说什么，想不到云中飞却伸手示意他别乱说话，便强忍住。

“胡老板真是会开玩笑，”云中飞微笑道，“我今天来，依着胡老板的聪明，想必是知道的。”

“哦？”云儿轻锁蛾眉，“请云警官明言。”

“那我就直说了，我们今天来，是想了解周会长的情况。”

“是关于我和周会长的？”玉儿微微惊讶地张开樱桃小嘴，“云警官该不会怀疑周会长的失踪和我有关联吧？”

“当然是……不会呀，”云中飞略微停顿一下，凝视着玉儿的眼睛，接着说，“据我所知，胡老板出身于神婆世家，而胡老板自小聪明，喜欢唱歌，因此便到大广州湾去当歌星，后来因为和周会长的关系，周会长资助你开了这家胭脂铺，对吧？”

“看来你们警察无所不知呀。”玉儿心想对方是有备而来，所以完全调查清楚了她的底细。

“所以，我心想，既然周会长和胡老板的关系密切，想必非常关心周会长失踪的事情，因此，我想着，周会长失踪前是否和你说过什么，或者他之前是否也失踪过，比如去什么地方休假之类的？”

经云中飞一提，玉儿倒是想起一件事情来，周会长于三天前曾经到店铺来找她聊天，那天，周会长的神情有些奇怪，她心想可能是关于码头的事情，所以也没有多问。现在想来，那天他满腹心事可能是想和她说，不过出于考虑，便没有提起。她便将这件事情告诉了云中飞。

据云中飞对于周会长的了解，周会长尽管是大广州湾的风云人物，可是一直单身。

他听完黑寡妇所说，心想周会长心里一定藏着事情，这事情可能比较复杂，所以他才忧心忡忡。

“难道是为了谭小牙？”云中飞暗暗道。不过，他仔细一想，依周会长靠打拼混到今天会长的位置，也不可能为了区区一个谭小牙就忧心忡忡，想必还有其他事情令他无法解决。

“到底是什么事情？”

“胡老板，不知道周会长和谭小牙的关系怎么样？”云中飞心想，周会长既然和玉儿关系特殊，想必她会清楚更多内幕消息。

“谭小牙呀，”玉儿蛾眉轻轻皱着，更显得风情万种，“据我所知，周会长的确是喜欢谭小牙这个外貌漂亮、内心单纯的姑娘，可是，谭小牙不喜欢他，因此，对于你们警方怀疑周会长谋杀谭小牙，我想是完全错误的。”

云中飞见胡老板的目光带着恼怒，微微一愣，心想，如果真的如同胡老板所说，谭小牙不是周会长所杀，那么，谭小牙怀的孩子到底是谁的？

“周会长是否杀害谭小牙，现在谁也无法判断，毕竟我们在调查此案的时候，他突然失踪了，就这点，我们就怀疑周会长与谭小牙的死有着直接的关联。”云中飞道。

“为什么他这种时候偏偏失踪呢，他到底去了哪里？”玉儿喃喃着，忽然，她想到一个可怕的可能情况，就是周会长出事了。她想到此处，震惊地瞪大了双眼。

“胡老板，胡老板。”云中飞见她出神，连续叫了几声。

玉儿回过神来，倒是有些神色慌张起来，注视着云中飞，一改之前的淡定：“周会长可能出事了！”

云中飞暗暗一惊，他也想到了这种可能性，但是感觉可能性很低，毕竟周会长身边的人不少，一般人动不了他，他也不可能贸然自杀。

“胡老板，是否有什么线索？”张运追问了句。

玉儿似是失魂落魄般摇了摇头，她忽然想起周会长曾经和她不经意提起，他喜欢听宋小曲的戏，她也曾经听到坊间传闻，宋小曲和周会长有着剪不断、理还乱的关系。她心想，或者找上宋小曲，也许会知道周会长的消息。她想到此处，便站起来，对云中飞道：“想知道更多消息，请跟随我出去一趟。”

玉儿说完，扭头和雁儿说了几句话，便拿起门边的雨伞推开门走了出去。

云中飞和张运倒是蒙了，互相对望了眼，然后快步小跑出去。

云中飞走到门外，连忙上前去拉开后座车门，玉儿见了，莞尔一笑，便钻入车内，收起雨伞。

随后，两人分别上车，张运负责开车，云中飞则坐在副驾驶座上。

“胡老板，我们这是要去什么地方？”云中飞扭头瞥了眼玉儿，礼貌地道。

“云警官，你也别东一口胡老板，西一口胡老板，你我年龄相仿，叫我玉儿就行。”玉儿答非所问地道。

云中飞一愣，见张运向他使了个“你小子可走桃花运了”的眼神，便微微一笑，吞了口唾沫道：“好呀！”

“我们去戏楼找宋小曲。”玉儿正色道。

“宋小曲？”云中飞和张运微微一怔。

“你们警察忙于侦探案件，却有所不知，宋小曲是广州湾有名的花旦，就在南市戏楼里唱曲，她所唱的曲儿温婉、细腻，宛如叮咚清泉，又宛如高山流水觅知音，故此，很多喜欢粤曲的人都会去听她唱戏。”玉儿蛾眉轻锁，回想起去年大概也是这个时候，曾经和周会长去听宋小曲的戏，宋小曲一张嘴，却宛如天籁之音，下面的听众顿时呆住了。

“宋小曲的名倒是有所耳闻，只是不知道她和周会长有什么关联？”云中飞道。

“据坊间传闻，周会长是宋小曲的戏迷，周会长和宋小曲有着宛如这丝丝雨一般的关系，所以，我想，宋小曲可能会知道更多周会长的消息。”

“原来如此。”云中飞和张运几乎异口同声道。

云中飞心想，胡玉儿亲自带领他们去，也是非常迫切想知道周会长的下落。

宋小曲戏楼在南市中心街，是一栋两层的楼房，一楼是直通的厅堂，厅堂后面是化妆的地方，二楼是戏班休息的地方。宋小曲戏楼从午时就开始演戏，一直到戌时结束。宋小曲是戏楼的花旦，也是顶梁柱。宋小曲戏班是在三年前从外地过来的，由于她长得漂亮，唱的曲儿耳朵流油，唱出流芳百世的传奇，缠绵悱恻的爱情，悲悲戚戚的人生百态，故此，很多喜欢听曲的男女老少有空都喜欢过来听戏。

这天，门外却挂了个休息七天的牌子，而且大门紧闭。

云中飞三人下车后，看到大门紧锁，上面挂着休息牌子，旁边一个大海报上是一个精致、身材曼妙、双眸透彻的少女。海报上写着“宋小曲”。

“奇怪了，倒是没听说过宋小曲戏楼关门的情况。”玉儿嘀咕了句。

云中飞和张运觉得事情有些蹊跷，云中飞瞥见旁边是一家中药店铺，便向张运使了个眼色，张运会意地点了点头，便向药铺走去，他则上前敲门。

云中飞敲了一会儿门，里面却一点动静也没有，便越发觉得事情不对劲，于是用力拍打。这时，张运走了回来，急急忙忙地说，据药铺的老板说，宋小曲戏楼三天前就关门了，具体的原因好像是宋小曲不舒服，才休假。云中飞一听，觉得这个理由好像是个幌子，其中一定有着难以言说的秘密。

他正想问，忽然听到里面传来脚步声，然后里面拉开门锁，露出一条缝隙，探出一个老者的脑袋来，一脸疲倦地上下打量着来人，道：“三位客人，不好意思，想听戏的，过几天再来吧。”他说完，便打算关门。

云中飞连忙伸手挡住，道：“我是警察署的云中飞，想找一下宋小曲。”

老者一听说是警察，倒是愣怔了下，然后拉开门，往里面走去。

三人随后进去。

进入里面之后，只见戏台下是一排排的长椅，老者示意他们坐，自己则坐在他们的对面。老者自称是这个戏班的班主，问他们来找宋小曲是为何事。

“班主，是这样的，”云中飞厘清一下思路，道，“大广州湾码头的周会长，想必班主也认识吧？”

班主用深邃的眼神看着云中飞，默认地点了点头。

“听闻宋小曲和周会长关系不错，所以想找宋小曲了解一下周会长的情况。”云中飞直言道。

“宋小曲呀，前几天因为唱戏唱沙哑了嗓子，所以回去休息了，如果你们不着急，过几天再过来吧。”班主眼神闪烁，似乎有着难言之隐，这一切云中飞完全看在眼里。

“班主，事出紧急，还望你告诉我们宋小曲的去处，我们自找她便是。”玉儿插话道。

班主低下头，沉思了一会儿，张嘴想说什么，却又不说。

云中飞和张运对望了眼，分别心想，宋小曲可能不是唱戏唱沙哑了嗓子，而是事出有因。

“班主不要心慌，麻烦请坦白相告，有什么困难我们自然会帮助。”云中飞道。

班主抬起头来，凝视着云中飞，见对方眼神清澈坚定，咬了咬嘴唇，无奈地长叹一口气，道：“宋小曲出事了，我们放出消息只是休假几天，其实，我们是另寻花旦，将戏楼的生意继续经营下去，毕竟一大家子人等待着戏楼吃饭。”

三人一听宋小曲出事，都吓了一跳，面面相觑。

“宋小曲到底出什么事了？”焦急的玉儿也顿时花容失色，连忙追问道。

“其中的缘故我也不太清楚，如果你们需要了解真相，你们可以到她的宅院去。”班主说完长吁一口气，便站起来欲赶客人走。

三人知道再问不出什么来，便问了地址，然后道别班主，走出了戏楼。

第十二章　宅院奇案夜探

听班主所说，宋小曲的宅院在戏楼相邻街道，靠近南湾公园。三人很快就按照班主所说找到了这座宅院。

三人下车后，只见是一座大宅院，青砖灰瓦，厚重的黑漆漆大门，锃亮的铜环，却紧闭着。他们走近大门，仔细倾听，里面却隐隐约约传出来一丝混杂的声音。

玉儿心想，区区一个戏楼的花旦，怎么可能有钱买下如此一座大宅院呢，想必她不知道是用了什么手段勾引周会长，周会长为了得到美人心，自然也会花大钱金屋藏娇。玉儿越想越恼怒，所有的男人也不知道是什么心思，一旦遇上自己喜欢的女人，花多少心思和金钱都可以。

张运扣住铜环，用力地敲击大门。

过了片刻，才听到里面拉门闩的声音，然后吱呀一声，大门打开，探出一个瘦脸、白头发、高鼻梁、深眼的老者，他脸色充满悲戚，疑惑地看着三人，道：“三位这是找谁呀？”

“找宋小曲的。”云中飞道。

老者一听说是打听宋小曲的，脸色就变了，阴晴不定，愠怒地道：“你们找错地方了！”他说着，就打算关门。

云中飞看在眼里，便忙伸手挡住，然后道；“我们是宋小曲的朋友，是戏班的班主介绍过来的，听说宋小曲她……所以过来看看。”云中飞觉得事情蹊跷，为了查明真相，因此不便表明身份，也不知道宋小曲出了什么事情，所以说得含含糊糊的。

“老伯，你就让我们进去吧，宋小曲可是我的姐妹，我近来梦里老见着她。”玉儿假装可怜兮兮的样子。

老伯觉得三人脸生，不过，刚才和他说话的年轻人好像有过一面之缘，却一时之间想不起来。他见女孩子说得可怜，认为让他们进去也不会闹出什么动静来，便道：“进来吧。”

云中飞瞥了眼玉儿，见她向自己使了个得意的眼神，便会心地微微一笑，随即抬脚走了进去。

三人跟随着老者往里面走去，发现是个深宅大院，前面是个大庭院，左边有荷花池，右边是小亭，花圃，在淅淅沥沥的雨丝中有着几分哀怨。随着老者走过小径，庭院深处的声音逐渐清晰起来，似乎是哭声和铃铛声。

三人暗觉气氛不对劲，便加快了脚步。

玉儿听到那铃铛声和唠唠叨叨的唱天地鬼神之词，顿时一怔，暗想宋小曲出事了，是出大事了。

三人跟随老者穿过庭院进入厅堂前的走廊，只见一个身穿奇装异服，大眼睛，细皮嫩肉的中年妇女手持木剑在舞动，一边摇着铃铛，口中一边念念有词，含含糊糊，也不知道她在说什么。明眼人一眼就看出来，这个奇装异服的妇女是神婆。当中年妇女看到玉儿进来，震惊得手中的铃铛和木剑差点掉下来。玉儿忙向她使了个眼色，伸手在嘴唇做了个噤声的动作，然后跟随云中飞走进厅堂。

此时，厅堂里停靠着一具黑漆漆的大棺材，棺材前面放着一张少女的照片，和宋小曲戏楼海报上的一模一样。在少女照片的面前，摆放着香烛，正透出诡谲的光芒。在棺材旁边的地上，有男女老少三五人，披麻戴孝正端坐在地上哭哭啼啼的。

云中飞三人见了此等场景，倒是吓得不轻。

云中飞心里直犯嘀咕，他认为宋小曲突然死亡，实在是太过蹊跷了，这其中一定是发生了什么事情。他也来不及细想，便上前上了香。张运和玉儿也微微颤抖着上前上了香，然后退到门边。

披麻戴孝的三五人，呜呜咽咽的，哭得并不悲戚，而且一直头低着，不禁让云中飞他们产生疑惑。

不过，倒是一个丫鬟打扮的少女哭得伤心，双目水肿，时不时用一双大眼睛看着他们，双眼之中似乎透露出有千言万语要说。

三人上完香之后，玉儿瞥了眼其他人，便偷偷溜出走廊，走到那妇女身边，还没等待她说话，妇女倒是用沙哑的声音道：

“闺女，你跑这地方来干什么？”

“先别说这事，这宋小曲到底是怎么回事？”玉儿压低声音道。

“我也不清楚呀，今天一大早管家就到家里来，请我做场法事，而且价钱不菲，我暗地高兴着，所以收拾东西就过来了。”

“原来如此。”玉儿嘀咕了声。

“我说闺女，这事情好像不吉利，你看那些男女，哪像是一家人的样子，连哭声也假得可怜。”玉儿母亲道。

“哦？”经母亲一说，玉儿倒是觉得这事情蹊跷，那些人估计是请来哭丧的。

“那两个男的是谁？走在前面的好像在哪里见过，长得可帅气了。”神婆说着，忽然想起什么露出一排黑牙齿，对闺女使眼神，“该不会是你的相好吧？”

“妈，别胡说八道。”玉儿羞涩地瞪了母亲一眼。

云中飞见玉儿跑出去和那神婆嘀咕什么，好像很熟悉的样子，眉头不由得皱了起来，他再看管家，却没了踪影，越发纳闷起来。

“飞哥，怎么办？”张运可是头一次遇到这种事情，当然是头皮发麻，心慌得很。

“看来，一时半刻也无法找人问出什么来，何况那管家神神秘秘的，”云中飞压低声音道，“先回去再想办法。”

“嗯。”张运点了点头，也不敢再停留，快步往外面走去。

两人出到门外，见神婆和玉儿在嘀嘀咕咕，云中飞心想，玉儿可能是想从神婆那里问宋小曲宅院的情况，心想，这玉儿毕竟是聪明女孩，因为关系到周会长，自然也会多花心思。不过，那神婆面容和玉儿倒是有几分相似，心下便一顿，他想到了那种巧合的可能性。

玉儿见云中飞两人出来，也不继续唠叨，向他们使了个眼色，便跟随他们往宅院外走去。

出了宅院，上了车，一路上都没见管家的身影，云中飞越发对这个管家心存怀疑。

“飞哥，这件事情的确离奇呀，想不到刚要问宋小曲，她就死了。”张运启动汽车，缓缓地往前面驾驶。

云中飞眉头深锁，他在推测周会长的失踪和宋小曲的死是否有着直接的关联，还是只是巧合。因此，首先需要弄明白的就是宋小曲的死到底是正常死亡，还是其他原因。

还没等云中飞问话，玉儿倒是说了起来：“刚才我向那神婆，也就是我母亲了解了一下情况，她也是今天一大早过来做法事的，具体的情况她也不清楚，不过，据她听到的消息，宋小曲明天就会下葬。”

“明天？”云中飞和张运几乎同时惊道。

亥时，宋小曲大宅院。

三道黑影趁着夜色轻悄无声息地翻过围墙，径直穿过庭院往里面厅堂走去。一路上，只听庭院鸦雀无声，厅堂隐约传来昏黄的灯火，宛如荒野之中的鬼灯，甚是吓人。

他们蹑手蹑脚穿过庭院和走廊，见厅堂大门紧闭，便摸了过去倾听动静，里面却静悄悄的，显然白天在此哭丧的人都已经睡下。

其中一道剽悍的黑影伸手轻轻推了推门，门轻易地“咿呀”一声脆响，便开了一条缝隙。随后，三人闪身而入，轻轻关上了门。

他们站在门后，只见厅堂蜡烛灯火摇曳，黑色的棺材停放在厅堂看起来寒惨惨吓人。其中一双眼睛骨碌碌地扫了四周一眼，见没有人影，便放心地走向棺材。其余两人一起走了过去，彼此对望了一眼，会意地点了点头，便一起合力推开棺材盖。

只见里面躺着一具身穿黑色寿衣的少女尸体，面容端庄安详，肌肤白皙如纸，正是海报上的宋小曲。

瘦削的身影倒是一点也不惧怕，抬脚钻入棺内，先是上下打量着尸体，见没有发现异常，便双手合十，对着尸体说了声“对不起”，便伸手去解开衣服。其余两人不忍目睹，便转过身去。那人解开尸体衣服之后，仔细端详，开始勘验起来。

这三人分别是云中飞和张运，以及法医光头，白天，云中飞和张运出了宋小曲宅院，感觉到宅院疑点重重，便决定夜探，邀请法医勘验宋小曲的真正死因。刚开始，光头不答应，为什么不光明正大地去勘验，但是想到如果光明正大去，宋小曲家人当然不可能答应开棺勘验，所以，只能偷偷摸摸过来。

光头正勘验间，忽然听到门外传来杂沓的脚步声，还有火把的光亮，正齐刷刷地往这边赶过来。云中飞和张运见了，顿时吃惊不小，要知道一旦被他们看见开棺勘验尸体，后果的确难以想象。可是，厅堂之内并没有其他地方可以隐藏，正在焦急之时，门忽然被“咿呀”一声推开，接着一名老者领着四个清一色的青年进来，其中带头的却是今天看到的管家。

他们忽然看到棺材大开，其中一个正弯腰端在里面动手动脚，另外两人惊慌失措地看着他们，先是愣怔一下，随即回过神来。

“你们到底是谁？”那管家凌厉的目光射过来，怒火中烧，怒吼一声，振聋发聩。

其余四个手持木棒的青年见了这个情况，以为是盗贼进来，忙摩拳擦掌，其中一人伸手就要将光头提起来。

就在此时，云中飞认为不亮明身份，一定会出事儿，便大叫一声：“住手！”他如同雷霆之声一响，在场的人都吓了一愣。

“你臭小子，你在吓唬谁呀！”那管家目光如电地射过来，怒吼道，“白天我就猜测到你们不对劲，可能是来盗窃东西的，因此就蹲守在此处，想不到你们果然来了，而且还动尸体，真是不知死活。”

他怒吼完，便挥手示意青年动手。

那四个青年听了管家的话，正要抡起木棒扑过来，云中飞怒喝一声：“警察，请住手！”他喝完，掏出证件来打开。

那管家和四个青年眯着眼睛看到上面竟然真的是警察署的警察云中飞，顿时愣怔住了。

“原来是大名鼎鼎的广州湾第一神探。”管家看完之后，不屑地冷笑一声。

“管家，深夜冒昧打扰，实在是情非得已，万望见谅！”云中飞尴尬地抱拳致歉道。

“云警官，就算你们是警察，也不能够夜闯私人宅院，更何况是开棺动尸。”管家怒瞪了云中飞一眼，便看向棺材。

他见光头手持手术刀，手术刀还往下面流淌着血迹，在光亮之中寒光闪闪，甚是吓人，不由得吓了一大跳，全身颤抖了下，缓缓往棺材走去。

他颤颤巍巍地上前，看到完整的宋小曲竟然被眼前的这个男人开棺解剖尸体，顿时一口气没背过来，“扑通”一声，晕倒在地。

其余人见了，也吓得大惊失色。

光头连忙从棺材里出来，走过去伸手按下管家人中。那管家过了一会儿缓缓睁开眼睛清醒过来，待他回过神来，双眸似火地盯着云中飞他们，似火要将他们吃掉一般。

“管家，你先别生气，”云中飞慢慢地搀扶起管家歉意地道，“一会儿我会一一解释给你的，如果你不满意，可以去警察署告我。”

其余四个青年见是警察，拿着木棒却不敢乱动，只呆呆地站立在原地，一动也不敢动。

云中飞向法医使了个眼色，道：“怎么样，查明死因了吗？”

“初步推断宋小曲是被杀死的，”光头整理下思路，继续道，“据我初步勘验，宋小曲的双手生前被人用绳子捆绑，明显有挣扎的痕迹，随后，她是被人用纸或者手巾之类的物体捂嘴，使她喘不过气来，从而窒息死亡。”

听完法医的推断，管家的脸都绿了。

“管家，宋小曲到底是怎么死的？”云中飞听完法医的话，紧绷的神经顿时一松，果然，他的推测没有错，宋小曲不可能平白无故突然生病死亡，她的死亡背后一定隐藏着不可告人的秘密。

“你到底是什么身份？”张运追问道。

管家见事情败露，再也不可能隐瞒下去，不由得长叹了一口气，双腿一软，瘫倒在地上，双眸失神，半晌也说不出话来。

其余青年一听说是谋杀案，顿时面面相觑，一下子不知道该怎么办好。他们只是江湖上的抬棺人，今天见管家出大价钱请他们过来帮忙抬棺，所以冒冒失失来了，想不到遇到了警察。

云中飞向张运使了个眼色，后者便走向那四个青年，询问他们的情况，据他们交代，他们是抬棺人，是被管家出大价钱过来准备子时抬棺的，想不到遇上了这一幕。

云中飞走过去，搀扶起管家，拉张椅子让他坐下，自己则坐在他的对面，见管家眼神恍惚不定，心里越发推断宋小曲可能是被他谋杀的，只不过他并不是幕后的指使者。

“说说看吧，宋小曲到底是怎么死的？”过了一会儿，云中飞双眸如箭地盯着他，严肃地道。

管家抬起头来，双眸闪烁地看着云警官，此刻，他内心在激烈地斗争着，他知道有些话不能说，所以，他考虑清楚之后，才缓缓道：“不错，宋小曲是我杀死的，正如你的同事所推测的一样。”管家回想那天晚上，他到宋小曲的房间去，宋小曲看到大伯过来，也不知道他的目的，因此热情地招呼他坐。这个管家姓宋，是去年周会长买下这座宅院时候宋小曲请过来的，同时来还有一个叫康眉的丫鬟。宋管家说起来，是宋小曲的亲大伯，因为大伯自小没有妻儿，孤独一人，所以宋小曲写信让他过来，一来亲人之间有个照应，二来也可以管理这座宅院。宋管家双手放在背后，却没有坐下，目光锐利地盯着宋小曲的肚子，咬了咬牙，最终下定决心。

他趁着宋小曲不注意，突然伸出双手过去，将宋小曲双手捆在背后，随即用绳子将她捆绑在椅子上。宋小曲吓了一跳，花容失色，连忙边挣扎，边叫道：“大伯，你这是干什么？”

“宋小曲，你就不要怪罪大伯，大伯这么做也是逼于无奈呀！”宋大伯边说边感觉到心痛。其实，在下手的那一刻，他的心还是如同慈父一般的，自古虎毒不食子。他早就将宋小曲当成自己的闺女，可是，要怪就怪宋小曲未婚先孕，这在他们古老传统的家族里可是不能够出现的，这可是羞耻，对家族的羞辱，是败坏道德的，他必须让这种毒瘤在他面前消失，无论用什么办法，甚至杀掉她。

“大伯，你到底想干什么？”宋小曲越想挣扎，大伯将她手脚捆绑得越结实。

“闺女，”大伯站起来，来到宋小曲的面前，从怀中掏出一张手帕来，边喃喃边流下混浊的眼泪，“你下到黄泉之下见了你父母，千万不要让你父母怪罪我呀，我这样做，也是不想败坏家族的门风呀。”

大伯说完，也不等待宋小曲张嘴大叫，一边用手拉住宋小曲头发，一边将手帕捂了上去。宋小曲挣扎了片刻，最终一动也不动了，但是，一双眼却瞪着他，吓得他一哆嗦，摔倒在地上，好半晌才回过神来。他神情恍惚地看着宋小曲，忽然意识到自己干了什么，不由得发抖起来。

云中飞听完宋大伯的讲述，眉头不由得皱了起来，他在思考着老伯所说到底是真还是假，这可是和当初推测的有些出入，他原以为是周会长让他干的，正如干掉谭小牙一样。

第十三章　周会长离奇死亡

经过云中飞他们的调查，在宋小曲宅院处，弄清楚了宋小曲是被她大伯杀害，关于这点，丫鬟康眉也看得一清二楚，除此之外，在宅院也没发现周会长的踪影，据丫鬟康眉说，周会长前两天晚上倒是来过，根据时间推断，也就是云中飞监控周公馆的那天晚上。那天晚上，云中飞他们跟踪周会长的汽车外出，被神秘人袭击，随后周会长便外出，直接到了宋小曲处住了一晚，于第二天一大早就外出，从此销声匿迹，唯一知情的宋小曲却死了，再也没有人知道周会长到底去了什么地方。

蔡大队长听完云中飞汇报的情况，目光锐利地看着云中飞，眉头紧锁，半晌也不说话。他在暗想，周会长难道是遇上了什么难事，非要逃避?

“蔡大队长，蔡大队长，你没事吧？”云中飞见这个老奸巨猾的大队长在想事情，好像要吃了他一般，便连问几声。

蔡大队长打了个哈欠，摇了摇有些酸痛的脖子，然后站起来，道：“真是辛苦小飞了，周会长的事，我想着现在全城的警察和码头的工人都在找他，相信很快就会水落石出。”

“英明！”云中飞轻轻拍了拍大队长的马屁。

“根据我的经验判断，周会长可能是摊上难事了，所以才迫不得已逃避，又或者，他是在下更大的迷局，他应该在等待什么。”蔡大队长情知广州湾复杂，而且是人心的复杂，谁也无法看透谁，更何况是靠打打杀杀过江湖的人中龙凤——周会长。

“更大的迷局？”云中飞听到这个，倒是一愣，依周会长的智慧，也可能是在下棋，而他们，不过是棋子罢了。

云中飞正在想这个问题，门外传来匆匆忙忙的脚步声，接着矮胖警察珠子气喘吁吁跑进来，上气不接下气地道：“蔡……蔡大队长，出事了！”

蔡大队长一听，脸一下绿了，愠怒地道：“臭小子，你脑筋就少条，一遇上事情就慌慌张张的，怎么当警察？”

云中飞忍住笑没有笑出声，珠子做事的确鲁莽，而且最欠揍，不过办事勤快，所以云中飞也愿意带他。

珠子被蔡大队长一骂，眼珠子转了转，顿时想到说错话了，忙抬手抽了自己两下嘴巴，边抽边说：“蔡大队长，云队长，找到周会长了。”

“什么？找到了？”蔡大队长一听，眼珠瞪得溜圆，几乎要钻出来。

云中飞也暗暗一惊。

“对，就死在第三大码头李武的地盘处。”珠子忙道。

“走，我们过去看看。”蔡大队长拿起桌面上的警帽，端端正正地戴上，便快步走向门外。他意识到广州湾码头的老大死在第三大码头上是什么情况，搞不好，他这个警察署的大队长也算当到头了。他一边走一边吩咐云中飞，让他通知张运带人还有法医过去。云中飞答应一声，向珠子使了个眼色，珠子会意地点了点头，快步往前面冲去。

“小飞，周会长突然死在第三大码头，你怎么看？”蔡大队长头也不回地道。

云中飞倒是皱着眉头深思，他在想，周会长突然死在第三大码头，他的死到底和码头有关，还是完全是个意外，对于目前这点，他也不便下结论，因此道：“难以推断。”

两人从楼上下来，张运早就等待在大厅处，云中飞向他使了个眼色，后者会意地点了点头，快步向门外跑去。他来到门外的停车处，打开驾驶门钻了进去，启动警车，蔡大队长和云中飞随后也钻入车内。

其余待在办公室的警察此时纷纷从里面匆忙跑出来，向警车跑去。

“看来，一场暴风雨即将来临了！”云中飞暗暗嘀咕着。

第三大码头也叫东码头，对面是南三岛，距离也不过十海里，居民以渔业为主，渔业之中又以干货为主，几乎垄断了广州湾的干货市场，表面上是靠打鱼为生，暗下却和广州湾码头以及南湾码头一样，也是走私中药、烟土等生意。东码头的老板叫李武，是南三岛人，长得五大三粗，有勇有谋，多年前靠着兄弟们的帮忙和努力，开辟起东码头的货运以及渔业，生意做得是风生水起。东码头历来由于码头地盘之争，和广州湾码头以及南湾码头水火不容，五月初五龙舟赛上，要不是海上突然出现了浮尸案，就开打了。

李武除了做烟馆、渔业、走私之外，也几乎垄断镇台街等三流街道的妓女生意，背后的关系网可谓是盘根错节，连警察署的人都拿他没办法。

李武此时正在公寓里睡着懒觉，旁边躺着一个年轻漂亮的姑娘。忽然，床头的电话机丁零零地响起，响彻整个房间。李武被吵得心烦，心想一大早就有人来电话，心里不由得一顿，他这个私人电话一般人不知道，除非是背后的关系人以及心腹才有。

他睁开睡意惺忪的双眼，翻身起床，端端正正地坐在床边，这才拿起电话。

“武哥，码头出事了，你赶紧过来一趟。”他的心腹全泉在电话那头焦急地道。

李武听了，心里一惊，心想码头经营以来，也没出过什么大事，全泉也是一个老实稳重的人，从来没有如此惊慌的语气。

“武哥，周会长死在咱们码头了！”那头见对方不说话，继续一字一句道。

李武一听，感觉如同晴天霹雳，猛跳起来。

“知道了，我这就过去，你赶紧召集所有人物过去，先别慌，一切等我过去再说。”李武深呼吸一下，随即冷静地交代道。

“是。”那头说完便挂了机。

李武边穿衣服边细想，他清楚，周会长突然死在自己的码头，事情的严重性非同寻常，如果处理不好，不是流血事件那么简单，可能影响到他所有的生意，从此永无宁日。

广州湾码头。

码头工人云集在石阶上，黑压压的，少说也有一百人，站立在他们面前的是个瘦削刀子脸、大鼻子、深眼、留着胡子的中年男人，他正是广州湾码头的二管家马敬。站立在他旁边的却是周会长得力的手下张承。马敬多年前是周会长没有发家之前的兄弟，和周会长可是出生入死，自从周会长神秘失踪之后，广州湾码头便由他接管。他虽然说不上心狠手辣，却是老谋深算，是智慧师爷的那种，多年来，也多得他相助，周会长才有今天的地位。

他目光锐利地扫了众人一眼，声色俱厉地道："刚得到消息，我们的周会长死在了东码头，我想，周会长的死，可能与东码头有着密切的关联，因此，兄弟们，今天无论如何，我们也要找东码头的人算账，让他们交出真凶。"

"二管家说得不错，我们就要替周会长找出真凶，给我们码头一个交代，如果不交出真凶，兄弟们，就扫平他们的码头。"张承大声地叫嚷道。

"一切听从二管家吩咐，兄弟们，你们说是不是？"其中一个剽悍大汉举起手叫道。

其余兄弟听了，齐刷刷地叫嚷起来："一切听二管家的，给周会长报仇！"

二管家嘴角抽搐了下，见气氛搞得差不多了，便举起手来，大手一挥："出发！"他说完，便迈着大步带头往前走去。张承怒火冲天地举手叫道："给周会长报仇！"

其余兄弟齐刷刷地叫道："给周会长报仇！"

洪亮的声音响彻整个码头。

码头上的车夫、买鱼的、过路的、观光的、闻讯赶来的记者便纷纷跟随着看热闹。

七八台警车呼啸着穿过街道，快速地驶向东码头，后面则齐刷刷地跟随几十个警察飞快地跑着。路上的行人见了这种情况，心想可能出大事了，纷纷驻足观看。

此时，东码头的石阶上，坐着一个英俊的青年，他正是广州湾捞尸队的队长刘名顺。捞尸队由警察署管辖，工资比起警察要低微，不过也是警察署发工资。近来，广州湾不太平，异事不断，所以，捞尸队的工作就辛苦很多。

今天一大早，也就是辰时前，海上还烟雾缭绕，不过，这种时候，便有不少市民在海边钓鱼，其中一个钓鱼爱好者忽然看到前面不远处有个白色的身影，甚是好奇，便借用了附近渔民的渔船过去，仔细一看，却是一具浮尸，当场，他就吓得差点摔倒进海里。情急之下他上了岸，告诉了其他钓鱼者，他们见他吓得脸色惨白，不像是说假话，于是便有人前去报官，也有人前去找捞尸队。

刘名顺睡得正香，忽然被人如雷般敲门，他顿时发火，可是打开门一看，是警察署的巡警，告诉他东码头有浮尸。他本想着找其他人去，不过对方难以等待，便拉了他过来。当他将尸体捞上岸，翻过来，看清楚那张白得如纸熟悉的脸时，顿时吓得双腿一软，瘫倒在石阶上。

刘名顺此时心乱如麻，他万万想不到一个大名鼎鼎的码头会长死在这里，他虽然不是警察，也觉得不合常理。

他正想着，忽然听到杂沓的脚步声向这边传来，心里一顿，抬起头循声看过去，只看到如同海鸥一般密集的人正向这边码头心急火燎地跑来，到了近处一看，他倒是认出几个相识的人，都是东码头的。

他们黑压压地跑到码头的同时，石阶上传来汽车急刹声，然后瞥见从车上下来一人，正是东码头老板李武。他一下车，见了自己的手下，立刻收敛起慌张的神色，紧了紧西服，风轻云淡地顺着石阶走下来。

全泉一见老板过来，立刻顺着石阶往上跑去，来到老板的身边，气喘吁吁道："老板，都安排好了！"

"广州湾码头那边有什么消息吗？"李武目光顺着石阶往下瞧，瞥见一个全身湿漉漉的青年正抬头仰望着他，而青年的身后躺着一具尸体，估计就是周会长。他此时心中在想，这周会长怎么会偏偏无端地死在自己的码头，这不是给他添堵吗？他心里觉得，这可能是有人想搞事情，事先一定是摸清楚两个码头彼此？之间水火不容，所以才下这个狠招。一想到这块，他立马就想到南湾码头的六爷，一个狠角色，吃人不吐骨头的家伙，什么事情都干得出来。他虽然这样想，可是，眼前怎么处理这个事情，倒是令他头疼。

"李老板，别来无恙呀！"刘名顺见李老板来到面前，双手抱拳恭恭敬敬地道。

李武一眼就认出是捞尸队的张队长，他清楚，一看到这人就倒霉，却不冷不淡地点了点头，走到尸体的面前。他也不忌讳，蹲下去仔细打量尸体，果然是昔日叱咤风云的周会长。周会长此时了无生气，双目瞪大，双眸好像透出一股凶光，倒是吓得李武倒退一步。

他正看间，忽然听到全泉压低的惊慌声："老板，广州湾码头那边的人来了！"

李武假装无所谓的样子，脸不变色地点了点头，站起来仰望上去，只见石阶上齐刷刷一字排开涌下一百来人，个个手持木棒，凶神恶煞，虎视眈眈地盯着他，其中带头的正是老谋深算的二管家马敬。

东码头的人一见对方来势汹汹，立刻紧张起来，摩拳擦掌，怒瞪上去，一副要打架的样子。

李武倒是不慌不忙地伸手示意兄弟们不要慌张，一切看他的手势行动。他的手下见了，便按捺不动。

马敬带领兄弟快要走到石阶下时，便抬起头来，做了个停止的动作，然后迈上前两步来到李武的身边，也不打招呼，从他和刘队长中间穿过去，来到周会长的面前。

马敬见到周会长大哥惨死在这里，眼眶一热，“扑通”一声跪倒下去，见大哥死不瞑目，便伸手过去轻轻抚摩，颤抖着将大哥双眼合上。张承和其余的兄弟一见二管家跪倒，便齐刷刷地跪倒下去，顿时一片哀号。

“大哥，大哥呀，你怎么就突然走了呀，你也不想想我们这帮兄弟，几百号人都跟你吃饭来着……”马敬伏在周会长身上，失声痛哭流涕。

刘名顺见马敬哭得伤心，偷偷抹眼泪，不过，他觉得有些假，不完全是出于内心的哀伤。

马敬抹了把眼泪站起来，双眸锐利地注视着李武，严厉地道：“李武，周会长无缘无故死在你码头，这件事情你总得给我们码头一个交代！”

“马敬，你算老几，竟然敢直呼李老板名号！”全泉怒瞪了马敬一眼。

马敬心想他这次能不能降服兄弟，就在今天一举，遂怒指着全泉：“这里没你说话的份。”

李武神色淡定地凝视着马敬，不紧不慢地掏出雪茄，全泉连忙上前点上火，前者深吸了一口，缓缓地吐出烟雾，冷冷地道：“马敬，对于周会长的死，我深感悲伤，可是，他突然死在码头，着实是个意外，我们也是事先毫无所知呀。”李武的话不温不火，却字字珠玑。

“李武，你不是开玩笑吧？”马敬嘻嘻冷笑几声，“周会长明明死在你的地盘，你却说与你毫无关系？”

“马敬，这话可是你说的呀，我可是没说呢。”李武摊了摊手，转向兄弟们：“你们说是不是？”

李武的话一落，手下的兄弟纷纷称是。

马敬顿时怒火中烧，愤怒地道：“少给我放屁，周会长死在你的地盘，今天无论如何你也必须给我们兄弟一个交代，不然，后果你是知道的。”

“哈哈哈，”李武冷笑几声，突然目光如雷地盯着马敬，“臭小子，你想吓唬我，你还是脆嫩一些。”

马敬心里一急，愤怒地嚷道：“兄弟们，他们东码头的人这不是明摆着欺负咱们吗，你们说是不是？”

“不要和他们废话，打了再说。”广州湾码头的兄弟群情汹涌，愤怒地叫嚷起来。

张承也气愤不过，怒道：“兄弟们，咱们给大哥报仇！”他怒喝一声，手一挥，也不等待马敬点头，就带头往下冲去。

马敬嘴角抽搐一下，也不拦住，他心想着，兄弟们早已对东码头窝了气，今天李武的话更是导火线，不打就显得他们码头的人窝囊了。

李武见对方齐刷刷地冲下来，却是不急，冷眼看着。他知道今天如若不能在气势上压住对方，他的颜面就扫地，以后兄弟们倒是看不起他了。

“兄弟们，上！”全泉见对方冲下来了，也不敢怠慢，大手一挥。

“上！”东码头的人立刻挥舞着木棒冲上前，迎头就开打。

就在此时，石阶之上突然传来尖锐的声音，接着听到一阵杂沓的脚步声。

“都给我住手！”一声如雷的暴喝声响起。

马敬和李武见到蔡大队长带领几十个警察冲下来，一边冲一边叫嚷，可是，这些打手打得火热，哪里听到他们的喊声。

蔡大队长见无济于事，于是大手一挥，拿着警棍和盾牌的警察便冲击进人群，也不分是那个码头的，见人就砸。

码头的工人正打得兴奋，乱哄哄的，突然被警察冲进来见人就砸，也不敢还手，便霎时愣怔住了。

“都给我住手！”蔡大队长再次怒吼一声。

码头的工人于是分别退开，各自回到自己的阵营，目不转睛地看着各自的老大，蠢蠢欲动。

“原来是蔡大队长呀，大驾光临东码头，真是有失远迎了！”李武毕竟是老江湖，见人讲人话，见鬼讲鬼话，他立刻堆起笑脸迎了上去。

“我说武爷，你们也太不将我们警察署的人放在眼里了吧？”蔡大队长怒瞪了武爷一眼，冷冰冰地道。

云中飞见事件平息下来，便过去和法医嘀咕了几句，法医光头瞥见下面码头边躺着的尸体，点了点头，然后和云中飞一起快步走下去。

“蔡大队长，你真是会开玩笑呀，你可是广州湾鼎鼎大名的神探，我李武怎么会狗眼看人低呀。”李武皮笑肉不笑地恭恭敬敬道。

李武所说的这句话甚得蔡大队长心，他暗暗想着，广州湾鼎鼎大名神探，不错的称呼。不过，他却冷着脸，严肃地道：“少给我拍马屁，让你的兄弟别给我添堵，要不然全部捉回去。”

“是的，是的。”李武脸部肌肉抽搐了下，抱歉地道。

“蔡大队长，周会长死在他的东码头，这可是谋杀罪呀，”马敬此时来到蔡大队长身边，强压住怒火道，“你们警察署可要给我们做主，不然我们码头的兄弟不可能放过东码头的。”

“马管家，这事你放心，我们一定会给周会长一个交代，给你们码头的兄弟一个交代。”蔡大队长对于马敬这个二管家倒是了解，此人老谋深算，现在周会长死了，广州湾码头他就说了算。

“有蔡大队长这句话我们就放心了。”马敬正色道。

法医秃子来到周会长尸体前，蹲了下去仔细地打量着，身上除了手臂被绳子绑住之外，并没有其他伤口。于是，他便仔细检查起来，发现周会长口中残留着海藻，说明是被人抛尸沉入海中再浮上来的。再看皮肤，水肿，但还没有腐烂，初步判断是死亡两天以上。他看完之后，再仔细地看起码头来，发现码头下面的水流不急，一时之间也难以推断是从什么地方漂流过来的。

云中飞此时蹲在水边，用纸折了纸船，然后将纸船放下去，发现水流一直往南湾码头荡漾过去。他注视着海面，双眉紧锁，他在思考周会长是从哪里被人抛尸然后被水流推到东码头的，还是被人谋杀后绑住沉入海中。如果沉入海中两天估计也会被鱼吃掉。他忽然想起谭小牙来，当初，谭小牙的尸体也是没有被鱼吃掉，这其中的原因到底是什么？两者之间的死，到底有没有什么关联？

他一时之间迷惑了。

他觉得两者的谋杀案不是寻常案件那么简单，背后一定有着更大的阴谋。

法医检查完之后，便过去和蔡大队长嘀咕了几句，蔡大队长听完点了点头，然后吞了口唾沫，环视在场的人一眼，严肃地道：“经过法医的初步勘验，周会长是被人绑住双手然后抛尸海中的，初步推断死亡时间在两天前，详细的死因和死亡时间，则需要法医解剖后才能够给出结论。”

在场的人听了，东码头的人议论纷纷，而广州湾码头的人则一片惊愕。此时，所有人都在想着一个问题，到底是谁杀死了周会长。

“一定是广州湾码头搞的鬼，不然周会长的尸体怎么会出现在东码头，而不是出现在其他码头或者其他地方，兄弟们，你们说是不是？”全泉义愤填膺地叫嚷起来。

“对，对，广州湾码头竟然干了这事，也不怕有问题。”

“东码头今天不给我们兄弟一个交代，我们就咽不下这口气。”

“对，不给交代就和他们拼了，无论如何也要给周会长找出真凶。”

……

广州湾码头的人纷纷叫嚷起来，一时之间群情汹涌，吼声响彻整个码头。他们蠢蠢欲动，怒火中烧，就等待马一声令下就冲上去，也不管警察署这帮警察。

站立在中间的警察严阵以待，他们见事情不妙，难以控制，纷纷脸露惊色。

“马管家，事出必有因，如果你想周会长安息，也不能够这么闹吧？”蔡大队长面对如此场面，却异常冷静，冲马敬道。

马敬毕竟不是鲁莽之人，他仔细想了想，心想蔡大队长的话未尝没有道理，这周会长突然出现在东码头也实在蹊跷，其中一定有人在背后玩阴谋，依他看来，可能是想激发两个码头之间的矛盾。他想到此处，也不能够单靠意气行事，便道：“一切听从蔡大队长安排。”马敬之所以这么做，心里想着码头以后还需要警察署的照顾，不能够随便得罪，至于兄弟那块，他会交代的。

“果然是深明大义的马管家。”蔡大队长呵呵笑道。

云中飞此时则和刘名顺聊着，问清楚周会长从海上浮尸的情况。

“武爷，周会长不管是不是你们的人干掉的，具体情况我们会调查清楚，如果是你们的人干的，你们码头必须给马管家那边一个交代，就算不是，周会长死在这里，也算你倒霉，周会长葬礼的一切费用都由你这边一手包办，你认为怎么样？”蔡大队长注视着武爷，道。

“没问题，一切听蔡大队长的。”武爷爽快地答应。

“那就好，你们都散了，回去听我们的消息。”蔡大队长见事情办完，不由得长松了一口气。

“兄弟们，都散了吧。”武爷挥了挥手，大声地道。

马敬倒是一声不吭，往石阶上走去，来到张承的面前，和他嘀咕了几句。张承犹豫一下，便点了点头，然后向兄弟们走去。

第十四章　迷案追踪

云中飞见蔡大队长处理这种大事冷静应对，左右逢源，心里不由得暗暗佩服。他见东码头的人都散了，广州湾码头的人在石阶上纷纷让出一条路来，便和张运、刘名顺以及法医将周会长的尸体往石阶上抬。

马敬和兄弟们沉默地注视着周会长的尸体，个个哀伤不已。

云中飞他们将周会长尸体抬进法医的车，便直接回了法医处的地下室。进入地下室将尸体放在解剖台上，光头和他的弟子谢羽立刻解开尸体衣服，要把捆绑周会长双手的绳子解开。云中飞见绳子捆绑的结构好像是瓶扣，似乎在哪里见过，不由得一愣，让他们停止。他上前仔细地打量，却又不像是瓶扣，不过，他是在哪里见过，忽然，他想起谭小牙来，当时，也是这种捆绑结构捆绑谭小牙的双手，不由得吃惊地瞪大了双眼。

“这到底是什么捆绑方式？”他指着绳子疑惑地看着戴着口

罩的光头两人。

听云中飞如此一问，记忆甚好的光头也想起海上浮尸的情况来，也惊讶地瞪大双眼。

“这是一种独特的绳子结构，一般人不会使用，我也叫不出名字来。”光头说着伸手过去解开绳子。

云中飞看得仔细，看完之后，心里揣摩着捆绑的手法。依谭小牙和周会长被捆绑的方式看来，两人可能是被同一个人杀害，如此一来，当初他们认为周会长杀害谭小牙，完全是错误的。谭小牙是周会长的情人，两人到底知道了什么秘密，对方必须杀害他们呢?

在云中飞思考间，两个法医用锋利的手术刀开始进行解剖，云中飞知道这两人手法娴熟，习惯用独特的“T字弧形切法”：切线从左肩峰经胸骨上切至右肩峰作弧形横切口，在其中点向下做直形纵切口，绕脐左侧至耻骨联合上缘。

云中飞已习惯尸体解剖，倒是面不改色地认真观看着，不过，他还是感觉到喉头发紧。

张运见尸体被解剖开，人体五脏六腑纷纷呈现，再也忍不住了，快步往外走去，一会儿就听到一阵“哗啦”的呕吐声。

“这小子，还是嫩一些。”云中飞冷笑了声。

“已经算不错了，忍了这么长时间，想当初谢羽跟随我解剖尸体，我还没动手，他闻到尸体的气味就呕吐了。”

云中飞见一时半刻也解剖不了，便上前仔细地检查周会长的衣服，看能否发现什么线索，他检查之后，自然如同他推测的一样，死者身上完全没有。他靠着台面拿出广州湾香烟缓缓地抽起来，一边抽，一边看着尸体，看到光头手伸进死者胸部，估计是在摸索里面是否有什么残留物。此时，他的思绪飘到当初五月初五海上浮尸案现场，当时，海上突然出现浮尸，而刘名顺在追逐海底那个神秘的黑影，为什么尸体会在当天浮出来，那个黑影到底是什么？这两个谜团一直困扰着他，令他百思不得其解。他想了一遍之后，思绪回到周会长身上，同样，周会长的尸体，明显也是凶手故意抛弃在东码头的，不然也就给海里的鱼吃干净了。

“谋杀者是想让人看到尸体？”他一想到这个可能，顿时大惊，“对方到底是什么目的？难道是想激起两个码头之间的矛盾？如果是，那么，这件事情就并不是单纯凶案这么简单了。”

在云中飞思绪间，两个法医已经解剖完尸体。光头摘下口罩，长吁一口气，看着云中飞道：“可以初步判断，是被人事先用东西捂住嘴巴窒息而死，然后抛尸，死亡时间根据尸体的情况，初步判断是在两天前，具体的时间还要等待化验结果出来。”

“好的，辛苦你们了，”云中飞上前拍了拍对方的肩膀，“我走了，再联系！”

“请等一下。”谢羽叫住了他。

云中飞转过身来疑惑地看着年轻法医，英俊的眉毛轻轻一皱，似乎有所询问。

“云警官，你看看这个。”谢羽说着递过来一张小字条。

云中飞接过，见是张湿漉漉的字条，上面用潦草的笔迹写着“胭脂……”

“这是从死者口中掏出来的，估计是死者生前被谋杀，匆忙写上吞下去的。”

“哦？”云中飞吃惊地瞪大双眼，再次仔细地看起字条，除了“胭脂”两个字可以辨认，后面的却无法辨认。

“我想，死者在被谋杀前，是想通过字条传达被谋杀的线索，所以才匆忙吞下。”

“胭脂？”云中飞嘀咕了声。他心想周会长留下来这两个字到底什么意思呢？难道谋杀他的人是叫胭脂，还是别有深意？

“多谢。”他将字条收起来，道，“我走了。”

他说完，大步如飞地往门外走去。张运见上司出来，忙上前道：“死亡情况清楚了？”

云中飞见张运脸色惨白，拍了拍他肩膀，道：“我们边走边说吧。”随后，张运跟随着上司出了法医地下室，往警察署走去。

两人回到警察署，见到警察署内气氛凝重，二十几名警察齐刷刷地坐在会议室内，邱局长和蔡大队长正坐在讲台上，屋里鸦雀无声。

他们见到云中飞和张运脚步匆忙地走进来，纷纷抬起头来，用期待的眼神看着他们。

“云队长，你终于回来了，快，到这上面来！”邱局长见到云中飞，如同见到救命稻草一般，站起来热情地招了招手。

云中飞也不推辞，直接往上面走过去，然后坐在邱局长的身边。

“法医那边可有结果？”邱局长可是第一次如此紧张，迫不及待地看着云中飞道。

云中飞便详细地将法医那边的情况一五一十如实告诉邱局长，却将胭脂字条一事隐瞒，他认为这个调查没出来，还是隐瞒比较好。邱局长听完之后，皱着眉头深思。身为堂堂的警察署局长，管理整个广州湾的治安工作，近段时间来老狐妖还是杳无音信，就显得警察署无所作为，再加上海上浮尸案震动整个广州湾，目前不但没有破案，却接二连三地出现庞嘴儿案、宋小曲案、东码头的周会长案，闹得整个广州湾人心惶惶。他一个堂堂局长，到目前为止，却无能为力，可想而知，他的压力有多大，更何况，现在广州湾可是法租界，法国人虎视眈眈，他这个局长也不知道会不会因为无能而被撤掉。

邱局长想了一通之后，厘清一下思绪，扫了下面议论纷纷的手下警员一眼，严肃地道："都给我安静一点，这可不是闹市！"

邱局长话音一落，下面顿时鸦雀无声，都坐得端端正正地看着邱局长。邱局长看着这些警员，正色道："刚才云队长已经向我汇报了情况，据法医那边初步的解剖结果，可以明确周会长是被谋杀的，生前双手曾经被凶手捆绑，然后用东西使其窒息而亡，再抛尸东码头。至于凶手是什么人，为什么要抛尸而且偏偏选择在东码头，这背后是否存在着什么阴谋，只有凶手才是唯一的知情人。

"另外，根据云队长所说，周会长的死和谭小牙的死可能是出自一人之手，也就是捆绑绳子的手法奇特，目前还不清楚捆绑绳子的手法是否另有深意。

"接下来，我们的警署任务繁重，就是调查周会长的真正死因。

"警察署分成二队，第一队由蔡大队长负责，主要是负责调查周会长的尸体是怎么出现在东码头的。第二队，由云队长负责，调查周会长死亡之前接触过的人群。还有，周会长的死，我猜测可能是码头之争，所以，三大码头的人都需要认真调查，看能否调查出蛛丝马迹。"

"是。"

"是。"

蔡大队长和云中飞以及下面的警员齐刷刷地站立起来，齐声应道。

"给你们三天时间，三天内如果破不了案，就别在我面前出现。”邱局长用严厉的目光分别盯了蔡大队长以及云队长一眼。

“务必完成任务。”蔡大队长和云中飞心里一顿，嘴上却坚毅地应道。

云中飞带领张运和珠子从警察署出来后，张运通过后视镜见云队长眉头深锁，目光注视着窗外穿梭而过的树影，小声地问道：“飞哥，我们现在去哪里？”

“裕源胭脂铺。”云中飞目光从窗外收回来，想了想道。从法医那边出来后，他一直想着周会长拼命吞下去的“胭脂”二字到底是什么意思，在思考期间，他眼前浮现那个漂亮的女孩身影以及谭小牙失踪之前所说的胭脂店铺，因此，他隐约感觉到所有的线索都指向了裕源胭脂铺的胡玉儿。他隐约有种不祥的预感，但是这个预感是什么，目前却摸不着。

“我说，飞哥，你不会是挂念着那冷艳的老板娘吧？”张运半开玩笑道。

“胡说八道什么。”云中飞瞪了他一眼。

张运立刻噤声，调皮地瞥了珠子这个矮胖的同事一眼。

云中飞想着将胭脂这个字条的信息告诉他们，不过转念一想，邱局长都没告诉，更何况珠子喝醉酒会信口开河，说不准将胭脂字条这事说出口，就不好办了。

“飞哥，”珠子吞了口唾沫，迟疑一下道，“依我看，这谭小牙和周会长关系不错，宋小曲就更不用说了，却死于非命，而胭脂店铺的老板娘也和他们关系不错，会不会是老板娘见不得，所以才干掉她们？”

“哎哟哟，啥时候这么厉害了，竟然会推理案情了。”张运认为珠子这个笨脑袋就是胡乱猜测，咂了砸嘴巴笑道。

“不见得，就算胡玉儿吃醋杀害她们两人，可是不见得连周会长也干掉吧？”云中飞摆了摆手道。

“就算不是她干的，但是，说不准幕后有黑手，所以连周会长也不放过。”

“要是事情有这么简单就好了。”云中飞长叹了一声。

“对了，飞哥，你让我调查谭小牙的哥哥谭同，我发现他一直在找大广州湾的舞女小样，他可能认定小样知道妹妹死亡的真相，”珠子忽然想起这事，道，“谭同在接触小样多次后，却于陪同小样下班的路上遭遇不明身份人的袭击，还好谭同会武功，才得以脱身。”

“竟然有这事？”云中飞一惊。他心想，果然大广州湾存有秘密，是时候调查了。

由警察署到裕源胭脂铺只不过是一刻钟的车程。

张运将警车停靠在店铺的门外，云中飞想了一下，让他们待在车上，自己则打开车门抬脚下去，瞥了眼店铺的名字，直接走了进去。

正在店铺内接待客人的雁儿和胡玉儿和女客户聊得甚欢，忽然瞥见一个英俊的青年走了进来，两个打扮时髦的女客户顿时目光炯炯地打量着对方。

“玉儿姐，”雁儿撇了下嘴角，靠过来压低声音，“这警察也长得太英俊了吧？你看看这辆客户那淫邪的目光，眼珠子快要掉下去了。”

“少胡说八道，让客人听了就不好。”玉儿剜了雁儿一眼，冷静地站起来，上前便客气地道：“云警官，怎么这么有空呀，该不是为了哪位女孩子来购买胭脂吧？”

“胡老板，又来打扰你，见笑了。”云中飞微微一笑道。

“真是帅哥呀，连笑容也是如此迷人，也不知道是哪个娘胎里生出如此好的坯子。”

“喂，雁儿，刚才你老板娘叫他云警官，可是广州湾第一神探云中飞呀？”

“对，对。”

“看来老板娘真是有福气，认识这么英俊的警官，而且看样子，两人倒是相熟呀。”

在两个唠唠叨叨的女客户说话间，玉儿见云中飞使眼色，这里不是方便说话的地方，便带领他进入柜台后面的办公室。

“不知道飞哥今天来是？”玉儿伸手示意云中飞坐，自己则坐在他的对面，直接开门见山道，“该不会是为了见见某个姑娘吧？”

“玉儿真会开玩笑。”云中飞笑了下，随即收敛起笑容，他在想着如何用言语说出周会长死亡的消息。

玉儿见云中飞忽然脸色忧郁，嘴唇微动，似乎有着话要说，却说不出口。她心里不由得一紧，预感到要发生什么事情。今天一大早起床之后，她就无端感觉到心慌，看来，那个预感真的发生了。

“是不是关于周会长的事情？”玉儿直截了当地道。

云中飞不知道为什么，无论是出于警察对死者朋友的关心，还是他心里将玉儿当成朋友，他想了想，实在说不出口，注视着玉儿点了点头。

“他到底怎么了？”玉儿心里乱哄哄的，多少猜测到了最糟糕的情况，但还是迫不及待地追问。

云中飞吞了口唾沫，平静一下思绪，道：“今天一大早，有人在东码头发现他的尸体。”

“啊？”玉儿还是忍受不住打击，惊恐地瞪大眼睛惊呼一声。

“请节哀顺变！”云中飞安抚道。他在心里想着，玉儿到底和周会长是否有着情人的关系，按理来说，周会长出钱照顾她，让她脱离红尘成了胭脂店铺的老板娘，她应该会感激不尽，所以来说，无以回报，只能够以身相许。

玉儿此时感觉到一阵悲伤涌上心头，感觉到一阵阵抽搐，宛如万千蚂蚁在吞噬她的心，眼泪开始在眼眶里打转，最后终于忍不住默默地滴下来。

云中飞此时注视着玉儿如同一朵被风雨摧残的茉莉花，谁见犹怜。

“周会长将我当作女儿看待，我也将他当作父亲一般，父亲走了，我怎么可能不伤心呀！”玉儿掏出手帕轻轻抹着眼泪，哽咽道。

“玉儿，请你冷静一下，具体听我说，”云中飞就怕女孩子伤心，他耽搁不了时间，所以他掏出字条放在台面上，“据法医初步勘验，发现周会长是被人谋杀的，并且，在……周会长身上发现了这张字条，你看看是什么意思。”

玉儿收敛了下眼泪，逐渐冷静下来，伸手拿起字条，只见上面写着“胭脂”两字，蛾眉不由得一皱，然后抬起头来看着云中飞，道：“这两个字的确是周会长的笔迹，不过，我一时之间也猜测不到是什么意思。”

“会不会是这样，“胭脂”两个字是指胭脂店铺，他有东西收藏在你们店铺？”云中飞认为胭脂有两种可能性，第一，是指杀人凶手在胭脂店铺，第二，是有线索在这里，他认为是第二种可能性。

玉儿听了，眼眸晶莹莹闪烁，似乎在回想，忽然，她想起什么来，便站起来走向旁边的柜子，熟练地将其中一个拉开，然后从里面拿出一封信来。

“记得周会长失踪之前曾经交给我一封信，当时是雁儿收的，经你一提，我倒是想起来了。”玉儿说着将信封递给云中飞。

云中飞一惊，见信封完全密封，怀着激动的心情瞥了眼玉儿，见她用期待的目光点了点头，便快速地打开。

只见信封内是张信纸，信纸上只是简单地写着几个字：吾一旦遇害，可以找警察帮忙调查马敬。

云中飞看完之后，内心甚是震惊。

玉儿见云中飞震惊地瞪大双眼，便拿过信纸看起来，她看完之后，蛾眉深锁，半晌也说不出话来。

“难道是马敬杀害了周会长？”玉儿难以置信地看着云中飞。

云中飞冷静地思考，周会长失踪前特意留下这封信，说明他的失踪和马敬有着密切的关系，说不准就是他杀害了周会长。如果说是马敬杀害周会长，倒是可以解释得通，毕竟一旦周会长死亡，整个广州湾码头就归他管。

“可是，如果是马敬要谋杀他，他堂堂一个会长怎么可能没有办法制伏一个手下呢？这似乎有些说不过去。”他一时之间倒是想不通，不过，既然周会长留下这封信，说明是破案的关键。

他想到此处，看着玉儿的眼眸，道：“非常感谢你的帮助，我们警察署一定会寻找到真凶，给周会长一个交代，不过，这事极为隐秘，你自己千万不要对外说起。”

“看来飞哥还是关心我的呀！”玉儿苦中带乐地笑了笑。

“我在想，马敬这人老谋深算，他一定猜测到周会长可能留下什么东西给你，所以，你出入必须小心一点。”

玉儿见云中飞目光之中流露出关切之情，便感激地点了点头。

云中飞注视着玉儿，站起来想了想，道："近来你出入最好和雁儿一起，如果有什么事情，务必让雁儿过来警察署找我。"云中飞说完，便有些恋恋不舍地打开门走了出去。

玉儿随后跟随出来，目不转睛地看着对方上了警车，警车呼啸而去。

"哎哟哟，看来老板娘是春情萌动了。"雁儿嘻嘻笑道。

"臭丫头，少贫嘴！"玉儿怒瞪了雁儿一眼。

"真是帅气呀！"雁儿双手托着下巴，注视着外面的街道，痴情地道。

第十五章 谜中谜局中局

吴宇前几天在机缘巧合之下，得以知道孙赛家是制作龙舟的，顺藤摸瓜追查出庞嘴儿凶案的幕后凶手，但他心中一直记挂着狐妖犯案之事。他认得狐妖当晚逃入码头，不是胡乱逃窜，要不是码头之人，怎么会如此熟悉码头情况？他心中虽然疑惑，也暗中潜伏追查，却没有狐妖半点身影。他猜测狐妖犯案，伤好后，已经收敛了好几天，必然会再次犯案。所以，每天晚上，都会在码头附近寻找可疑人影。

前几天，吴宇暗中通过江湖人士寻找，却也没听说过其他城市有过狐妖犯案，所以，他猜测是外地人刚来广州湾，摸熟悉之后然后开始犯案。根据他的调查，广州湾的人来自五湖四海，人口复杂，想要调查，宛如大海捞针。

这天，他在码头戏楼附近的小茶馆听崔翁讲戏，由于近来码头风云暗涌，加上周会长刚死，所以客人倒是出奇地稀少。吴宇心不在焉地听着戏，眼睛却不时瞥着窗外码头的情况。今天，崔翁所说的戏，却是狐妖在广州湾作案，被崔翁加以编辑，故事越发诡秘离奇。

前几天，吴宇也偷偷向崔翁打听消息，是否见过奇怪之人经常出入码头，而不是以码头为生之人。崔翁在小茶馆讲书，见过的人虽然无数，不过他记性极好，一般有些不寻常的人，他都会有印象。崔翁打量着吴宇，见他极为英俊，气宇轩昂，心里多少猜测到他的身份，但是，他却是在小茶馆谋生之人，对于平民俗世之事不曾参与，仔细想着，不寻常之人的确不少，故此也难以一一说明，因此也不多说。

“近来那棵榕树的对面小巷内来了个新面孔，每天早上都会在码头买些小菜，四十出头，长相极为古怪，嘴歪，一只眼大，一只眼小，不知道做什么谋生，隔三岔五也会来听我讲古。”崔翁只是和吴宇说了这么一句。吴宇却放在心上，时常来小茶馆听古，眼睛却时不时瞥着那棵榕树，看那人是否出现。

“那狐妖被广州湾第一神探的师弟追捕逃亡，忽然变成一只狐狸，张嘴就咬向那道士，却不料道士懂得诡秘捉妖之术，只见他往空中随手一抛，顿时，万道光芒刺向那狐妖，狐妖吓了一惊，身子一抖，却幻化成九只狐狸，也就是传闻之中的九尾狐……”

崔翁正说得惊奇，突然惊堂木一拍，下面听得入神的人都吓得一惊。

“崔老头子，你也别卖关子了，快点说呀。”

“就是，就是。”

……

下面正听得入迷的人纷纷吵闹起来。

吴宇也无心去听，忽然瞥见榕树下出现一个四十出头的中年男人，那人长得身材矮小、瘦削脸，长相奇丑，正往码头上走上去。

吴宇心里一怔，仔细回想那晚追捕狐妖的情形，那狐妖也是身材矮小，估计和这人差不多，目光不由得顺着他的身影往码头上移动。他见那人脚步轻盈，应该是习过武之人，眉头不由得一皱，越发生疑起来。

“这人目光诡秘游荡，实在可疑。”他愣怔了下，便站起来冲出小茶馆。

当他冲出小茶馆，瞥见那人已经走过榕树，往前面低矮的民居小巷走去。在码头一带居住的，都是穷苦人家，来自五湖四海，三教九流人物都混迹在一起甚是复杂。吴宇忽然想到，他要是狐妖，为了掩人耳目，也会选择在这一带居住，就连警察追查，也无法追查清楚。

吴宇见那人不紧不慢地走着，手上提着一些东西，估计是刚从码头小档口买的干货。此时，小巷行人稀少，只有几个身穿简陋衣服的男女和那人擦肩而过。

吴宇担心被那人发现，便缓缓地往前走去，距离那人也就是三十米左右。

那男人大概走到小巷的一半，忽然往左边拐了进去，身影完全被围墙遮住。吴宇心里一急，便快步往前面跑去。当他跑到对方消失的地方往里面一瞧，却是一条深长的小巷，那人即将要走到尽头。吴宇来不及多想，疾步追上去。不料，他还没跑到一半，那人往右边拐了个弯，再次完全消失。

吴宇心想对方可能发现了他，便展开功夫，顺着墙壁往上跳跃，接着落在瓦房之上，然后轻雨如烟般踩着房瓦飞奔而去。当他跑到对方消失的地方，看到拐弯处也是一跳长长的小巷，不过，他发现这里的小巷每隔着二十米都会有着另外一条深长的小巷，整体看起来，宛如棋子一般散落着。他目光宛如鹰犬一般四处寻找着猎物，可是，那人宛如鬼魅一般，倏忽消失得无影无踪。

“估计就是他没错了。”吴宇又惊又喜，心想，对方估计是发现了他，所以销声匿迹了。

“这里面的民房星罗棋布，调查起来可不是一件容易的事情，更何况，今天他算是打草惊蛇，若再次想寻找他，更是困难了。”他不由得长叹一声。

不过，他转念一想，此人经常出没这一带，想必寻踪觅影能够找到他居住的地方和线索，于是，他便顺着瓦房往码头飞快地跑去。

大广州湾依然是莺歌燕舞，灯红酒绿，醉生梦死。

身穿绣花绿色旗袍的小样正目光迷离地注视着舞台下的人群，边轻轻摇曳舞姿，边轻启朱唇，圆润脆甜的歌声开始宛如潺潺溪流流淌起来。

她一边唱着，一边用目光扫视下面的人群，看到不少熟悉的面孔和色眯眯的眼神，却唯独不见那个身材剽悍的身影。

小样那天晚上和谭同一起外出吃夜宵，谭同被一帮黑衣人袭击，她倒是认出其中两个人来，是跟随彪叔的，越发令她震惊。她原以为谭同会被打残废，不料谭同抡起双拳，脚步轻盈移动，宛如进入无人之境，顷刻之间便将他们打趴下。可是，如此一来，她更是揪心，因为彪叔这块可能会对谭同进行追杀，而谭同自然怀疑是与大广州湾有着密切的关联，会再次不死心过来，务必寻找到妹妹真正的死亡原因。

小样一曲唱完，便退了下去，接着是其他舞女上场表演热情的舞蹈。

小样还没走到化妆室，忽然瞥见哈巴狗站立在化妆室的门外，正色眯眯地上下打量着她，喉头抽动着。

“小样妹妹，真是越来越迷人了呀！”哈巴狗见小样过来，摩拳擦掌，双眸如电地盯着小样丰满的胸部，吞着口水道。

小样见了这个讨厌黏人的哈巴狗，心里一顿，脸上却假装严肃，用凶狠的眼神盯了对方一眼：“哈巴狗，你别想打我的主意，不然剜了你双眼。”小样说着，想走进化妆室，却被哈巴狗拦住。

“哎呀呀，这么凶呀，我喜欢你这脾气。”哈巴狗嬉皮笑脸地道。他边说边无赖地伸手要去摸小样的脸。

小样赶紧闪身，瞪了他一眼：“少胡来，不然我告诉彪叔。”

“臭丫头，别给脸不要脸，”哈巴狗收敛起笑脸，一脸凶狠地道，“彪叔叫你去他的办公室，你可要机灵点，不然得罪彪叔，你可是知道什么下场。”

小样毕竟在风月场所待久了，也不怕哈巴狗说话吓唬她，反而冷笑一声：“哈巴狗，你少唬我，我什么世面没见过，你这一套，吓唬吓唬新来的小姑娘倒是可以的。”小样说完，转身往二楼楼梯方向走去。

她上了二楼，见彪叔办公室门关着，便伸手敲了敲门。

“请进来！”里面响起彪叔不温不火的声音。

小样心想彪叔找她是为了谭同的事情，所以先是深呼吸一下，厘清了一下思绪，才推门而入。

彪叔见打扮得清脆水嫩的小样进来，便点了点头，伸手示意她坐。小样见彪叔眼神锐利，宛如刀锋一般，便吓了一惊，却强装冷静地坐在彪叔对面的沙发上。

“小样呀，”彪叔脸上的肥肉抽搐着，眼神迷离而深邃地看着她，小声地道，“你来大广州湾工作也有不少时间了吧？”

“差不多三年了！”小样双手放在大腿上，不安地揉捏着。她非常清楚彪叔的为人，为人心狠手辣，就是坐在他的面前，也感觉到一股邪恶的杀气，令人不寒而栗。

“哦？”彪叔见小样微微低着头，继续说道，“既然是来大广州湾三年了，想必对于这里的规矩了如指掌吧。”

“是的。凡是这里的秘密都不能够对外人说，而且不能够真正地谈情说爱。”小样小声地道。

“可是，你完全违反了规矩，你到底向那武夫说了什么，让他盯上了你。”彪叔突然愤怒地猛一拍台面，倒是吓了小样一惊，心差点没跳出来。

“彪叔，我……和小牙情同姐妹，小牙的哥哥问起他妹妹的情况，我只是说她和钱公子有着关系，其他的并不知情呀。”小样牙齿打着冷战，颤颤巍巍道。

“是吗？”彪叔冷笑一声，然后站起来来到她的身边，见她全身颤抖着，明显是吓坏了，便轻轻伸手在她背上抚摩着，顺着背一直往上，然后摸着脸，忍不住吹了口气，“真是可惜了这张惊艳世人的脸呀。”他边说边用力捏起来。

小样顿时痛得龇牙咧嘴，眼泪豆大般往下落，却不敢有半点反抗。

“如果我知道你向那小子继续透露什么消息，或者向警察透露半点消息，你想必知道下场的。”彪叔凶狠地道，却依然不放手。

“彪叔，我真的不敢，我以后再也不见那武夫便是。”小样哭哭啼啼着。

“少给我装可怜！”彪叔见教训得差不多了，便缓缓放开手。

就在此时，敲门声忽然响起。

彪叔不由得来了气，怒喝一声：“给我滚蛋！”彪叔曾经立下规矩，如果他在办公室办事，任何人都不能够打扰。

“彪叔，云警官求见！”门外传来哈巴狗有些不安的声音。

“大名鼎鼎的第一神探？”彪叔愣怔了下。

“不错。”

小样一听说是云警官来了，抚摩着生疼的脸的手停顿了下，心中又惊又喜。小样一直觉得谭小牙的死和彪叔有着千丝万缕的关系，但是她不敢去问，当然也不敢随便调查。

“现在人在哪里？”彪叔随即冷静地道。

“已经安排他到雅座了。”

“好的，你先下去。”彪叔说完，冷眼瞥了眼小样：“你先出去，具体我就不再说了，你明白怎么做的。”

“是的，彪叔。”小样心里顿时一松，深呼吸一下，然后强作冷静地站起来，往门外走去。

“云中飞这小子来找我，估计是为了谭小牙一案，难道他是掌握了什么线索前来，还是来打听消息的？”彪叔深邃的目光注视着小样的背影，心里揣摩着。

哈巴狗见小样摸着脸走后，便溜进来双目不安地看着彪叔：“彪叔，这云警官可是第一神探，传闻在广州湾没有他破不了的案，所以……”

“哈巴狗，你也不要惊慌，反正谭小牙不是我们杀的。”彪叔平静地道，“走，我们去会会他。”

“云警官，大驾光临，真是令大广州湾蓬荜生辉呀！”彪叔注视着对面年轻英俊的云中飞，忙伸出手去，呵呵地笑道。

“彪叔，实在不好意思，打扰了！”云中飞和对方握了握手，微微笑道。

“真是笑面虎！”坐在云中飞旁边的张运暗暗嘀咕了声。

张运和云中飞在来之前已经暗中调查过彪叔，彪叔是个打手出身，心狠手辣，为人多疑，有勇有谋，不过，他只是大广州湾一个管理者，也算是股东之一，真正的老板却从来没有现过身，可知背后的关系盘根错节。

“云警官，今晚怎么会有如此雅兴到这里来喝酒，要不，我找两个小姐过来？”彪叔目光锐利地观察着云中飞的神情，心里揣摩对方今天来的主要目的。

“好呀！”云中飞爽快地笑道。

彪叔只是随口一说，他想不到云中飞脸皮这么厚，竟然毫不思索就答应了，倒是愣怔了下。

“想不到云警官竟然……”彪叔指着云中飞忽然呵呵笑道，“如此爽快，看来你这个朋友值得交呀！”

彪叔说完，便扬手哈巴狗过来，在他耳边嘀咕几句，哈巴狗瞥了眼云中飞，点了点头，转身就要离开。云中飞忽然道：“听闻你们的舞女杨小样不但歌甜，人更美，不知道是否可以让她过来陪一下？”他说完，白皙的脸庞露出淡淡的笑容。

“这个……”彪叔心里一顿，心想这小子看来是有备而来，他葫芦里到底在卖什么药？不过，随即一想，在他的场所，他一个小小的警察队长也奈何不了他，所以随即笑道，“云警官真是会挑人，你赶紧去叫她出来。”彪叔边说边向哈巴狗使了个眼色。

哈巴狗迟疑一下，点了点头，转身就走。

“彪叔，我也不妨坦白和你说，”云中飞见哈巴狗走开，弯下腰注视着对方，严肃地道，“此次我们前来，是想了解一下你们之前的舞女谭小牙的情况，据我所知，谭小牙生前在大广州湾深得很多人的欢心，不过，可惜的是，自古红颜多薄命呀。”

“谭小牙这个姑娘，心灵手巧，是我们难得的顶梁柱，可惜，就那样无缘无故死了，我们对于她的死，深感惋惜呀！”彪叔无奈地长叹一声，“你们既然是来了解谭小牙的情况，我们当然会知无不言，不知道云警官想知道什么？”

“据法医解剖鉴定，谭小牙是被人杀死然后抛进海的，而且她怀孕了。”

“哦？”彪叔倒是吃惊不小地瞪大双眼。

“因为谭小牙在你们这里工作，所以，我怀疑她的死和你们场所有着密切的关联，所以，我想看看彪叔是否知道一丝谭小牙死亡的关联线索。”

“谭小牙深受很多上流人士喜欢，追求者众，我们场所也无暇管理，因此，关于这些，我们的确无可奉告呢。”

云中飞知道在彪叔的口中无法问出什么来，他只是试探一下，看看他的反应。

这时，杨小样和一个单眼皮的小姐一起过来，走到彪叔的身边，怯怯地问了句。彪叔连忙让她们过去陪同。

“杨小姐，你要好好陪同云警官，要什么酒就让服务员上，千万不要和我客气。”彪叔注视着小样刚才被揉捏的脸，虽有些瘀青，倒也不太看得出来，他心想就算借十个胆给小样，她也不敢乱说，更何况，她对于谭小牙的死，也是毫不知情的。

“是的，彪叔。”杨小样见彪叔皮笑肉不笑的，意思是让她不要乱说，便点了点头。更何况，在来这里之前，哈巴狗就交代过了，她自然也不敢。

“云警官，那我就不打扰了，祝你们玩得愉快！”彪叔心想他们也玩不出什么花样，便站起来，准备离开。

“多谢！”云中飞客套地和彪叔握了握手。

待彪叔离开，云中飞在张运的耳边嘀咕了几句，后者注视着哈巴狗的背影点了点头。张运心里清楚，云中飞今天前来打听消息，是一招引蛇出洞。

第十六章　葬礼暗藏

周公馆。

周公馆外，聚集了大广州湾所有的报社记者，他们被周公馆的人阻拦在门外，完全无法进入周公馆。这些新闻记者嗅觉灵敏，他们已经打听到周会长被人谋杀抛尸在东码头，因此，这两天的报社头版都刊登着关于周会长被谋杀的消息，纷纷猜测周会长的死和东码头有着密切的关联，东码头的李武可能就是幕后的黑手。经报社的报道，全广州湾的人都关注着周会长的死，所以，社会舆论给警察署的压力是前所未有地巨大。

“让开，让开！”这些记者的背后忽然传来吆喝声。

记者们一听，纷纷扭过头去，却见是东码头的焦点人物武爷带着四个保镖过来，便一窝蜂地围拢上去。

“武爷，周会长死在你的码头，听说他的死和你们有关，不知道此事是真是假？”

“东码头和广州湾码头历来水火不容，你们是不是想独吞广州湾码头，所以才找周会长动手？”

“今天是周会长出殡的日子，你们东码头和周会长的死有千丝万缕的联系，还来这里，是不是有什么目的？”

……

对于记者们犀利的询问，武爷倒是不作正面回答，脸上的肌肉抽搐着，目光锐利地剜了他们一眼，便在保镖的簇拥下进入了周公馆。

“看来今天真是热闹了！”坐在周公馆对面车上的张运目不转睛地盯着李武带领手下进入周公馆，道。

“热闹才刚刚开始。”云中飞瞥见六爷从车上下来，也带领着几个保镖往周公馆走去。那些记者一见南湾码头的老大也来了，心想今天的新闻报道可热闹了，于是纷纷围拢过来。

只见六爷气定神闲，他见记者们围拢过来，好像对记者说着什么，那些记者顿时鸦雀无声。

“飞哥，今天不会有事吧？”张运有些担心地道。

“当然不会。”云中飞信心十足地道，“就算码头有多大的意见，他们也会看在周会长的面子上，不敢闹事。”

“哎哟，飞哥，你的梦中情人也来了！”张运注视着门外停下一辆人力车，从车上优雅地下来一个女孩，双眸顿时放光地咂了咂嘴巴道。

这时，六爷在保镖的拥护下进入了周公馆。

云中飞也看到那个美丽优雅的身影，心里无端地一顿。

“臭小子，少贫嘴！”云中飞假装生气地瞪了张运一眼。

“我说飞哥，我看胡老板对你也有意思，要不然我在中间做个媒人，你说好不好？”张运说着嘻嘻笑道。

“看来你要挨打？”云中飞伸脚踹了他一下，忽然想起一事，认真地道，“我师弟说在码头发现可疑的人物，可能是狐妖的真面目，这件事情你安排得怎么样了？”

“已经安排珠子他们和你师弟明察暗访了，估计用不了多长时间就会有消息。”

“那狐妖想必是老奸巨猾之人，想摸清楚他的底细，可不是那么容易的一件事情。”云中飞说着，打开车门，道，“好了，该我们登场了！”

云中飞和张运压低帽檐打算偷偷溜进去，想不到还是被眼尖的记者们发现，其中就有记者惊讶地叫起来：“是广州湾第一神探云中飞！”

这个多嘴的记者话音一落，那些记者顿时一窝蜂地围拢上来。

“飞哥……”张运压低声音想说什么，云中飞淡定地扬手示意他不要说话。

“云警官，听说周会长的死疑点重重，你身为广州湾第一神探，是否可以透露更多的侦查细节？”

“大名鼎鼎的第一神探，该不会对于周会长的死毫无对策吧？”

“所谓的第一神探，恐怕是浪得虚名吧？”

……

记者们宛如炮弹连发，语气中带着讽刺的意味。

云中飞平静地微笑着，挥手示意他们安静，然后道：“记者们，警方具体的侦破细节我就不方便透露，不过，目前我们已经掌握嫌疑人的线索，请相信警察署，相信我们警察，不出三天，这件迷案将会水落石出。”云中飞冷静地说完，便说了声抱歉，在张运的带领下向周公馆走去。

这些记者愣怔了下，再想问询，人已经进入了周公馆。

在周公馆的人带领下二人进入大厅，只见昔日豪华的大厅已经装扮成灵堂，一口巨大的黑漆漆的棺材停靠在中央，灵堂就摆在上面，两边分别站立着广州湾各种各样的风云人物，难以一一举数。他们每个人都脸色严肃，双手搭着，微微低下头。而马敬的人则怒气冲冲地瞪着东码头的老大，恨不得上前揍他一顿。

正在此时，周公馆的人见警方来了，其中一个老管家高声唱喏：“有客到！”老管家唱完，便扬手示意他们往前走。

云中飞两人分别上前上了香，然后退到两边。马敬忙过来打招呼，说了几句请见谅的话，云中飞压低声音交代几句，今天不要闹什么事情，前者连忙点头。

六爷此时已经上完香，便过来和云中飞和马敬打了声招呼，然后带人走了。同样，武爷也是过来打了声招呼，然后走人。

云中飞见两大码头的人都走了，心里顿时一松，看来今天的事情果然如同他推测的一样，无论多大的仇恨，也比不上周会长出殡事大。

胡玉儿毕竟深受周会长照顾，戴着黑纱布和老管家几人端端正正地站着，弯腰点头迎接客人。云中飞瞥了她一眼，发现她同时看过来，并点了点头，便假装不认识地忽略过。当时在胭脂店铺，两人获知周会长留下来的书信，马敬可能是杀害周会长的人，却没有具体的线索，所以，两人商议之后，胡玉儿决定在周会长家冒险寻找线索，看看周会长还遗留下来什么没有。虽然风险极大，不过，胡玉儿决定留下来帮忙，云中飞也只能够交代她务必万事小心。

云中飞见胡玉儿意会，再看马敬，心想这人老谋深算，要想捉住他的马脚，只有秘密行事。在来周公馆之前，云中飞猜想到之前离开周公馆遇袭击一事，估计是里应外合，除了周会长之外，只有马敬能够做到了。

云中飞见客人都走得差不多了，估计出殡的时辰快到了，也不继续待下去，便和张运离开了周公馆。

他们出了周公馆，云中飞想起一事，就是谭小牙的哥哥谭同在调查妹妹死因的时候，曾经遭到不明身份人袭击，因此，他推断，谭同或许追查到了什么线索，于是让张运直接去陈大武馆。

两人还没有踏进陈大武馆，便听到里面传来吆喝声："出左拳，力度要稳，要重，灵活自如……"

"是，是。"顿时齐刷刷回响起男儿粗犷的声音。

云中飞心里一顿，忽然回响起多年前在山上跟随师父学习武功的日子，师父见他于轻功并无天赋，只能够教授他一绝防身，想不到在警察署当警察之中，捉拿盗贼倒是派上用场。他回想起这些往事，不由得感叹一声。

张运伸手敲了敲门，过了一会儿，便看到一个年轻人过来打开门，疑惑地打量着他们，纳闷地道："请问，你们是找陈馆长吗？"

张运张嘴想说什么，云中飞拍了下他肩膀，微笑道："是的。听说陈大武功在广州湾大名鼎鼎，所以想来拜师！"

对方一听说是拜师，连忙拉开门，热情地请他们进去。

他们在年轻人的带领下进入庭院，只见宽敞雅静的庭院里站立着十来个光着上身的年轻人，正在齐刷刷地舞动拳头，左勾拳，右劈，甚是好看。

在年轻人的面前，则有一个剽悍的青年一边看，一边指点，看样子是教头。而在青年的旁边，站立着一个年龄略大的中年汉子，双手交叉着，见下面的人舞动拳头倒是虎虎生风，便得意地笑了笑。

刚才开门的年轻人小跑到那中年汉子身边，和他嘀咕了几句，对方便向云中飞这边看过来，然后不紧不慢地走了过来。

“请问两位是？”陈大上前打量着两人，见他们似乎有些眼熟，眉头不由得一挑，抱拳道。

“是陈馆长吧？”云中飞客套地道。

“正是。听我徒弟说，两位是？”陈大疑惑地道。

“陈馆长，我是警察署的云中飞，听说谭同在你武馆教学，所以来找他商议一些事情，打扰了。”

“原来是大名鼎鼎的第一神探，难怪有些眼熟，”陈大微微吃惊道，“请里面坐，我随即叫谭兄弟过去。”陈大说完，便扬手示意他们往前，自己则带头向走廊走去，穿过走廊，向谭同招了招手。谭同眯着眼看了看他们，便点了点头，然后向他们走来。

陈大带领他们进入客厅，依宾主坐下，谭同随后跟了进来。

云中飞瞥了过去，见谭同比他年龄大两三岁，身材魁梧，双眸却透射出一股正气，眉宇间倒是和谭小牙有几分相似。

陈大见谭同进来，便分别为他们做了介绍，后者听说是广州湾第一神探，吃惊地瞪大双眼，半晌也说不出话来。陈大知道他们有话要说，便知趣地退了出去，悄悄地关上门。

“难道云警官找到杀害我妹妹的凶手了？”谭同回过神来，注视着云中飞，迫不及待地道。

云中飞也不想欺骗他，摇了摇头，直接道：“听说谭教练是谭小牙的大哥，妹妹死后，一直在追查妹妹的死因，据我所知，谭教练和大广州湾的舞女杨小样走得很近，并且遭遇到不明身份人的袭击，不知道是否确有此事？”

“云警官消息真是灵通呀！”谭同无奈地长叹一声，“我听说杨小样和小牙情同姐妹，所以，我便想着她可能知道妹妹死亡的内幕消息，所以再三询问，不料却遭遇十几个青年袭击，如此一来，我更加断定我的调查方向是对的。”

“你的意思是说，杨小样可能知道你妹妹死亡的真正原因，大广州湾的人害怕她透露，而又担心你继续调查，所以才让人找你麻烦？”云中飞想起那天晚上见杨小样脸上的瘀青，估计也是被彪叔所打，现在经谭同一说，越发断定小样是知情人，彪叔可能是幕后主谋。

“我是这样想的。”谭同继续道，“在接触杨小样的过程中，我发现每次提及我妹妹的死因，她都会闪烁其词，故此，她是知道内情的，只是可能害怕背后的人，所以才不敢说。”

云中飞和张运互相对望了一眼，心中已经有了打算，便点了点头。

“这段时间你就不要去接触杨小姐了，这样，既是为你好，也是为她好，”云中飞说着站起来，“具体的调查，还是交给警方吧，估计用不了多久，自然会水落石出了。”

谭同皱着眉头深思了下，认为云警官所说不无道理，心里想着，由广州湾第一神探亲自调查，相信一定会寻找到真凶，可是，他怎么能不见杨小样呢？

他已经对杨小样朝思暮想了。

邱局长听完云中飞和蔡大队长两人的汇报，深邃的目光注视着窗外，陷入了深思。

据蔡大队长汇报的消息，他带领手下前往调查周会长的情况，要先从上游调查起，看是否能够发现第一案发现场。码头的上游距离东码头大概三公里的地方，是一条荒废的长堤，在长堤的旁边，原本是砖窑厂，后来不知道什么原因，逐渐荒废起来，成了蛇鼠狐狸等物出没的地方。蔡大队长在长堤之上，发现了一条重要的线索，就是一块破旧的小表。经调查，这块破旧的小表是周会长随身所带之物，据周会长管家所说，周会长年少时家里贫穷，有一年他生日那天，父亲给他买了这个当作生日礼物，他视若珍宝，多年来一直随身携带。因此，他们推断，长堤就是第一案发现场。据他的推断，周会长是被人绑架到荒废的砖窑厂，杀死他之后然后深夜拖着他到长堤抛尸，根据水流的速度和方向，被发现的时候，刚好出现在东码头。

“那荒废的砖窑厂调查过了吗？”邱局长目光从窗外收回来，皱着眉头看着蔡大队长。

“已经调查过了，现在的确是发现了荒草被踩踏的痕迹。”

邱局长默默地点了点头，接着道：“荒废的砖窑厂附近是否有人居住？”

蔡大队长摇了摇头。

“根据云队长的调查，周会长失踪之前曾经交给胭脂店铺老板娘胡玉儿一封信，里面提到了马敬，所以，马敬现在成了最大的嫌疑人，你们必须尽快想办法拿下他，尽早破案。”

“是。”

“是。”

蔡大队长和云中飞连忙应道。

云中飞则想着，如果周会长是马敬所杀，那么，谭小牙也是被他所杀，毕竟两人被捆绑的手法完全一致，但是，马敬杀死周会长的动机完全是掌握码头，这个倒是说得过去，可是，为什么他要杀害谭小牙？如果他真的是杀害谭小牙的真凶，那么，大广州湾的彪叔和马敬又有着什么关联？他觉得此连环案谜中谜，局中局，并不是这样简单。

第十七章　追捕解谜

矮胖巡警珠子按照云中飞吩咐，悄悄陪同吴宇在码头复杂的民居调查摸底狐妖一人。为了不打草惊蛇，两人化装成从外地流浪过来的难民，以租住的方式进行调查。

码头一带居民来自五湖四海，三教九流人物云集，想一时之间摸索到狐妖，的确是件不容易的事情，更何况，那天，吴宇已经惊动狐妖，对方怕是越发藏匿起来。

不过，吴宇记得那人长相，虽然不知道是不是真面目，所以挨家挨户调查，倒是方便得多。如此经过两天调查，他们已经将码头居民几乎摸了一遍底，唯独一处可疑。那一处是一座荒凉的庭院，庭院内种植有几棵高大的榕树，落叶遍布，传说因为庭院闹鬼，所以多年来没人居住，不过，一个月前曾经有一人来此处居住，可是，奇怪的是，这人从来没有和附近住户来往，并且，这人极为神秘，几乎都是夜晚外出，也不知道是做什么勾当。

两人通过长相辨认，很明确就是吴宇那天看到的长相奇特之人。

珠子将此事汇报给云中飞之后，云中飞便布局将宅院附近包围得水泄不通，务必在今夜将狐妖捉捕归案。

此夜，月亮高悬，银辉照耀，如水一般流淌，甚是静美。

“飞哥，听接触过此人的住户所说，此人口音有些奇特，也分辨不出是来自何处。”珠子此时和云中飞、吴宇、张运四人在庭院斜对面的围墙处紧紧地盯着那宅院，只等待到子时，对方关灯之后便进入抓捕。

“口音奇特？”云中飞皱着眉头，见那庭院隐约传出光亮，却静得令人发慌，“也不知道是来自哪个地方，也难怪江湖上从来没听说过此人。”

“这怪物为什么选择在广州湾作案而不是其他地方呢？真是的。”张运抱怨了句。

张运的话使云中飞心里无端一震，这个问题他倒是从来没想过。

“为什么偏偏选择在广州湾？”

他冷静地思考起来，自从广州湾出现老狐妖迷奸案之后，广州湾接连发生了海上浮尸案、码头庞嘴儿案、宋小曲案、周会长迷案，这一系列的案件，到底和老狐妖有什么关联？

“师兄，”吴宇压低声音道，“这老狐妖嗅觉特别灵敏，你说，他会不会闻到动静？”

吴宇的话倒是提醒了云中飞，这夜，实在是太过安静，必然会引起对方的警惕，所以，他认为必须尽快采取行动，不然，那人也不知道会用什么办法潜逃。云中飞想了想，瞥了眼距离宅院不远处瓦房之上潜伏的警察，见他们端着枪，目不转睛地盯着庭院的一举一动，一旦那老狐妖翻墙上瓦，立刻开枪。

就在此时，忽然听到一声脆响，接着看到从庭院内悄无声息地溜出一个黑色的身影来，那身影矮小，和那狐妖差不多，不过，这人出来之后，鬼鬼祟祟的，明眼人一看，就知道是个小贼。这小贼一出现，隐藏四处的警察立刻提高了警惕，只等待云警官下命令，就立刻捉捕。

小贼从庭院出来后，沿着狭窄的小巷往外面走。云中飞见这人长得猥琐，宛如猴子脸一般，不由得轻轻拍了拍吴宇，压低声音："是这物吗？"

吴宇借着月光，看得仔细，和那天所见之人完全不同，便摇了摇头。

"看来是个小毛贼！"张运道。

他们说话间，那贼已经从小巷出来，行踪诡异地往码头对面方向走去。

"奇怪了，白天不是已经盯梢过吗？并没见什么小毛贼进入，难道，那庭院另有隐秘的出入口不成？"珠子不解地挠着头道。

"不好！"云中飞心里一惊，道，"那小毛贼可能就是那狐妖，只是精通易容之术！"云中飞听闻江湖上有着神奇的易容之术，能够幻化成不同之人。

云中飞说完，当即压低声音威严道："行动！"

他话音一落，把手一挥，便从墙角处钻了出来，向那小毛贼追去。

吴宇等人愣怔了下，随后快步跟随上去。暗藏在瓦房之上的警察，其中一队以迅雷不及掩耳之势快速往宅院跑去，另外一队则踩着瓦片纷纷往小巷跳下去，向小毛贼之处包围。

那小毛贼只不过距离他们二十米，听到背后的动静，知道事情败露了，头也不回地往前飞跑起来。

云中飞见了，为了阻挡对方，手袖一抖，三支穿云箭同时宛如闪电一般射出，在半空中划过，眼看着就要击中那小毛贼的小腿，却不料对方身影如风，倏忽地飘动，那穿云箭便往前射去，“噗噗噗”地射在地面上。

云中飞暗暗一惊，边跑边再次手袖一抖，五枚穿云箭再次射出去。那小毛贼似乎背后有眼，还没等待穿云箭射到，却往墙壁处跑去，只见他踩着墙壁，往上跳跃，“呼”的一下就上了房顶，然后扭过头来，居高临下地用邪恶的眼神狠狠地盯着云中飞。云中飞见到月光照耀着那深邃、恐怖的眼神，情不自禁地打了个冷战。

吴宇见那狐妖上了房顶，便施展功夫，踩着墙壁轻跃上墙，然后向狐妖跑去。距离不远处的警察见了，纷纷端着枪向那狐妖射击。狐妖听到枪声，瞥了眼四处围拢过来的警察，嘴角露出轻蔑的冷笑，便弯腰蹲了下去，然后好像狐狸一般顺着房瓦如同箭似的往前射去，只不过眨眼之间，便跳跃过另外一座房子。

云中飞知道单靠师弟一人根本无法捉捕，于是飞快往前跑去，其余巡警也急急匆匆地追赶。

码头一带的低矮瓦房，星罗棋布，少说也有二百间。

吴宇脚下轻灵如燕，往那狐妖追去，上一次，他只是伤了对方，这一次，务必将对方捉住，完成师父交代的任务，也便回道观去修养。只是，那狐妖身影也极为灵活异常，一间间房屋跳跃而过。除了云中飞脚步极快地追捕，一边追，一边使出穿云箭射击，倒是使狐妖惧怕，脚下顿时慢了三分。而张运等警察虽然平日间追捕过毛贼，但哪里追赶过如此神速的狐妖，自然被逐渐抛开一大段距离。

“老狐妖，别想再逃！”吴宇拼劲往对面的狐妖扑了过去，同时手往后一拿，然后将木剑直接刺向对方。别看是普普通通的一把木剑，用在吴宇手上，却锋利无比，劲力十足。

狐妖感觉到后面剑风锐利，气势压人，倒是不惊不慌，往前一蹿，灵活闪避开。狐妖脚下也不敢随便停留，铆足劲再次往前一蹿，跃出几丈开外。狐妖和这个道士交过手，深知对方厉害，加上警察四处围拢过来，自然一刻也不敢逗留。

吴宇见狐妖此时慌乱逃窜，更是镇定自若地顺着往前扑过去，舞动木剑，使出平生所学，务必要将对方困住。狐妖见一时之间无法逃脱，忙从腰间掏出一把弯月形的匕首，用力遮挡上去，只听“哐啷”一声，吴宇手一震，木剑差点断裂。他微微一惊，对方的匕首却劈过来，接二连三使出“撒手锏”。吴宇知道这匕首异常锋利，也不敢随便去接，便跳跃身形闪避。

此时，云中飞瞥见两人在左边房瓦之上缠斗，便往围墙之处跑去，借着力道爬上围墙，然后往前一跳，跳到房顶之上，然后往两人跑去。他见两人距离不远，但双方身影晃动，便不敢随便使出“撒手锏”，担心误伤了师弟。

形成包围圈的警察，正快速地围拢过来，眼看着，越来越近。

狐妖一边使出凌厉刀法，眼角余光瞥见警察围拢过来，心下越发焦急，知道再也耽搁不得，忽然，他手一抖，从他手上飞出几枚暗镖。

“师弟，小心！”云中飞毕竟是使用暗器高手，见对方手势一抖，似乎要使出暗箭，立刻惊叫起来。

吴宇听到师哥的叫声，急忙往后翻身闪避，只见暗镖擦着吴宇的身边而过，其中一枚“噗”的一声射中他手臂。

狐妖见了，冷笑一声，蹲了下去，宛如狐妖一般往前飞快地蹿去。云中飞暗暗大惊，急忙使出穿云箭，只见穿云箭在月光之下一闪而过，纷纷射击过去。眼看着就要射中对方的屁股，却不料狐妖转身往另外一座瓦房跳跃过去。在不远处的警察便吩咐开枪射击，只听见子弹“啪啪啪”射击在瓦房之上的声音。与此同时，听到闷哼一声，那狐妖一慢，似乎是中弹了。

“师弟，你没事吧？”云中飞见师弟手臂中镖，担心那镖有毒，便忙上前查看。

吴宇看了下暗镖，眉头不由一皱得，这种镖设计精致奇特，有着奇特的花纹图案，倒是从来没有见过，心中不由得一愣，与此同时，感觉到手臂一麻，暗镖似乎有毒，但他顾及不了那么多，瞥了下那狐妖，已经蹿过两座房屋，便不再犹豫，拼劲往前面房屋跳跃而去。

云中飞见了，暗暗替师弟担忧，但他知道师弟性格，便不再叫嚷，忙顺着房瓦后退几步，然后往前冲去，“啪”的一下跳跃过去，差点踩坏了房瓦摔倒下去。这时，也惊动居民，纷纷从房屋之中跑出来，瞥见房梁之上两道身影如同闪电一般在房瓦之上跳跃，吓得惊讶地瞪大了双眼。

下面的警察见两人一黑一白的身影在瓦房之间跳跃，一逃一追，便往他们的方向追去。云中飞努力追踪，却慢了不少，那黑、白身影距离逐渐远了。

“师弟，小心暗器呀！”云中飞实在跑不动了，气喘吁吁地叫嚷了声，在寂静的深夜异常响亮。

这时，于远处的月光下，传来一声诡异的狐叫声，响彻整座广州湾。

“不好！”云中飞暗叫道。

大广州湾，不因为谭小牙的死亡而显得生意冷淡，依然是歌舞升平，歌舞升平之后，繁华落尽，归于沉寂。

夜，显得异常的诡秘，冷静。

在云中飞他们追捕狐妖之前的亥时，大广州湾彪叔办公室内。

一个身影孤独地坐在里面，表情深处，深邃的双眸透露出一丝不安。上次警察署的云中飞前来，他想到警察已经怀疑到他身上，却没有确凿证据，所以他倒是不曾担心，不过，心里总是有些不安。他心里猜测不到对方的真正目的。

这时，敲门声响起，他抬起头来，说了声“请进”。

门开，只见哈巴狗走了进来，瞥了眼彪叔，见他神色有些憔悴，愣怔了下，道：“彪叔，我们出发吧。”

彪叔倒是不急，平静地道：“没发现警方的身影？”

“没有。”

“哦？”彪叔有些惊讶。他猜测云警官过来，是想打草惊蛇，从而引蛇出洞，好了解他背后的黑手，看来是他多疑了。

“走吧！”彪叔想了想，便站了起来。

两人出了办公室，却不往大厅正门走，而是往后门走去。后门是条小巷，只有一两只流浪猫流窜而过，却没有人影。两人仔细扫了一遍，确认没有人，便往前面走去。拐弯处停着一辆汽车，两人走近钻了出去。

汽车从黑夜中驶出来，拐了个弯，便往法租界法国领事馆方向而去。汽车在夜中的街道穿行，透过车窗，见昏黄的路灯下街上行人稀少。哈巴狗一边开车，一边透过后视镜观察后面，却没有发现可疑的车辆跟踪，不由得长松了口气。

大概一刻钟后，汽车驶进了一条老胡同。两人下车后，见后面没有人跟踪，便往旁边一座破落的寺庙走了进去。寺庙隐藏于城市之中，多年前已经荒废，不过，隐约可见里面透出昏黄的光亮。

他们顺着长长的走廊进入大厅，只见里面点着几盏蜡烛，旁边站立着三个高大的身影，形成一个独特的三角形。明眼人一看就明白，这三角形是形成一个保护圈。

“来了！”站在顶尖一角的男人嘴唇抽动了下，发出沙哑的声音。

“来了。”彪叔答应一声，伸手示意哈巴狗停住，自己走了过去。

“没有尾巴吧？”

“没有。”彪叔沉闷地应了声。

哈巴狗此时距离他们大概十米远，见他们身穿着一件连地的素色丝绸长袍，风格奇特，后头还搭着一个戽斗状的兜帽，面貌和眼睛隐藏在兜帽下，看不太清楚。

“他们到底是什么人？为什么连彪叔如此人物也要听他们的？”哈巴狗在心里暗暗嘀咕着。

哈巴狗仔细侧耳倾听，隐约听到彪叔和那人说着谭小牙，还有警察署云警官，听那人口音，也分不清是来自何处。

“东西有线索了吗？”那人掏出一根雪茄来，彪叔忙掏出火来，想上前点上，不料对方伸手制止，自己点上，缓缓吸起来。

“已经摸索清楚，他们可能将东西交给了胭脂店铺的老板娘胡玉儿。”彪叔想起胡玉儿以前是广州湾的头牌，不料迫于压力将胡玉儿放了出去，这口气直到周会长死了他才解恨。

“胡玉儿？多好听的名字。”那人缓缓吐出一个烟圈，冷笑了声。

“不但名字好听，而且长着倾国倾城之色，无数的男人为之倾倒。”

“真的？”

“我从来不说谎。”

“是吗？男人不说谎，鬼才相信，更何况像你这种人。”对方讽刺道。

彪叔沉住气，呵呵笑了几声，随后皱着眉头有些不安地道：“不过，听说警察署的云中飞因为调查谭小牙一案和周会长一案，多次跑向胭脂店铺，难道他嗅到什么消息了？”

“广州湾第一神探云中飞？”对方一字一顿地道，“听说是个毛头小子，害怕个鸟呀。”

“你不要小看他，之前的广州湾奇案就是他破的，因此得了‘第一神探’的称号。”彪叔忧心忡忡地道。

“是吗？我倒是要见识下他的能耐。”对方深邃的目光透过烟雾注视着哈巴狗，冷静地道，“不过，为了安全起见，你们想办法从胡玉儿那边打听消息，说不准胡玉儿她还不了解真相。”

“是的。”彪叔点了点头。

“等弄到东西之后，整个广州湾都归我管辖，一场巨大的暴风雨，愤怒的海神即将来临……”对方举起双手，仰望着天花板，好像发着誓言一般。

彪叔心里一惊，他不知道对方如此邪恶的目的，到底是否有用，不过，百年前的传说，当然不假，他也相信对方能够做到。

第十八章 幻术迷案

子时，广州湾大医院。

一辆警车呼啸着穿过街道，然后在医院门外一个急刹，接着车门打开，从里面下来两个男人，一左一右搀扶着一个年轻人急匆匆地往里面走。被搀扶的吴宇脸色发青，大汗淋漓，他抬起有些沉重的眼皮瞥了眼医院的门楼，顿时昏倒过去。

云中飞见了，越发焦急，心想可能是毒气攻心，师弟无法承受，因此晕倒过去。

“师弟，你千万不能够睡呀，快醒醒！”云中飞焦急地叫道。

可是，等待他的却是一片寂静。

“医生，赶紧救人！”张运一走进医院大门，瞥见里面正在值班的医生，叫嚷了声。

那医生被张运的叫声吓得愣怔了下，忙瞥了过来，见他们搀扶着的人眼睛紧闭，似乎情况不妙，忙站起来叫道：“来人！”

他叫完，却没有行动。

“警察，你赶紧！”云中飞见那医生有些惊慌失措，怒吼了声。

一听到是警察，值班室的医生和护士纷纷跑出来，连忙上前接过吴宇，将他放在推车上，心急火燎地便往手术室跑去，云中飞和张运也气喘吁吁地跟随上去。

他们看着医生将吴宇推进手术室，便也想进去，却被医生拦住，接着，手术室的门缓缓地关上了。

手术室内，医生忙作一团，将吴宇抬上手术室，瞥见他脸色发青，手臂上有伤，并且手臂发黑，便推断是中毒。

手术室外，云中飞和张运大口地喘气，缓过气来之后，便来回走动，走了十几个来回，时不时瞥着手术室的门，见一时之间无法预知吴宇生死，云中飞便挥手示意张运坐下。

“飞哥，吴道士武功了得，我相信他吉人自有天相。”张运看着云中飞安慰道。

云中飞沉默地点了点头。他双手抚摩着脸，努力使疲倦的自己不倒下去，他心里清楚吴宇的情况，这小子深得师父的真传，估计这毒一时三刻无法要他的命。他回想今晚追捕狐妖，师弟追捕狐妖逐渐脱离警方的包围圈，远处依然传来打斗声，随着身影远去，两人便消失在月光之下。云中飞担心吴宇中毒的情况，于是带领警员往他们消失的方向搜寻，最后在一条深巷找到了伤痕累累的吴宇。他们找到吴宇时，吴宇已经处于半昏迷状态。吴宇告诉云中飞，狐妖精通幻术。

“幻术？”云中飞松开双手，疲倦的眼睛充满血丝，喃喃嘀咕了句。

“号外，号外，广州湾第一神探云中飞师弟吴道士捉拿老狐妖中了暗镖，危在旦夕……”一大早，卖报的孩童就在闷热、人来人往的街上拿着报纸叫嚷起来。

过往的行人一听说如此特大新闻，纷纷驻足购买。

就在卖报孩童叫嚷的同时，广州湾大医院可是热闹得很，在吴宇病房门外，报社的记者将病房围拢得水泄不通、吵吵嚷嚷，不断询问吴宇道士的病情。两个身穿警服的警员努力阻拦，不让他们钻进病房。

这时，病房门“吱呀”一声从里面拉开，走出一个戴着口罩、身穿白色长褂的医生。他穿过警察的防线，站立在报社记者面前，扫了他们一眼，然后摘下口罩。

“医生，医生，吴宇道士的伤情怎么样了，听说是中了毒，不知道生命是否有危险？”

“听说吴宇道士精通武功和轻功，两次捉捕狐妖都失败，如果他真的挂了，那么，广州湾再也没人能够降住那狐妖了。”

“对，对，到时候，也不知道有多少少女会被狐妖所害。”

……

对于记者们的连番询问，医生倒是不急，伸手制止他们，然后表情严肃道：“吴宇道士的性命堪忧，中毒太深，估计也撑不了多少时间，你们也出于人道主义，为了医院也好，为了吴宇道士也好，就不要在这儿吵吵嚷嚷了。”

医生停顿一下，接着说：“你们还是散了吧。”医生说完，从人群中钻出来，往外面走去。

记者们看着医生消失的背影，面面相觑，他们也不敢再声张，小声嘀咕起来：“吴宇道士真的不行了，那么，广州湾的少女怎么办呀，难道真的没人能够降服那狐妖了？警察署那帮警察真是饭桶……”

医生沿着走廊回到自己的办公室，推开门，见到一个英俊的青年坐在自己的椅子上缓缓地吸着烟，听到脚步声，抬起头来眯着眼看着他，疲倦的眼神露出淡淡的笑意。

“马医生，辛苦你了！”云中飞道。

“云警官，你们还用得着如此客套，这就见外了。”马医生“国”字脸上一双大眼不动声息。

“果然够朋友。”

“那狐妖果真如此厉害吗，连你师弟也搞不定呀？”马医生颇好奇地道。

马医生的话使云中飞回想起昨夜捉捕狐妖的过程，他万万想不到狐妖不但精通易容术，而且还懂得幻术。到目前为止，他不知道师弟所说的幻术到底是怎么样的幻术。据他所知，幻术是一种虚而不实、假而似真的方术。战国列御寇所著的《列子·周穆王》：“穷数达变，因形移易者，谓之化，谓之幻。造物者其巧妙，其功深，固难穷难终；因形者其巧显，其功浅，故随起随灭。知幻化之不异生死也，始可与学幻矣。”

《后汉书·陈禅传》：“永宁元年，西南夷掸国王诣阙献乐及幻人，能吐火，自支解，易牛马头，明年元会，作之于庭，安帝及群臣共观，大奇之。”当时，陈禅上言反对设夷狄之技，尚书陈忠却认为“禅国越流沙，逾县度，万里贡献，非郑卫之声，佞人之比”。流沙在今西北，是古代中西交通的必经之地。禅国如果是在西北以远，为什么被称作西南夷？这个问题尚待今后进一步考证。

汉代刘歆的《西京杂记》也记载了汉代幻术，《太平御览·方术部》引其文：“余所知有鞠道龙善为幻术，向余说占事，有东海人黄公少时为幻，能刺御虎，佩赤金为刀，以绛缯束发立兴云雾，坐成山河。及衰老气力羸惫、饮酒过度，不能复行其术。”又曰：“淮南王好方士，皆以术见，遂后画地为江河，摄土为山岳，嘘呼为寒暑，喷嗽为雨露，王亦卒与诸方士俱去。”

这种兴云吐雾的幻术，传闻汉人樊英也有一招，《后汉书·方术列传》记载：“尝有暴风从西方起，（樊）英谓学者曰：‘成都市火甚盛。’因含水西向漱之，乃令记者日时。客后有从蜀都来，云：是日大火，有黑云卒从东起，须臾大雨，火遂得灭。”这件事有偶然的巧合性，也可能是术士之间串通，也可能樊英有特异功能，存疑待考。

东汉孙奴善使一套割头术。《异苑》云：“上虞孙奴，多诸幻伎。元嘉初叛，建安中复出民间。治人头风，流血滂沱，嘘之便断，创又即敛。”这种幻术类似于现代的移头魔术。

在广州湾，各种江湖骗子也略微懂得一些小小幻术，用于欺骗平常百姓和富商。其中幻术的集大成者，则是城南的梁家。传闻梁家是从后汉起就一直家传幻术，每一年，广州湾举办什么盛典，都会邀请梁家人表演幻术，一旦梁家人表演，无论是当官的，还是富商、平常百姓，都赶过去看热闹，那才叫一个人山人海。传闻梁家人的幻术出神入化，能够幻化成各种人形。

他想起梁家人深谙幻术，因此，那狐妖和梁家人是否有什么关联？他想到此处，便站起身来，和马医生挥了挥手，便径直往外面走。

当他从医院出来，准备上车前往梁家打探消息，却看到一个身穿绣花碎裙的女孩向他走过来，他定睛一看，那女孩皮肤白皙，双眸含春，似是风情万种，正含情脉脉地看着他。

“胡玉儿？”云中飞微微吃惊地轻叫了声。

“飞哥，听说你师弟吴道士被狐妖所伤，性命危在旦夕，是吗？”胡玉儿似二月春风烟柳，六月夏荷，吹拂着淡淡的清香，令人心旷神怡。

云中飞注视着玉儿，点了点头，脸带忧伤之色地道：“玉儿，你跑到医院来，不会单纯是问我师弟之事吧？”

“这是其中之一，第二件事情当然是……”胡玉儿悄悄扫了眼四处，张口欲言。

“上车再说吧。”云中飞说着礼貌地拉开车门，等待胡玉儿上车后，他便启动汽车缓缓往前行驶。

汽车从医院出来，沿着马路一直往城南开去。

“哎呀，飞哥，你不是要送我回去吗？”玉儿蛾眉轻皱，轻声道。

“调查有什么进展吗？”云中飞答非所问道。

胡玉儿看着云中飞英俊硬朗的脸，心里忐忑不安，回想周会长葬礼之后的那天晚上，周会长的管家以及马敬邀请了她母亲前往做法事。胡玉儿当时见马敬和管家忙碌，便悄无声息地摸进了周会长的书房。

胡玉儿是个比较锐利、聪慧、心思缜密的女孩，她从老管家的眼神看出来，老管家似乎心事重重，或多或少知道周会长的死因。

她记得周会长生前，平常有空的时候，都会喜欢坐在书房内看书，周会长喜欢看的书都是历史方面，其中以三国为主。胡玉儿进入书房后带上门，见昏暗的房间内，周会长的身影似乎正坐在那张黄花梨的椅子上，拿着书，眉头深锁地看着，一边看一边缓缓地吸着雪茄。她感觉到一阵悲伤涌来，眼泪开始在眼眶里打转。她伸手抹了下眼角的泪水，便走向书架。那书架上，整整齐齐地摆放着书籍，她按照周会长的习惯，抽出一本关于三国的书籍，缓缓地打开。她认为，如果周会长有什么秘密，必然会藏于书籍之中。她翻看了三国、汉朝历史、大清历史等书籍，并没有发现里面有什么标注或者书籍中夹有东西，于是再次翻起其他书籍来。

正在此时，门外隐约传来轻微的脚步声，胡玉儿心里一惊，暗想可能是马敬或者管家两人，便越发快速地翻查起来。忽然，她发现其中一本书里面藏着一个宝匣，便颤抖着手打开，看到里面隐藏着的竟然是一个小本子，也来不及看清楚是什么内容，便忙偷偷揣进怀中。就在此时，门忽然“吱呀”一声，从外面走进一个人来，正是马敬。

他看到胡玉儿正在浏览书籍，眉头皱了起来，于是向她走了过去。胡玉儿感觉到心怦怦地狂跳着，便深呼吸一下，强制冷静下来，缓缓转过身去，见是马敬，有些意外地道：“马大哥。”

“胡老板真是有雅兴呀！”马敬来到她的面前，忽然伸手过来，吓得玉儿往后倒退，靠在书架上，而马敬则单手支撑在书架上，脸部几乎要贴着她脸部。

“马大哥，你这是干什么？”胡玉儿以为马敬要欺负她，便愤怒地瞪了对方一眼。

马敬看着胡玉儿动人的眼眸，双眸流露出贪婪之色，忽然呵呵笑道：“胡老板，听闻你和周会长有一腿，现在周会长走了，要不，你以后就服侍我，保管你以后衣食无忧，过上人上人的日子。”

“马大哥，想不到你竟然是这种人！”胡玉儿顿时怒火中烧，抡起手掌要拍打过去，想不到马敬快速往后一退，倒是打了个空。

胡玉儿担心再纠缠下去，马敬不知道是否会对她动手动脚，便要往外面闯，却不料马敬伸手将她拦住，脸上露出邪恶的笑意：“你这丫头，早晚都是我的。”

“在宝匣里发现了什么？”云中飞忽然一个急刹车，瞪大双眼看着副驾驶座上的胡玉儿，迫不及待地追问道。

胡玉儿愣怔了下，伸手从随身携带的小袋里拿出一张皱巴巴的小本子来，递给了云中飞，道：“我看了一遍，心里着实纳闷。”

云中飞见是一本小本子，似乎是笔记本之类的，倒是怔了下，心里一边想着，周会长为什么将一本小本子放进宝匣里，难道里面记载着什么秘密，一边翻开来。小本子比较破旧，里面记载的内容竟然是简简单单的几个字：百年诡秘幻术再现江湖。根据字迹来看，似乎是写了不算很长时间。

“飞哥，这到底是什么意思？”胡玉儿的大眼睛闪烁着不安的光芒。她认为这个小本子既然如此隐秘，想必和周会长的死亡有着直接的关联，“倒是像一个谜语一般呀！”

“百年诡秘幻术再现江湖？”云中飞一字一顿地念着。他念完之后，忽然想起今天要去的地方，正是百年幻术世家。

“难道梁家幻术和周会长的死有着什么关联？要是没有关联，周会长怎么会写下这几个隐秘的文字？”云中飞挠着头沉思了片刻，觉得实在想不通，便决定到梁家去打听一下消息，说不定会有些收获。

他想到这里，便启动汽车，往城南方向急驶而去。

“飞哥，你是不是有什么发现？”胡玉儿见云中飞的心事表现在脸上，轻声问道。

云中飞心想，这个女孩实在太过聪明，不由得点了点头：“带你去见见广州湾百年幻术世家。”

“你是说城南的梁家？”

“看来玉儿是无所不知呀。”

“当然。”胡玉儿得意地笑了笑，“梁家的幻术，千变万化，吸引无数的男女老少，自然，我也是梁家幻术的追求者。”

“听闻，梁家现在的幻术分成两派，其中一派以幻入术，掌门人是梁超，而另一派以术入幻，掌门人是梁宇，两人本是亲兄弟，甚得祖师爷的秘传，并且将幻术加以变通，更是好看，令人震惊。”云中飞想起去年看过他们表演的幻术，一个人在大庭广众之下，竟然凭空消失，着实令人捉摸不透。

“看来飞哥才是无所不知呀。”胡云儿笑道，“两派幻术各有千秋，不过，我更看好以术入幻的梁宇，他的花招五花八门更有看头。”

“你们这些女孩不单纯是看戏吧？那梁宇可是长得玉树临风，有着潘安之美貌。”

胡玉儿忍不住“扑哧”地笑了笑。

梁家大宅院位于雷州中学堂斜对面，在梁家大宅院和雷州中学堂（前身是雷州书院）之间的马路宽不过十来米，这条街道叫雷学街，主要是学生出入。在街道两边，分别种着古老的木棉树，一到秋天，就开满了红色的花朵，在秋风中宛如蒲公英般飘舞。

两人在路口就下了车，云中飞提着刚才在街上买的东西，顺着雷州中学堂围墙一直往前走。时不时有几个身穿蓝白相间裙子的女孩怀抱着书本微笑着宛如春日的阳光般走过，留下一股淡淡的茉莉花般的清香。

“听说云警官是雷州中学堂的高才生，在学生时代就崭露头角。”胡玉儿瞥着那些无忧无虑的少女，心生羡慕。

云中飞微微吃惊：“看来玉儿调查过我了。”

“你可是大广州湾所有少女的偶像呀，当然你的事情少女们无所不知。”

“不会如此夸张吧？”

“如果不相信，我叫一声，保证雷州中学堂的少女们立刻蜂拥而至。”

“真是不敢相信。”

……

两人说话间已经来到梁家大宅院，只见漆黑的大门紧闭，云中飞便上前敲了敲门。过了片刻，有人从里面打开门，是一个丫鬟打扮的少女，一双眼怯生生地看着他们。

云中飞听闻梁家幻术虽然是两兄弟斗法，却是上了年龄的祖父当家做主，因此对那丫鬟说：“我们是云家的，过来是想拜访一下梁唐伯伯。”

“可曾有预约？”

“云公子的祖父和梁家有着渊源，自然不用预约那么麻烦。”胡玉儿担心云中飞不会说话，忙插话道。

“那请跟随我进来吧。”丫鬟见两人无论是打扮还是长相，都是上流社会人士，对于他们的话，多半信以为真，故此带他们进去。

“为什么不直接亮明身份？”胡玉儿见丫鬟走在前头，伸手扶着云中飞手臂，在他耳边压低声音道。

“亮明身份就难以追查到真正的秘密了。”

“真是狡猾的家伙！”

两人说话间，丫鬟带领他们穿过外面三层庭院，进入里面的大厅，只见大厅内端端正正地坐着一个70来岁的男人，这男人长着一张瘦削脸，身材略微矮小，双眸看人炯炯有神，正是大名鼎鼎的幻术世家梁唐长辈。

“云中飞见过梁伯伯。”云中飞上前恭恭敬敬地抱拳行礼道。云中飞记得还是孩童时候，他在祖父的书房见过梁唐前辈，当时，梁唐英姿挺拔，口若悬河，并且梁唐前辈还给他表演过出神入化的幻术。

“云中飞？”梁唐上下打量着对方，一字一顿念着，忽然想起往事来，猛一拍手掌，惊喜地瞪大双眼，几乎惊跳起来，“你就是云古龙的孙儿云中飞？”

“梁伯伯真是好眼力呀！”

“飞儿，你我多年不见，想不到你今天突然造访，往事如烟，实在令人感触太深，想想，当年我和你祖父那是有着深厚的情义，只不过后来……”梁唐说着，双眸之间透露出一抹难以言说的哀伤。

胡玉儿见他们竟然是旧交，不由得震惊地瞪大双眼，她回想刚才云中飞欺骗她的事情，不由得愤怒地瞪了他一眼。云中飞却假装没有看见。

“飞儿，这位姑娘是？”梁唐长辈从回忆之中回过神来，偷偷抹了下眼泪，看着胡玉儿道。他见这姑娘长得水灵，双眸透露出冷艳，是个不错的姑娘。

“梁伯伯你好，我叫胡玉儿，是云中飞的女朋友。”胡玉儿礼貌地微笑道。

云中飞一听，顿时愣怔住了，惊讶地瞪了玉儿一眼，见玉儿偷偷流露出得意的神色。

“飞儿果然是好眼力，找了这么一个好姑娘。”梁唐将他们的动作、眼神完全看在眼里，忍不住呵呵笑道。

他笑完，忽然话锋一转，表情严肃地看着云中飞道：“听闻飞儿现在是广州湾第一神探，近来忙于查案，今天不会是单纯来看望我吧？”

“梁伯伯，看来飞儿有什么事情也隐瞒不了您呀。”云中飞本想找时机提这个话题，想不到对方却提起了。

于是，他便将他师弟昨晚追捕狐妖的事情和盘托出，并且提到了幻术。

梁唐听完之后，大眼眉皱成了疙瘩，锐利的目光闪烁着沉稳的光芒，过了半晌才言之凿凿道：“幻术博大精深，你师弟只是提到幻术，说不准只是易容术吧，和我们梁家的幻术根本不是同出一处，所以，也不可能是我梁家的族人所为。”

胡玉儿在他们谈话间，好奇地打量起大厅来，目光最后停留在墙壁上的一张镶着相框的照片上。照片上一共有十个人，除了眼前的梁唐外，还有梁超和梁宇，其余人都是看着脸生，不过，在梁唐的身边，则端端正正坐着一个瘦小的男人，那男人和梁唐年龄相仿，不过并不相似。

两人从梁家大宅院出来，云中飞则在琢磨刚才梁伯伯的话，心中暗想，难道广州湾也有隐藏的奇特幻术世家，只是不被世人知道?

他正在暗想，不料玉儿蛾眉轻锁：“飞哥，你可曾看到墙壁上那张照片？”

玉儿的话提醒了他，他有些惊讶道：“你是说梁伯伯旁边那个男人？”

玉儿敏锐的感觉告诉他，那男人是个疑点。

“我感觉到梁伯伯似乎有所隐瞒，他可能知道什么，不知道出于什么原因，却隐而不言。”

云中飞暗暗吃惊，胡玉儿的敏感比起侦探来丝毫不差。

“那男人到底是谁，他和梁伯伯到底是什么关系？”

第十九章　鹰船百年诡秘传闻

云中飞送胡玉儿回了胭脂店铺后，便直接回了警察署。在回胭脂店铺的时候，云中飞想起马敬，便交代她近来小心行事，一旦有什么事情，务必第一时间过来通知他。胡玉儿双眸闪动地看着他，薄薄的嘴唇颤抖了下。

云中飞一赶回警察署，就见张运脚步匆忙地跑向他，神色惊慌地道："飞哥，出大事了！"云中飞一听，顿时一怔，强压住内心的惊慌，开口问道："先别慌，到底出了什么事情？"

"飞哥，赶紧去六爷码头，六爷出事了！"张运急道。

"先上车再说。"云中飞一听说是六爷出事了，完全感觉到是个意外。

两人上车后，云中飞驾驶汽车飞快地往南湾码头而去。

在路上，张运告诉云中飞，就在十分钟之前，六爷的人来警察署报案，说六爷死在了自己的码头。蔡大队长已经带领同僚前往，让他在警察署等他回来一起过去。

云中飞听完之后，心里一震，眉头皱成了疙瘩，心中在沉思，这就奇怪了，周会长刚死不久，怎么六爷就挂了，难道是周会长的人怀疑周会长是六爷的人干的，所以才暗杀他？

“飞哥，依我看，这可能是码头之争，这种事情，历年在码头都会有发生。”

“看来码头要大洗牌了。”云中飞嘀咕了声，“不过，事情恐怕没这么简单，自从五月初五以来，码头就发生了这么多事情，其中一定有人在背后搞什么阴谋，而六爷和周会长只不过是个幌子。”

“到底是什么人，竟然敢得罪两大码头，真是不可思议呀！”

两人心急火燎地赶到南湾码头，下车后见熙熙攘攘的人将码头围拢得水泄不通。几辆警车就停靠在码头台阶附近。

张运带头在前面吆喝，拼力挤开人群才下了台阶来到出事的地点。

蔡大队长一见云中飞来了，紧绷的脸顿时一松，仿佛看到了救命稻草一般。

“云队长，你来了就好，这码头可不太平了。”蔡大队长见云中飞弯腰钻过警戒线来到身边，长叹了口气。

“蔡大队长，情况弄清楚了吗？”云中飞瞥见近处海边的船上停放着一具尸体，法医光头正在勘验。

此时，码头上的码头工人以及在看热闹的人，还有报社记者，都在议论纷纷。他们都在谈论着码头近来的怪事，自从五月初五海上浮尸案出现以来，码头接连出事，因此，他们猜测是码头的人得罪了海妖，以至于码头怪事连连，所以，必须进行祭海大典才行。据民间传言，码头下边一直隐藏着一只巨大的海妖，那海妖不但能够呼风唤雨，而且能够将海内之水淹没整个广州湾，越说越离奇。

“是码头的工人来报案，”蔡大队长指了指近处一个瘦小的码头工人正在被警察录口供，“他名叫王五，他来报案称在他船边无缘无故地突然出现了无数的海藻，就跟五月初五那天看到的一模一样，他便甚是震惊，于是便找其他工人一起打捞，不料在打捞过程中，便看到了六爷的尸体被海藻困住。”

“真是奇怪了，这无端端的，怎么会有如此多的海藻？”张运嘀咕道。

云中飞向六爷那边看过去，见船外果然是密密麻麻的海藻，宛如无数个张牙舞爪的海妖顺着海水缓缓地舞动着。

“蔡大队长，通知捞尸队的人过来了吗？”云中飞心想，说不准海藻下面有着什么，必须请刘名顺队长下去看看。

“已经请了，估计这会儿也应该到了。”蔡大队长刚说完，忽然看到刘名顺钻过警戒线过来，一边走，一边脱了上衣，露出光滑而结实的身体。

云中飞便向他走过去，打了声招呼：“刘队长，这趟又辛苦你了！”

“近来这海上不太平，说不准真的有异事发生了。”刘名顺抱怨道。

“哦？”云中飞听了，眉头一皱。身为警察，他只相信科学，鬼鬼神神的那一套，他认为纯属是民间诡秘传闻而已。

“说不准有海妖在作怪。”刘名顺用不安的眼神看着云中飞，便不继续说下去，来到水边，一个纵身，“呼”的一下就消失在海面上。

“真是奇人一个！”云中飞和刘名顺接触不深，不过总是感觉到这人神神叨叨的，他认为会不会是对方接触海上的尸体多的缘故。

他嘀咕了句，便向法医那边走过去。他来到六爷的面前，见六爷脸色惨白，双目惊恐地盯着他，全身湿漉漉的，身上还有不少的海藻。

法医在他身上检查着，过了一会儿才站起来看着云中飞，道：“初步检查，六爷身上没有发现致命伤口，是被淹死的，死亡时间是昨天子时左右。”

“淹死的？”云中飞心里一顿，忽然想起什么来，忙蹲下去去看六爷的手，六爷的手被反绑在背后，手上被粗绳子捆扎，并且，是那个熟悉而惊悚的捆绑法。当他看完之后，吃惊地瞪大了瞳孔。

“果然如此！”他脸色顿时煞白得非常难看。

“怎么了，云队长？”光头见云中飞如此，眉头一皱，见他紧紧地盯着六爷手上的粗绳，顿时明白过来了，“连环杀手！”

“杀手到底是谁，是怎样将六爷的尸体运送到六爷的码头而神不知鬼不觉，又或者昨夜在码头杀掉六爷，再将六爷的尸体抛进海中，但是，这些海藻又是怎么一回事？”云中飞看着海面上的海藻，百思不得其解，“单纯是从海上别处将海藻运输过来，一来花费时间，二来容易被人发现，这条路不可能行得通，除非是在海底准备好。”他一想到海底，顿时打了个激灵，他记得五月初五那天早上的海藻，还有刘名顺追的那个黑影。看来，这一切只有捉住那个黑影才能够了解真相了。那个黑影如果是常人，水性不可能有刘名顺这么好，除非是码头的工人。他想到这里，心中顿时有了一丝破案的希望。

就在他想到这里的时候，刘名顺突然从水下钻出水面，一边伸手抹掉脸上的水，一边大口地喘气，然后往船上游过来。云中飞见了，便伸手过去将他拉了起来。

“怎么样，有没有发现？”云中飞注视着刘队长，迫不及待地追问道。

刘名顺喘过气来，用明眸看着云中飞，失望地摇了摇头：“海藻下面黑咕隆咚的，也看不清楚，不过，海底下好像有个什么物体，因为太深，我也无法下去。”

“物体？”云中飞一听说，心里一震，果然如同他推测的一样，这些海藻是从下面漂浮上来的。

“到底是什么物体？又是谁将东西隐藏在下面的？”云中飞隐约感觉到真相就要呼之欲出。他想到这里，交代了法医和刘名顺，让他们帮忙将尸体弄到解剖室，自己走过去和蔡大队长说明了情况。

蔡大队长听完之后，又惊又喜，立马安排张运将情况汇报给局长，让他帮忙请广州湾打捞队过来。张运便向云中飞要了车钥匙，快步往码头上走去。而法医光头则和刘名顺等人将六爷的尸体掩盖抬上了码头。

岸上看热闹的人群见六爷的尸体被抬走，倒是纷纷离开，只有码头的工人依然在静待消息。

大概过了一刻钟，海上打捞队的队长沉老七开着船出现在南湾码头。沉老七是捞尸队上一任队长，传闻沉老七的水性比起刘名顺还要高出一筹，在水中宛如水猴子一般神出鬼没，无人跟踪得了。

蔡大队长和云中飞两人见沉老七来了，便快步下了船来到沉老七的船上。沉老七目光如炬，身材矮短，长相猥琐，却是老实人。他听完云中飞所说的情况，便单独一人穿上潜水服，捆绑好绳子，然后交代了手下，便按照云中飞所说的位置下了海。

在岸上看热闹的码头工人都疑惑地看着，他们猜测警察是发现海底有东西，所以请打捞队的人过来。

沉老七下了海，缓缓往水底下游去，沉老七毕竟是当过捞尸队的队长，对于码头的一切自然是非常熟悉，这一带的码头，海底下暗流汹涌，特别诡秘邪门。他记得十年前曾经在南湾码头一带捞尸体，不料却捞出一个黑色长毛的水猴子，震惊整个广州湾。

沉老七下到下面，看到黑幽幽的海底下什么也没有，便开始在附近搜寻，过了一会儿，在南边位置的地方看到一个黑漆漆的巨大物体，那物体一动也不动，似乎是潜伏的海怪。沉老七心想，这个位置多年前他下过，却不见这个物体，估计也是近几年水推来的。他过去一看，却是一条古木船，体形巨大，一看就知道是货运船。他来不及多看，用铁钩绳子捆绑住船头，便摇晃着绳子向上面打信号。见对方回应缓缓拉起船，便往水面游了上去。

云中飞忽然见沉老七“噗”的一声钻出水面，便大口地喘气，一边喘气，一边往云中飞这边游过来，他便伸手过去将对方猛力拉了起来。

沉老七一上船，顿时一松，一屁股坐在船上，不停地喘气。还没有等待他喘过气来，打捞船缓缓地吊起一条古船来。当古船升上水面的那一瞬间，在场的人都无比震撼地瞪大了双眼。

其中码头工人懂船的，看到古船上一个好像鹰的标志，顿时吓得脸色大变，惊恐地惊叫起来：“这是鹰船，鹰船！”

“对，对，是鹰船。”

“这下广州湾真的不太平了，不太平了。”

“鹰船已经失踪一百年了，怎么会沉在码头，真是邪门。”

……

码头上的工人脸色惊慌地议论纷纷。

云中飞听到上面的人吵吵嚷嚷的，似乎在谈论着一件惊天动地的事情。他不得纳闷地皱起眉头，仔细打量起古船，见古船体形庞大，木质陈旧，却透亮，在船头上刻着一个巨大的似雄鹰的标志。

沉老七毕竟是见多识广，见了此船也是震惊不已，双眸瞪大，半晌也说不出话来。

云中飞见他如此表情，眉头褶皱得如同曲田，不解地道："沉队长，这是怎么一回事？"

沉老七目不转睛地看着鹰船，头也不回地道："云队长，你还年轻，你或许有所不知，这可是大名鼎鼎、令人闻风丧胆的鹰船。"

"鹰船？"

沉老七长叹一声，便向云中飞讲解，这可是要从百年前说起，当年在广州湾出现一条诡秘的鹰船，鹰船的主人名叫曹洪，是个精通诡秘之术的海贼，当年他使用诡秘之术召唤海妖，使海水暴涨，以至于海水激起千层浪，差点水淹广州湾。

听完沉老七的讲述，云中飞觉得传说不可思议，不过，广州湾百年来的诡秘传说不断，也难以辨别真假。

"百年诡秘传说？"他忽然想起周会长遗留下来的字条，心里顿时一惊。再细想，谭小牙案、周会长案、六爷的案都是与百年传闻有关，都是与这条鹰船有关，暗想这系列的谋杀案，背后一定有着巨大的阴谋。

"这条鹰船怎么会突然出现在码头？到底是谁有这么大的能力在搞鬼？目的又是什么？谭小牙三人可能知道内幕，从而被谋杀。"

鹰船弄上岸后，云中飞便和蔡大队长怀着好奇心踏进古船内，云中飞一边看，一边将沉老七的话和他说起。蔡大队长听完颇为惊讶地“哦”了一声。

“如此说来，这一切的谋杀案都是与鹰船有关，而这鹰船突然神出鬼没地出现在码头，鹰船的主人曹洪已经挂了，到底是谁借他的名义搞事情，会不会是和曹洪有关的人？”

“码头每天都有工人，估计想调查鹰船的出现，应该不难。”

“除了调查鹰船的出现，还需要调查与曹洪相关的人。”

“嗯。”

两人边说边仔细地观看鹰船，见鹰船内部结构完整，不过船底破了个巨大的窟窿。船上除了海藻、一些小鱼之类的东西，还散发着古老的沉木气息和鱼腥味。

他们观察一遍之后，便吩咐手下将古船弄回警察署旁边停放杂物的地方，一边让人带发现尸体的证人回去调查，随即匆匆忙忙赶回去警察署向邱局长汇报。毕竟，南湾码头的六爷死亡，必然震惊整个广州湾，明天的报纸就会铺天盖地地印出来，六爷是头版头条。

邱局长已经在警察署的大厅会议室等待云中飞和蔡大队长多时，见他们急急忙忙回来，便迫不及待地追问情况。

“云队长，还是你说吧。”蔡大队长接过同事递过来的水杯，一抬头，猛喝了一大口。

云中飞理了一下思路，便将他所知道的线索，包括鹰船的情况一五一十地告诉邱局长。邱局长听完之后，来回踱步走了三次，忽然停住脚步，吩咐道：“蔡大队长，你负责去调查六爷真正的死因，还有鹰船的情况。”他说完之后盯着云中飞，道：“

如果你提供的线索不错，可能一切都是与百年传闻有关，那么，与梁家的幻术可能有着关联。”

“遵命！”蔡大队长和云中飞几乎异口同声道。

“对了，云队长，你师弟的情况怎么样了？”邱局长忽然想起这事，关心地问道。

“多谢局长关心。”云中飞冲邱局长使了个眼色，不再继续说下去。

五月初五那天上午，梁家的掌门人梁唐也是夹在人群中看龙舟比赛，当他看到海面上浮现无数的海藻，紧接着出现浮尸，顿时吓得不轻。这种情况使他回想起百年前水淹广州湾的传说，据他家族隐秘记载，百年前，他祖父的师兄曹洪组建邪门的鬼道，名叫“诡道门”，意思是想通过诡道门的力量，结合海妖的力量统治整个广州湾。诡道门以狗为供奉神仙。当年，曹洪也不知道使用什么诡术，将码头弄出了海藻，密密麻麻的，覆盖十几公里，并且浮现百具尸体。百具浮尸出现的时候，巨大而邪恶的海妖钻出水面，原本阳光猛烈的天气，顿时乌云密布，霎时间下起倾盆大雨，狂风大作，一条巨蛇从海水中跳跃而起，直击云霄，那海妖随即长鸣一声，响彻整个广州湾。随即，那飞上云霄的巨蛇化作巨龙，金光闪闪，向广州湾扑下来，而那海妖扇动翅膀，顿时卷起千层浪，向码头之上涌去。那巨龙化作愤怒之火，向广州湾民居之上狂喷火龙，随即使广州湾陷入万劫不复之地，一片哀鸿遍野。

梁唐今年67岁，身材精瘦，下巴和鼻子偏大，脸上总是挂着温文尔雅的微笑。他自小便跟随祖父学习家族的幻术，同时，跟随祖父学习的还有祖父收养的养子宋贤——宋贤的祖父和他的祖父是患难兄弟，因为出了事故，故此将宋贤交给他祖父抚养。宋贤自小聪明伶俐，比起梁唐还要聪明，但是宋贤为人偏激、高傲，在梁家可是和他们家里人格格不入。

宋贤由于聪明绝顶，学习幻术更是深得祖父真传，加上自己创立的花色，使幻术如影随形，变幻莫测。由于宋贤幻术厉害，祖父想着梁唐以后难以在广州湾靠幻术为生，便让宋贤外出。宋贤临走之前阴阳怪气，表面上虽然没有说什么，但是梁唐心里清楚，他是怪梁家驱赶，所以外出之后便很少回来。大厅墙壁上的照片，还是四十年前照的。

云中飞离开警察署之后去了一趟法医解剖室，初步了解到六爷的死亡时间和死亡原因，便前往梁家大宅院。

一方面，蔡大队长带人前往南湾码头调查，看是否有人见到凶手抛尸，还有神秘的鹰船是什么时候出现的。

对于云中飞的出现，梁唐并不感觉到意外，反而很淡定地让他坐下，一脸严峻地看着云中飞，道："不知道飞儿想知道什么消息？"

云中飞一听梁伯伯的话，顿时愣怔了下，心想对方果然是足智多谋，一早就猜测到他的心思，并且从他的口气来看，他应该知道一些消息，于是沉思了下，冷静地道："梁伯伯果然是高人，连我想什么都知道呀！"

梁伯伯听了，呵呵地笑起来，然后一本正经地道："你就是想知道墙壁照片上那男人是谁吧？"

"梁伯伯果然是心思缜密，连这点也想到了。"云中飞心想，要是这人犯罪的话，他们警察署所有人的智商都够不上。

梁唐眉头皱起来，才缓缓说起关于家族幻术的历史来。云中飞听完之后，无比震惊地瞪大双眼。

“不知道宋贤现在在什么地方？”云中飞现在已经觉得，一切的谋杀案和宋贤可能有着不可分割的联系。

想不到梁唐摇了摇头：“已经多年没有联系，他到底是否还在广州湾，也是音信全无。”

“不知道诡道门后来是否还有后人？”云中飞认为诡道门可能和宋贤有着某种瓜葛。

“听说，当年诡道门全部毁灭，并没有人生还。”

“如此说来，想必有三种可能，第一种，当年的诡道门的人并没有完全死掉，也不知道什么原因，过了百年之后，诡道门的后人想重建诡道门，所以才阴谋制作一系列的谋杀。第二种，就是宋贤可能是借诡道门的传说来制作惊天地泣鬼神的事情，使他在广州湾声名大震。第三种，就是宋贤完全归化于诡道门。”云中飞心中暗暗沉思着。

“只要找到宋贤，事情自然会水落石出了。”梁唐一字一顿道。

“多谢梁伯，就此告辞了。”云中飞说着，便站起来告辞。

梁唐也不阻拦，注视着云中飞的背影慢慢在眼前消失，眼眸闪烁出复杂的光芒。

云中飞一边走一边细想，梁唐为什么要告诉他这些呢？难道是出于帮助他办案，还是他和宋贤之间存在着极大的矛盾，不想让宋贤搞乱广州湾，搞掉梁家幻术的名声，还是其他原因？

他不明白的是，宋贤如果真的是幕后凶手，那么，他也就是狐妖，是一系列凶杀案的凶手，可是，他为什么要杀死周会长和六爷？难道，他们知道宋贤的真实身份，还是有其他原因？

第二十章　追捕幻术

邱局长听完云中飞的汇报，颇为震惊。虽然现在还有很多谜团无法弄清楚，但是，眼前找到宋贤是最为重要的，找到这个人，说不准所有的疑问都会迎刃而解。于是他吩咐云中飞，全城张贴追捕告示，寻找宋贤的下落。

宋贤是一切罪案的关键人物，只有找到他，一切才可能水落石出。

云中飞这边安排人到全城各个街道去张贴告示，寻找幻术宋贤，他是一系列谋杀案的关键人物。

另外，蔡大队长调查南湾码头案件有了新的进展，据六爷的管家陈八说，六爷出事那天晚上，大概是亥时初忽然接到一个电话，电话刚开始是他接的，电话那头传来一个沧桑的声音，不像是广州湾本地口音，这个口音他曾经有印象，之前打来过。六爷接了电话之后，便眉头深锁，好像颇为焦虑。陈八觉得非常纳闷，六爷一向处事冷静、深思熟虑，少见为一个电话而焦头烂额。他身为管家，自然也不方便多问。六爷在房间内来回踱步，大概过了一刻钟，最终咬了咬牙，下定决心，穿好衣服便吩咐管家，如果他明天不回来，就让他负责码头的一切事务。陈八觉得事情离奇，务必要让六爷带领他过去。六爷想了想，最终答应他。

于是，陈八开车从六爷会馆出来，沿着南湾大道往法国领事馆那边开去。在路上，六爷几次张口欲言，想要和陈八说什么，最后还是没有说出口。陈八跟随六爷多年，除了当初码头拼杀的时候六爷如此紧张过，现在是第二次，因此，他可以推断出，六爷今晚要见的人可能关系到南湾码头的生死存亡，到底是什么人能够令六爷如此担忧和害怕?

陈八开车来到城南街，那一带是老街，房子破旧，杂乱，暗妓和小贼很多，在街道深处有着一座荒废的寺庙，叫上元南寺。上元南寺在清朝时代曾经繁华如花，香客如织，不过后来不知道什么原因而荒废，寺庙和尚也不知所终。在上元南寺附近有条臭烘烘的河道，名叫南桥河，在南桥河对面有个戏楼，叫东戏楼。

陈八按照六爷的吩咐沿着昏暗的老街往前驾驶，街上行人稀少，只有几个流浪汉无家可归在街角处休息。六爷让陈八在南桥停下来，让陈八在这里等待他，并吩咐陈八无论听到什么动静也不要下车，如果六爷没有回来，就让陈八先回去。

陈八觉得事情诡秘，想追问几句，不料六爷伸手制止，下车后便往上元南寺走去。陈八觉得奇怪，上元南寺荒废多年，六爷到底去见什么人，竟然选择这样隐秘的位置?他远远看着六爷进入昏暗的上元南寺，而上元南寺里面隐约透出如豆般大的光亮。

六爷进去大约一刻钟依然没有出来，陈八担心六爷的安危，便打开车门往上元南寺走去。他悄无声息地摸到上元南寺，蹑手蹑脚进入里面，在外面的大厅并没有看见人影，但是进入内堂之后，却看到不远处有几个人影，其中一个正是六爷，六爷和对方在低声商议着什么，细细碎碎的话语，他压根儿没有听清楚。

陈八觉得奇怪，觉得六爷有事情隐瞒着他，似乎在和对方密谋着什么，为了听清楚一些，便壮胆往前走，可是，他没走出几步，突然听到"咔嚓"一声，应该是踩到什么发出了声音，他顿时大惊失色，冷汗都冒了出来。

里面的人忽然听到动静，也吃了一惊，连忙打开手电筒往他这边照过来，看到一个人影转身往外面逃出去，其中两人便快步地追过去。

陈八听到后面匆忙的脚步声，知道是追过来了，便越发加快脚步跑出上元南寺。他出了上元南寺，瞥见四下昏暗，也没月色，心慌得很，见跑到车上需要一段距离，便慌不择路地往对面跑去。他还没跑过马路，后面的手电筒四处乱晃，似乎是在寻找他，他越发惊慌，拼劲往前面跑去。

"就在那儿！"后面传来一个叫嚷声，接着听到脚步声传来。

陈八心想着一跑进小巷必死无疑，于是往暗妓云集的旅社跑去。他还没有跑到上元旅社，听到后面的脚步声越来越近了，心想已经无处可逃，便一溜烟儿冲进上元旅社。旅社里面正坐着几个暗妓，她们见一中年男人逃命般跑了进来，都吃了一惊，纷纷瞪大双眼看着他。

陈八扫了里面一眼，瞥见楼道，便往上跑去。他刚跑上楼道，随后两个凶神恶煞般的男人气喘吁吁地跑进来，暗妓一见就知道是追捕刚才逃跑那人，却不敢多言。那两个男人四处环顾，其中一人便跑向里面的暗间，其中一人则跑向楼道。

上元旅社一共有三层，却结构复杂，里面暗间少说也有几十间，而楼顶则通往隔壁旅社。陈八跑上楼顶之后，看到有条楼道通往隔壁，便心急火燎地跑了过去……

根据陈八的讲述，随后蔡大队长也调查了上元旅社，听暗妓所说，当晚的确有两个高大的男人追捕一个白脸的中年男人。

调查上元旅社之后，蔡大队长将调查情况和邱局长以及云中飞说了，两人根据六爷死亡的时间推断，那帮人可能就是杀害六爷的凶手，可是，如此一来，此案则越发悬疑了。

由此可以推断出来，杀害六爷的人，包括杀害周会长、谭小牙的人——用一样的捆绑手法，并不是单纯一人所为，也可能不是幻术宋贤所做，而这帮人到底是谁，六爷和周会长以及谭小牙三人失踪之前，可能和他们接触过，当然六爷是明确接触过，他们三人到底要和对方密谋什么，还是有什么把柄落在对方的手上，所以才和他们秘密见面？对方为什么要杀害他们？

虽然目前疑点重重，不过，目前他们有了宋贤这条线索，一方面通过手段暗查这些人到底是什么人，另一方面自然是四处搜捕宋贤。

警方根据三人死亡在海上的特点，暗查海边码头以及上游，并且通过走江湖的人打探消息，很快发现疑似宋贤的人居住在码头上游，也就是城外的陈家村。

说起陈家村，几乎广州湾的人都胆战心惊。陈家村邻近海河交界，居住的基本上是穷苦的外来人。也不知道是从什么时候起，应该是从海河打捞起一具死婴开始，陈家村便闹鬼。因为接二连三闹鬼，陈家村的人都逐渐搬离，目前只有一些流浪汉不怕死地在此居住。

云中飞第一时间知道这条线索的时候，他刚好和张运、珠子在一起，他们担心走漏风声，一方面叫人回警察署告诉邱局长，另外派人到医院通知吴宇师弟，让他过来帮忙，三人则马不停蹄地赶往陈家村。

三人赶到陈家村的时候，已经是酉时，由于天下着淅淅沥沥的小雨，天色暗得早，陈家村加上地处荒凉，一进入村庄，毫无生气，宛如毫无人烟一般恐怖。

陈家村不大，基本居住的人家都靠近河道，只在中间留着一条大道直通。云中飞三人进入陈家村之后，一来不知道宋贤居住的位置，二来天将入夜，也不知道宋贤是否在陈家村出现，所以查询起来异常困难。不过，还好，由于村中荒无人烟，因此一路挨家挨户过去，并没有看到可疑的居住痕迹。

“飞哥，听说那妖人宋贤能够幻化成各色人物，想找到他可是比起登天还难呀！”珠子伸手抹了把额头和脸部的雨水，直犯嘀咕道。

“所谓的幻术，虽然能够幻化成各色人物，但是，我想，幻术也有破解之处。”云中飞认为所谓的幻术，只不过是障眼法而已。

“飞哥说得非常有道理。”珠子左右环顾，瞥见四处甚是荒凉，哪有人居住的痕迹，忽然想起陈家村闹鬼的传说，心逐渐慌起来。

“少拍马屁！”云中飞瞪了他一眼。

陈家村的房子基本上都是低矮的瓦房，由于很少有人居住，很多的瓦房都逐渐倒塌，里面长满长长的野草，还有狐狸、野鸡、老鼠之类的动物。

他们从进村之后，一路沿着河边勘察各家房子，一直到了半路，依然是毫无所获，珠子心里便直犯嘀咕，心想着会不会消息有假，这种鬼地方怎么会有人居住？更何况，像宋贤如此精通幻术之人，骗一些钱财还是容易得很，估计也会居住在广州湾大酒店之类的好地方。而云中飞则有着不同的想法，如果换作他是宋贤，是凶犯，自然会选择隐秘之处，这个闹鬼的陈家村则是最好的藏身之地。

此时，淅淅沥沥的雨丝逐渐稀少了一些，寂静的空气中透露出一股诡异的气息。

他们几乎搜完河道村庄的时候进入一栋二层的泥楼，发现泥楼的大厅内甚是干净整洁，不像是很久没人居住过似的，不由得提高了警惕，纷纷掏出手枪来，小心翼翼地继续往里面走。

外面的屋檐下，滴滴答答地响着雨水声，宛如小儿呓语。

他们见这里明显有人居住，可能就是那懂幻术的宋贤，所以连屁也不敢随便放一个，倒是提心吊胆的。

云中飞扫了里面一眼，发现里面破旧的椅子和台子摆放整齐，上面还有茶碗和茶壶。他连忙走过去伸手试探，发现茶水竟然还温热，心里不由得一顿，越发坚定宋贤现在就在里面。他接着向张运和珠子使了个眼色，两人会意地点了点头，越发紧张地往里面搜索。他们见过幻术表演，千变万化，能够迷惑人，所以，眼下即将要面对的是幻术高手，他们不小心不行。

泥楼是一厅三间的格局，三人搜索完大厅，见没有地方可以藏人，于是三人分开来，分别搜索。过了一会儿，三人都快速地从房间里出来，分别摇了摇头，然后快步往二楼冲上去。二楼也是同样的格局，三人搜索一遍，根本没看到宋贤的身影。

“奇怪了，茶明明是温热的，估计他听到我们的脚步声隐藏起来了，可是，怎么会突然没了踪影？”云中飞挠着头，百思不得其解地道，“难道幻术之中有着隐藏之术，难以察觉！”

他认为只有这种可能。他很快就冷静下来，如果他是宋贤，这时候会躲藏在什么地方？楼下还是楼上？

“你们搜索楼下的房间可是发现什么可疑之处吗？”云中飞瞥了眼张运两人。

张运和珠子对望了眼，皱着眉头回想，张运忽然想到什么，猛一拍大腿，焦急道：“快！”他说完，第一间带头往楼下冲下去。他已经来不及多作解释。

张运跑进刚才他搜索的靠近外墙的第一间房，他瞥了眼房间内供奉着一个好像狗一样的神像，冲飞哥道：“这个到底是什么？”

“以狗为供奉？”云中飞忽然想起梁唐伯伯所说的话，不由得暗暗震惊，随即喃喃道，“诡道门？难道宋贤已经加入曹洪的诡道门？”

正在此时，眼尖的珠子忽然发现供台下面的木板和隔壁的不一样，便蹲下身子查看，伸出拳头用力敲了敲，听到沉闷的回声，心里顿时一惊，连忙掏出匕首，用力去撬那木板。木板当即“咔嚓”一声脆响，被撬开了一块，露出里面一个洞窟来。

三人面面相觑，暗想着难怪宋贤突然消失，原来是藏在洞窟之下。他们不知道洞窟之下那宋贤在做着什么，他们贸然下去必然危险，可是，他们也不能等待，这样宋贤可能逃之夭夭。

云中飞深思了下，认为时间紧迫，便咬了咬牙，带头顺着洞窟的楼道往下走去，张运和珠子随后跟随下去。

三人下到洞窟，见里面黑暗得伸手不见五指，三人也不曾带有手电筒，处于黑暗中，顿时惊呼不已。

云中飞很快冷静下来，倾听四处动静，隐约听到东边近处传来细微的声音，他从声音方向判断，那声音不是张运和珠子发出的，只有一种可能，那就是宋贤。

“果然隐藏在这里！”云中飞处于黑暗之中，感觉到又惊又喜，惊的是处于危险之中，喜的是他终于能够见到传闻之中的幻术高手宋贤，也可能是海上谋杀案的凶犯。

突然，南边的位置传来珠子一声如狼般的惨叫声。云中飞和张运吃了一惊，循声望去，只见黑暗之中，一道黑影正弯腰蹲了下去，惨叫着的正是珠子。另外一道身影在珠子面前一晃，随即往入口快速轻巧如燕地跑去。

云中飞和张运随即拿枪向那黑影射击，只听到砰砰两声枪声，那黑影随即消失于出口处。

“张运，扶珠子出去！”云中飞担心珠子的安危，便叫道。随后，他拼劲地跑向出口，顺着阶梯往上走去。他担心宋贤守在出口，因此要上到上面的时候，倒小心翼翼的。他伸手试探一下，见没有动静，随即弯身跳了出去。他一接触地面，随即四处环顾，哪里还有宋贤的身影。

“逃了！”他暗暗嘀咕，然后往外面追出去。

“哪里逃！”他忽然听到一声熟悉的吆喝声响起，他心里顿时一喜，心想救兵来了。

他追出门外，见到两道一黑一白的身影在打斗，仔细一看，发现那白影正是师弟吴宇，而黑影却是一个瘦骨嶙峋的老人，约莫60岁，双眼奇大，高鼻梁，脸色蜡黄，好像从古墓中爬出来一般。

“宋贤？”云中飞仔细回想，眼前这人和梁唐照片上所说完全不同，不由得暗暗吃惊，心想，“难道找错人了？”

“你到底是谁？”云中飞冲那老者喊道。

那老者双手伸出如幻如影的双拳将吴宇击退，然后用诡秘的眼神看着云中飞，忽然呵呵呵地冷笑起来：“你们不配知道我是谁！”

“你到底是不是宋贤？”云中飞追问道。

“你不配叫这个名字！”老者冷眼瞪了云中飞一眼。

吴宇之前和幻术老贼交过两次手，自然摸清楚对方的底细，今天他急急忙忙赶来，也是要会一会那老贼，刚才和对方交过手，心里越发断定他就是那老狐妖，因此冲师兄叫道：“这家伙也不知道哪个是真面目，不过，他确实是老狐妖。”

“果然好眼光。”那老者冷笑一声，忽然手一抖动，分别向云中飞和吴宇射出暗器。

两人见过他的套路，纷纷闪避。云中飞心想，今天必须活捉他，不然所有的迷案都无法解开，因此，他闪身的同时，也射出暗器。却想不到那老贼一动也不动，眼看着暗器就要射击中他，忽然听到他惊讶地叫了声。

云中飞定睛看去，却看到是师弟吴宇中了他暗器，他不由得震惊地看向师弟，而师弟却变成了老贼。他暗喊了声不好，刚才他已经中了幻术，将师弟误当成老贼。

“哈哈哈，就靠你们这两个小辈就想捉住我，也太不自量力了。”老贼呵呵大笑起来。

此时，张运搀扶着珠子从地窖中走出来，云中飞看过去，见珠子脸色惨白，腹部流出的血染湿透了衣服。他心里顿时一急，如果再不救珠子，他可能就挂在这里了。

“你们赶紧撤退，”云中飞眉头皱成了疙瘩，也不多想，急忙喊道，“张运，赶紧带珠子去医院！”

“是！”张运答应一声，便搀扶着珠子往来路的村口走去。

忽然，师弟身影一闪，却阻拦在他们面前，并且掏出一把匕首来，凶神恶煞地盯着他们，双眸流露出邪恶的光芒，冷笑起来：“你们都别想给我逃出去！”

“吴道士，你这是咋了？”张运见吴道士突然变得邪恶起来，惊吓得倒退了一大步。

云中飞此时也吓愣了，他也完全分不清楚哪个才是真正的师弟，哪个才是宋贤。

就在此时，吴宇道士身影一晃，一把寒光闪闪的匕首猛插入张运的腹部。

“不要！”云中飞惊叫的同时，快步冲上前去。

“飞哥，飞哥！”云中飞迷迷糊糊中听到一阵叫唤，然后感觉到有东西拍打着自己的脸庞，意识开始逐渐清晰起来，感觉脸上火辣辣的，突然意识到什么，疲倦地缓缓睁开眼来。他刚睁开眼，忽然见到一只大手抡过来，吓了一大跳，顿时完全清醒，急忙叫嚷道：“住手！”

那即将拍到他脸上的手突然停止，露出一张熟悉的脸来，正是张运。

“飞哥，你醒了！”张运布满褶皱的脸顿时舒展开来，高兴地叫道。

云中飞瞥见自己躺在地下，四周除了张运，并没有其他人影，不由得有些迷惑了。他忽然想起来，张运和珠子都受伤了，但眼前的张运却平安无事，至于珠子，却毫无踪影。

“到底怎么回事？”云中飞感觉到头依然有些迷糊，边说边站起来。

“你中了那老贼的幻术，所以才睡了过去。”

“中了幻术？”云中飞拍了拍脑门，回想起来刚才惊恐的一幕，心想他不知道什么时候中了幻术，应该是从地窖出来之后和老贼打斗的时候，当时，他闻到一阵奇香，也不细想，现在回想，那奇香就是使人致幻的东西。

“珠子和我师弟，还有那老贼呢？”云中飞四处环顾，连忙追问。

“刚才蔡大队长带人来了，和你师弟一起合力追捕那老贼去了，珠子也被送去医院了。”

“那我们赶紧走吧，真是的！”云中飞催促道。

“好。”张运说着要伸手搀扶云中飞，后者扬了扬手，示意不要。

第二十一章　初次交锋祖师爷

警察署审讯室。

一个年约55岁的男人端端正正地坐在椅子上，双手和双脚都被铁扣锁着，坐在他对面的是蔡大队长以及云中飞、邱局长三人。

蔡大队长回想捉捕宋贤的事情来，那天，他接到信息之后，便带领警察署的十几个人前往，当他到达陈家村的时候，看到吴宇道士正和一个老贼打斗，那老贼却用幻术抛出迷香将他们迷惑，然后想逃跑。还好蔡大队长在后面观察情况，见那老贼想逃，接连开了三枪，其中一枪击中老贼，故此才和吴宇将他捉住。捉住之后，便将老贼弄回了警察署。云中飞猜测老贼是用了易容术，所以将他外壳揭开，果然露出一张真面孔——梁唐大厅之中照片上的宋贤。

“宋贤，我找你找得好辛苦呀！”邱局长如同鹰隼的目光紧紧地盯着对方，冷冷地道。

“你们怎么知道我的真名？”宋贤倒是镇定自若，宛如没事儿人一般，淡淡地道。

“大名鼎鼎的幻术世家的徒弟，怎么会没有人知道？”

“看来你们警察署这些饭桶不是吃素的呀！”宋贤哈哈大笑道。

邱局长一听，顿时怒瞪对方一眼，用力地猛拍下台面，怒吼道：“到了这里你还敢撒野！”

“你们这些小辈，在我面前根本不值一提，”宋贤冷笑着看着邱局长，“就算你捉住我，还能够困住我不成？”

宋贤的话倒是令他们打了个冷战。的确如宋贤所说，他们警察署真的能够困住他吗?

“死到临头还大言不惭！”蔡大队长见宋贤根本不将他们放在眼里，气愤地握紧拳头，站起来便走过去，不等对方说话，就狠狠地揍对方胸口几拳。

宋贤忍住痛，阴阳怪气地嘻嘻笑着，如狼般的目光狠狠地瞪着蔡大队长，直看得他打冷战。

蔡大队长心里想着，也不能够将他打残，所以只能忍住气回到座位上。

邱局长见一时之间无法让对方开口，皱褶的脸上露出难以言说的神色，他便和云中飞嘀咕了几句，便站起来往门外走。

云中飞见邱局长离开，便注视着宋贤正色道：“据我所知，宋前辈可是梁唐伯伯的师弟，自小也跟随梁伯伯学习幻术，并且幻术是青出于蓝胜于蓝，深得真传，只是，可惜的是，你走偏了道路。”

“你别在我面前提梁唐，一个虚伪的假君子。”宋贤双眸流露出气愤的光芒，“当年，要不是他看我幻术比他好，担心我将来争夺他幻术世家的名号，才做手脚让师父误会我，我才会被赶出师门。”

宋贤的话倒是令云中飞一惊，他想不到其中还有着如此一段插曲。现在仔细想来，梁唐向他透露宋贤的事情，当中一来可能想清理门户，不让宋贤败坏家族的名声，二来宋贤心术不正，继续留着也是危害江湖，所以考虑再三才说出来。

“不管怎么说，你深得幻术真传，应该走正道，而不应该使用幻术迷奸少女，并且杀人，这是天地不容的事情。”

“迷奸少女，这点我承认，但是，杀人？”宋贤盯着云中飞，眉头一皱，冷笑几声，“你们警察署真是饭桶，广州湾近来的连环谋杀案，竟然找不到真凶，竟然想推到我身上？”

云中飞听了宋贤的话，瞥了眼蔡大队长，见他依然义愤填膺地盯着对方，好像狼一般紧紧地盯着猎物。云中飞这时是在套宋贤的话，见他竟然爽快地招出是迷奸案的凶手，可是，他不承认是杀害谭小牙的凶手，回想之前六爷管家所说，越发明确推断出宋贤不是连环案的凶手，不过，他可能和连环谋杀案有着神秘的关联。

“宋前辈，想必你知道诡道门吧？”

“哎哟，臭小子，想不到年纪轻轻，也听说过诡道门？”宋贤一听说诡道门，倒是认真地上下打量着对方。

“据民间传说，诡道门于百年前由曹洪创办，是邪门歪道，当年，曹洪创办鹰船，想通过这门邪术水淹广州湾，从而统治广州湾，不过，失败之后便失踪了，也不知道真正的下落。”

宋贤心情愉悦般地听了云中飞的话，嘴角露出冷笑，道：

“真是无知小儿！”

“宋贤，如果我猜测得不错，曹洪当年没有死，我说得对不对？”蔡大队长忽然插话道。

“哎哟，”宋贤的目光从云中飞移到蔡大队长的身上，饶有兴趣地看着他，“你怎么知道？”

蔡大队长自从听说曹洪幻术的事情，便在警察署档案馆寻找关于曹洪的档案，想不到，档案馆完全没有关于曹洪的消息，他便寻找上一任的局长，从局长的口中得以知道，当年曹洪的档案被秘密藏于广州湾监狱。于是，他通过关系找到监狱长，监狱长一听说是曹洪的档案，脸色立刻就变了，支吾着。蔡大队长看出其中必有端倪，于是追问再三，监狱长出于无奈，才带他进入监狱档案馆。蔡大队长在陈旧的档案室翻出了档案，发现里面记载着曹洪的一切，包括当年曹洪水淹广州湾，从而被捉住一直关在监狱里。

蔡大队长查到信息之后，还没来得及和云中飞说，就发生了抓捕宋贤的事情。当时，他见档案上记载曹洪关在监狱，再向监狱长打听，曹洪竟然还没有死。

“现在曹洪就被关在广州湾监狱，我说得不错吧？”蔡大队长一字一顿地道。

蔡大队长的话一出，宋贤和云中飞都震惊地看着他，一脸不敢置信的样子。

“蔡大队长，这个怎么可能？”云中飞吃惊地道。

“云队长，这事容后我再和你详细说吧。”蔡大队长伸手拍了拍云中飞肩膀，眼神坚定地道。

“如果我猜测得不错，你宋前辈是想通过幻术水淹广州湾，从而救曹洪出来。”

宋贤一听，感觉到自己的阴谋被对方看透，不由得吃了一惊，随即哈哈大笑起来：“你这臭小子倒是聪明，可是，你的想法只是冰山一角而已。”

宋贤的话倒是令两人感觉到背脊一冷。

云中飞此时甚是疑惑，他想蔡大队长怎么知道曹洪还活着？按照时间推算，曹洪真的活着，也有一百多岁了，而宋贤是后人，他怎么会和曹洪有着关联？

“你所说的冰山一角到底是什么意思？”蔡大队长急不可待地追问道。

“这个就要看你们警方的能力了，”宋贤邪恶地微微笑着，“不过，我可以告诉你们，水淹广州湾用不了三天，如果三天内你们无法制止，到时候广州湾真的成了一片汪洋大海，谁也救不了你们。”

“三天？”蔡大队长和云中飞一听宋贤的话，吓出一身冷汗，面面相觑。

“你少吓唬我们！”蔡大队长怒瞪了对方一眼。

“我宋贤不是无知小儿，怎么会说话吓唬你们？”宋贤冷眼看着蔡大队长，嘴角抽搐着，露出邪恶的笑意。

蔡大队长顿时感觉到一股阴风从背脊吹起。

云中飞伸手抚摩了下疲倦的脸颊，混乱的思绪逐渐恢复冷静，他在想着宋贤这话的意思，难道宋贤真的有能力水淹广州湾？可是，他现在被绑在警察署，接下来是要将他送往监狱，他就算是天上的雄鹰，也无法逃出这紧密的牢笼。除非宋贤和那帮谋杀六爷的人是一伙的，他们在密谋着什么计划，说不准是想通过什么办法水淹广州湾？他觉得这是一个真正的大阴谋，必须尽快制止，不然后果无法想象。但是，无论是什么样的阴谋，一切都是有根源的。先是五月初五诡异的一幕：海上浮尸，引起群众的恐慌，让人想起民间诡秘的百年传说，接着是周会长、六爷他们的连环死亡，线索都指向码头，三个死者之间，除了谭小牙和周会长关系密切，而六爷却和周会长水火不容，他们难道知道了什么线索，因此被杀人灭口，还是凶手背后继续有着什么惊天的阴谋？

“水淹广州湾，到底和他们有什么联系？”云中飞喃喃自语着。

审讯结束后，云中飞和蔡大队长将审讯结果告诉了邱局长，邱局长认为宋贤是个疯子，疯子所说的话不必完全当真，因此便让他们将这个疯子押去监狱，毕竟只有监狱才能够困住疯子。两人接了命令之后，便安排警车和警员，快速地将宋贤押往监狱。广州湾监狱在城南，距离警察署有些距离，负责押送的蔡大队长和云中飞一路上警惕地观察四周的情况，担心有人劫人。要知道，捉住了宋贤，就是侦破了狐妖迷奸少女案，可以使广州湾的少女晚上安心睡觉。要知道，为了捉这个狐妖，不知道花费了他们警察署多少的心血，付出了多少努力，一旦让他跑了，以后再想捉住他，毫不夸张来说，比登天还难。

还好，一路上一直到达监狱，都毫无动静，一切平安无事。

云中飞和蔡大队长在监狱里停车场下车后，才完全地长松一口气。

云中飞瞥见张运和监狱的警察进行交接，监狱警察便拿起公文跑向监狱长办公室，另外一个则接着将宋贤押进入监狱牢笼。他见宋贤在被关押之前，忽然扭过头来，双眸邪恶地看着他，露出得意的笑意，那笑意似乎是疯子才有的，不过似乎另含着什么意味。

“走，我们去见一下监狱长，回头我们两兄弟好好喝一杯庆祝一下。”蔡大队长捏了捏额头，目光从宋贤那边收回来，伸手拍了拍云中飞肩膀。

云中飞嘴唇动了动，想说眼下的危机迫在眉睫，哪还有心思喝酒。要知道，如果宋贤这个疯子所说的话是真的，那么，他们只有三天和死神追逐的时间。

“蔡大队长，麻烦你和监狱长说一声，请他帮忙让我见一下曹洪。”云中飞边走边说。

“啊？！”蔡大队长惊讶地停住脚步，回过头来疑惑地看着他。

“事关整个广州湾人的生死存亡！”云中飞很认真地道。

“你不会真的相信那个疯子的话吧？”

“宁可信其有，不可信其无！”

两人边说边往监狱长办公室走去。

昏暗的监狱长办公室内，一个肥胖的中年男人正坐在办公椅上签公文，忽然见到蔡大队长和大名鼎鼎的第一神探云中飞进来，似乎预感到什么事情，眉头皱起来，用双大鱼眼疲倦地瞪着他们，一边不自觉地站起来，白肥的脸上抽搐了下，道：“两位队长大驾光临，真是有失远迎呀！”

“李狱长，怎么听你这话特别憋尿呀？”蔡大队长呵呵地笑道。

“蔡大队长真是会开玩笑。”李狱长呵呵笑道。

李狱长不等蔡大队长继续发话，继续道：“想不到就连棘手、令人闻风丧胆的狐妖宋贤也会被你们警察署捉住，真不是吃素的呀。”

“不知道李狱长这话是表扬还是……”

“当然是表扬呀。”李狱长呵呵笑道，“是不是该请我喝一杯了，案子破了？”李狱长说完，用眼神打量着他们，似乎在试探他们的口气。

“李狱长，”蔡大队长上前伸手抱住对方的肩膀，压低声音严肃道，“实不相瞒，这谋杀案真的没破。”

“没破？”李狱长纳闷地道。

“真的没欺骗你。”

“你不会和我开玩笑吧？”

"你说我这种时候会开玩笑吗？"

"倒不像。看你一脸疲倦的样子就知道了，说吧，是不是有什么事情要我办？"

"李狱长果然聪明。"蔡大队长说着伸出大拇指。

"少给我来这套虚的。"

"我和云队长的意思，是想见一下曹洪。"

"曹洪？"李狱长一听，顿时脸色都变了，喃喃道，"这个事情倒是难办呀。"

"这还不是你李狱长一句话的事情，回头我请你喝酒。"

"这不是喝不喝酒的事情，"李狱长眉头深锁，长叹一声，"根据文件的要求，任何人都不能够见那恐怖的家伙一面，因为上级的意思，是担心出什么意外。"

李狱长接着便告诉他，曹洪百年前就被关押在监狱地下室的死牢里，因为曹洪精通幻术，为了不出意外，所以才不让任何人见他。

"李狱长，事关重大，还望你通融一下，不然，后果真的难以想象。"云中飞忽然一脸认真地道，"曹洪可能已和宋贤见过面，我想弄清楚他们背后到底有什么阴谋，而这个阴谋事关广州湾所有人的性命。"

"啊？"李狱长极为惊讶地看着云中飞，见他的表情，完全不像在说假话，不过，监狱守卫严密，宋贤怎么可能进得来呢？

"我只怕那宋贤精通幻术和易容术，他要进你们监狱，恐怕不是一件难事，所以，我想见见曹洪，说不准会有所收获。"云中飞继续道。

李狱长见云中飞说得言之凿凿，不像在开玩笑，皱着眉头心想了下，最后下决定点了点头。

“跟随我来吧！”李狱长说着便在前面开路。后面的两人默契地点了点头。

蔡大队长和云中飞跟随李狱长从办公室出来后，沿着监狱长长的走廊一路走进去。监狱内，分成一号号的牢笼，牢笼里的罪犯看到他们，都用凸出的蛤蟆眼紧紧地盯着，干巴巴的手扶着铁门如同狼一样号叫着，在昏暗中回荡着，令人不寒而栗。

走在前面的李狱长已经习惯了这种场面，因此连眼也不瞥一下，径直往前走，接着拐弯，再拐弯，然后看到监狱最深处的地方有一个狱警在看守。狱警的背后是一道黑漆漆的铁门，铁门用巨大的铁链锁着，里面似乎锁着一头巨兽。

“开门！”李狱长来到狱警的面前，黑着脸命令道。

狱警对于他的话是置若罔闻，却拿眼神上下打量着后面的两人，那目光锐利得如同草原上飞翔的雄鹰。

“他们是警察署的蔡大队长和云队长，开门让他们进去。”李狱长伸手拍了拍对方的肩膀，压低声音叫道。

狱警回过神来，点了点头，便连忙过去打开铁链，然后拉开门。门一开，顿时从里面袭上来一股阴邪之气，令人打了个冷战。

“走吧。”李狱长头也不回地走过门槛，然后顺着地下室的昏暗楼梯往下面走。后面的两人紧紧地跟随上去，很快就进入地下室。

只见地下室不宽敞，却安装着一个巨大的铁笼，那铁笼的铁柱如手臂般粗，而且每一条之间都只有大概3厘米宽。他们透过昏暗的光线，可以看清楚里面的一切，只见里面安置着一张木床，还有厕所。这时，在床上坐着一个衣服破烂的老者，老者骨瘦如柴，正背对着他们。

“这老者就是曹洪？”云中飞暗暗嘀咕了声。

“不错，我就是曹洪。”那老者沙哑的声音响起，接着缓缓转过身来，将来人仔细地扫了一眼，目光最后落在云中飞身上，“刚才是你想问这个问题吧？”

老者目光如炬，炯炯有神，头发却黑亮，双眸凸出，双眼诡秘邪门，脸宛如马一般尖锐，留着长长的胡子，全身上下透露出一股邪门的气息。

“你怎么知道？”云中飞大吃一惊，几乎惊呼道。

李狱长便在云中飞耳边嘀咕：“此人精通读心术，不论你想什么，他都会知道。”

李狱长的话更是令云中飞震惊不已，所谓的读心术他只是在书中看过，却想不到竟然真的有人能够精通。

“你们来的目的我一清二楚，我想，我没有必要和你们说什么，不过，”曹洪说着迟疑了下，满是褶皱的脸上缓缓舒展开来，目光冷若冰霜地盯着云中飞，“我可以告诉你，如果再不放我出去，整个广州湾将会被海水淹没，到时候，生灵涂炭，哀鸿遍野，民不聊生。”

“到底是谁在幕后操纵这一切？”云中飞连忙追问道。

“海妖，海妖，懂吗？”曹洪说着哈哈大笑起来。

“海妖？”云中飞和蔡大队长惊讶地面面相觑。

第二十二章 追杀阴谋

法国领事馆附近的破落寺庙。

一个剽悍的男人正和一个比起他还要高大、高鼻梁、大眼睛的男人在低声说着话，那高鼻梁的男人操着一口异国口音，说起普通话略微显得生硬，不过一字一顿的，倒是可以听得清楚。

“老彪，事情办得怎么样了？”高鼻梁男人道。

“我派人暗中搜索过胡玉儿那个狐狸精的胭脂店铺，店铺内都是女孩子用的物件以及胭脂水粉，却没有什么发现。”彪叔唯唯诺诺地道。他面前这个男人看起来不但高大，而且一脸严肃，眼神里跳闪着难以察觉的思维，一旦对方不高兴，彪叔也是猜测得到结局，所以在他的面前，彪叔就像一条哈巴狗似的。

他心里清楚，他现在表面上是管理者兼老板，但是，对方可以让他从高处掉落，而且消失得无影无踪。

“毫无线索？”对方忽然目露凶光，宛如一把寒刀射向彪叔，顿时令彪叔背脊发凉。

此时，守卫在高鼻梁旁边的两个大汉目不转睛地盯着外面，静听着动静，生怕外人突然闯进来。哈巴狗则在距离十几米的地方不安地来回走着。

“除了胡玉儿的胭脂店铺，我也派人搜索过她的家里，着实什么也没发现。”彪叔是派哈巴狗安排人去搜索，这事干得神不知鬼不觉的，不过，真的毫无所获。

“难道胡玉儿真的什么都不知道，而是我们调查的方向出现了问题？”高鼻梁男人伸手挠了一下几乎光秃的头颅，颇为不解地道，“难道，周会长的东西不交给胡玉儿，难道是隐藏在什么地方？”

“周会长这人做事极为周全，而且表面上看起来大大咧咧的，但心思极为缜密，他可能考虑得胡玉儿的安全，而将东西隐藏在别处也说不准。”

“宋小曲处？”高鼻梁男人忽然想起周会长死亡前去过宋小曲处，心想那东西可能就藏在那地方。

“哎呀，我怎么没有想到这一层呀。”彪叔心想周会长果然是处心积虑，就连死了，秘密也保守得近乎完美，“我这就回去安排人去办！”

“明天必须给我答复，不然后果你是知道的。”高鼻梁男人握紧拳头在彪叔面前扬了扬。

“是的。”彪叔连忙点头哈腰答应着。

“武爷那边谈得怎么样，他是否同意？”高鼻梁男人想起码头的事情就觉得头疼，三大商会虽然彼此有意见，而且水火不容，但是在大事面前，这三人倒是立场坚定，毫不含糊。

“已经和武爷谈过了，但是这武爷倒是老谋深算，不答应也不反对，不像马敬那畜生灵通。”

“事情已经迫在眉睫了，今晚就安排人去找他，如果他不答应，就如同周会长以及六爷一般，务必让三大商会归附，以后我们的事情才好办。”

“明白。”

正在此时，他们头顶上忽然传来一声“咔嚓”轻微的脆响，似乎是有东西在上面不小心踩了房瓦。下面的人一听，顿时提高了警惕，纷纷拿手电筒照上去，却看到上面露出一个窟窿，一双眼睛正冷冷地盯着他们，顿时吓了他们一大跳。

“房上有人，快！”彪叔第一个反应过来，急忙叫道。

其余人一听，纷纷往门外跑去。

瓦房上之人见被发现了，便站起来四处环顾，然后依着月色往东边方向跑去。寺庙四通八达，每一条街、每一条小巷都布局得完整。他记得今天是农历十二，距离五月初五已经过了一周，妹妹谭小牙的案情很快就水落石出了。

谭同自从上次被彪叔的人追打，凭着过硬的功夫逃走，后来他为了追查妹妹的真相，便偷偷暗中跟踪彪叔，想不到今晚彪叔出来和神秘人见面，他从双方交谈的言语之中，可以推断出神秘人就是杀害妹妹的幕后黑手，而彪叔则是刽子手。他跟踪过来，便潜伏在瓦房上揭开房瓦，但还是不小心踩响房瓦被发现。

“妹妹到底知道了什么，他们为什么要杀害一个手无缚鸡之力的女子？”谭同一边顺着房瓦跑，一边想。

“就在那里，快追！”他忽然听到后面传来叫嚷声，同时听到急匆匆的脚步声往他这边跑来。

谭同跑到寺庙的尽头，便往下轻轻一跳，接着顺着寂静的小巷飞快地往前跑去。后面追捕的三人，除了哈巴狗逐渐落后，其余两人却跑得飞快，如同箭一般射出去。哈巴狗气喘吁吁地跟随着，震惊地瞪大了双眼。他一看样子，两人都是训练过的练家子。

昏暗的小巷此时一个人也没有，只有一两条流浪狗在四处溜达，见了谭同箭一般冲过来，倒是吓了一跳，汪汪地叫着。

谭同原本以为他可以跑过后面的人，所以边跑边扭过头去，忽然，他瞥见后面两个剽悍大汉特别神速，并且边跑边掏出枪来，也不容他反应过来，便射击过来，砰砰声响起，也不知道是哪一颗子弹击中流浪狗，狗呜咽一声然后惊慌地乱窜跑开。

谭同倒是吓了一惊，急忙S形跑起来。他心里清楚，一旦落在对方的手中，必死无疑。他眼看着就要寻找到杀害妹妹的真凶，为妹妹沉冤得雪，万不能落入贼人的手中。

后面的两人手疾眼快，很快就看出对方的意图，因此准确地射击出去，只见子弹在昏暗中快速地射过去，“噗”的一声准确地射中谭同的左边肩膀。谭同顿时感觉到左边肩膀一阵刺痛，知道是中了枪，但是，他哪里敢停留，继续往前跑去。他看到距离马路还差二十米，只要跑出马路穿过去，跑到对面隐藏起来，他就安全了。于是，他更加拼劲地跑去。

就在此时，忽然从侧边小巷钻出一个黑黝黝的人影来，那人影突然看到他冲过来，吓了一跳，本能地侧身闪避。谭同连忙一个翻身跳过去。与此同时，一颗子弹击中那人影，只见那人影惨叫一声，“扑通”摔倒在地上。谭同扭头看过去，暗想那人影可能是流浪汉之类的人，也不敢停留，咬了咬牙便继续冲刺一般跑出马路，然后顺着大道跑了过去。他听到后面传来隐约的叫骂声。

谭同跑过马路之后，扭过头去，瞥见那高大的两个身影出现在马路上，正往他这边跑。谭同伸手摸了下左边肩膀，见不断有血流出来，他毕竟是学武之人，便强忍着痛，闪身进入了错综复杂的民居小巷。他担心对方认出他来，边跑边思考着要去那里，在这个熟悉而陌生的城市追凶，他只有武馆可以回去，但是这个地方他不能回去，可能会牵连到武馆，所以思考了一遍之后，忽然想起了第一神探云中飞，于是沿着弯弯曲曲的小巷走出马路之后，便往警察署方向走去。

他脚步轻晃，脸色惨白，右手按住左边肩膀走进来，还没有说话，就“扑通”一声摔倒在地上。值班警员吓了一惊，连忙围拢过来。谭同抬起头来，瞥了眼有些模糊的警员，气喘吁吁地，半天才喘过气来，叫道：“我找云队长！”

警员一听，急忙跑向云中飞办公室，另外的警员便过来搀扶起他。警员一看对方的情况，多少猜测到对方是被人追杀，所以才跑到警察署来求救。

云中飞在办公室正听着珠子向他汇报调查马敬的情况，自从周会长出事，马敬担任广州湾商会领导人，警察署认为周会长的死和马敬有关，再加上马敬对待胡玉儿的态度，越发明确马敬可能就是杀害周会长的凶手，但是据调查，马敬以及马敬身边的人，在周会长失踪那天晚上，都是在大广州湾玩耍到深夜，因此，他有不在场的证明。

可是，暗中潜伏调查马敬的人，发现马敬却和一个神秘人会面，由于对方有人监控现场，不能进入，故此，无法知道马敬背后的秘密。

云中飞听完珠子的汇报，眉头皱成弯曲的田垄，半晌也没说话。昨天他和蔡大队长在监狱见到曹洪之后，他一直难以安眠，他一直在猜测着曹洪和宋贤所说的水淹广州湾的事情，觉得他们不可能是信口开河，其中一定有着什么诡秘的阴谋，可是，到目前为止，他完全毫无线索，不知道该怎么样追查。

云中飞听完警员的汇报，站起来往门外跑。他小跑着来到谭同的身边，查看了他受伤的情况，也来不及多问，便叫上手下将谭同扶上警车，由他亲自开车，直奔大医院。

在车上，谭同虽然身体虚弱，还是向云中飞讲述了他今晚看到和听到的情况。云中飞听完之后，陷入了沉思。他在想着彪叔背后的人到底是谁？为什么指使彪叔的人杀害谭小牙？

“武爷看来今晚有危险了！”云中飞喃喃嘀咕着。

云中飞将谭同送到医院，见他受伤不轻，不过死不了，便让手下留下来照顾，自己则开车飞奔回警察署。他猜想，如果谭同所说不假，对方今晚就会对武爷动手，他想着三大商会到底和那神秘人有着什么利益纠葛，对方为什么非要杀害他们？那神秘人到底是什么身份，竟然连三大商会会长，包括彪叔都对他俯首称臣？不过，他又想到另外一点，对方知道走漏风声，会不会今晚不会行动，或者提前行动？

云中飞开着车飞速赶回警察署，他立刻给邱局长以及蔡大队长打了电话，说明情况。他们听了之后，立刻让云中飞带领警察署所有警员赶往武爷公寓，务必保护他的安全。至于宋小曲处是否暗藏秘密，到底是什么，捉获彪叔之后自然会水落石出。云中飞接了命令之后，立马安排所有警员出动，开车飞速地往武爷的公寓而去。

深夜寂静的街道，显得异常的安静，但是，一场关乎广州湾生死存亡的时间游戏正在上演着。

与此同时，彪叔在夜色之中，悄无声息地带领着二十几人摸到武爷的公寓。依着月色，隐匿在公寓对面的彪叔看得仔细，公寓内有两个手下正在值夜班，不断地来回踱步。公寓四周是围墙，前面是一个偌大的花园。彪叔原本就是打打杀杀混江湖出身，干起杀人越货的事情从不手软。

武爷此时正在公寓二楼的客厅喝茶，旁边站立着他得力的手下全泉。全泉是个彪悍的北方汉子，为人忠诚，深得武爷的信任。武爷端起茶杯，眉头却皱成如同弯曲的田垄，此刻，他心事重重，感觉到心事不宁。三大码头商会会长，现在只剩下他，他心里自然难免不安。他回想起不久前，也就是五月初四那天，有人约他和周会长、六爷三人一起商议事情，当时，三大商会会长都义愤填膺，极力反对，他们辛辛苦苦才打下来的码头，怎么可能拱手让人？可是，反对的结果却是死亡，而且是离奇死亡，神不知鬼不觉的，他猜测是那人动的手脚。

“武爷，怎么了？”全泉见武爷心神不宁，端着茶杯发愣。

“这几天码头没有什么异样吧？”武爷回过神来，瞥了眼全泉。

“一切正常。”

“南湾码头和广州湾码头呢？”

“据我所知，现在那两个码头表面上是风平浪静，暗地里却是风云暗涌，估计明争暗斗不少，应该很快就会出事。”

武爷忧心忡忡地点了点头。

正在此时，彪叔的人已经翻过围墙，向院中狼狗抛去有毒的骨头，然后悄悄摸到守卫的背后，伸出刀子，捂住他们的嘴巴，在脖子上一抹，顿时鲜血飞溅，守卫都来不及闷哼一声。干掉守卫之后，便快速地往公寓冲进去。他们来到公寓前，瞥见大门紧锁，便顺着公寓墙壁往上爬去。

武爷似乎感觉到今晚要出事，便站起来往窗边走过去，撩开窗帘观看院中的动静，他目光快速地扫了一遍，忽然看到手下躺在地上，顿时大吃一惊。

"全泉，出事了！"他强压住惊慌，压低声音道。

全泉一听，心神顿时一慌，连忙走到窗边观看外面的情况，他看到月色之中，楼下有人影在闪动，便急忙跑向房间拿出两把枪来，其中一把抛给武爷，自己则向武爷伸手示意，他守护楼梯口，武爷则守护窗口。武爷默契地点了点头。

寂静之中，一场杀机紧张地跳动着。

"该来的还是会来的。"武爷长叹一声。

武爷也是混迹江湖出身，打打杀杀多年才建立起现在繁华的东码头，所以，他此时也是临危不惧，反而平静如水。他闪身隐藏于墙边，握紧手枪紧紧地盯着窗边。

就在此时，突然，有人砸碎窗玻璃闯了进来。那人双眸扫了眼大厅，见大厅的灯火关掉，一个人影也没有看到，顿时感觉到一股杀气袭来。他紧张不安地轻轻抬脚进来，但是，没走几步，突然看到墙壁处一个人影，还没来得及反应过来，一颗子弹准确地射中了他头颅，他来不及哼一声，就摔倒下去。

枪声刚响，忽然听到砸碎玻璃的声音纷纷传来，与此同时，全泉看到有几个青年顺着楼梯摸了上来。全泉一见他们上来，就开枪射击，走在前面的一人头部中枪，"啪"的一声摔在楼梯上，其余两人倒是吓了一惊，纷纷闪避。

此时，公寓里枪声大作。

武爷见到黑暗之中有几个人从房间里摸出来，还有从窗户摸进来的，便瞄准射击，其中走在前面的一人中枪，便急忙闪身进去，其余几人也急忙闪避。他们刚闪身进去，已经知道他的位置，便一起集中火力攻击。武爷被密集的火力攻击，忙闪身躲避，紧张地握住手枪。今晚，他知道是凶多吉少了，但是，他知道自己不能死在自己的公寓里，他不想像周会长和六爷那样，他务必反抗。

从楼梯上来的人，也纷纷集中火力射击全泉，后者只得急忙找地方闪避，那些人连忙顺着楼梯往上冲。

这时，武爷和全泉完全被火力密集攻击，完全没有反击的机会，再这样下去，他们就会被他们围拢上来打死。

“武爷，小心呀！”全泉知道今晚必死无疑，但是，他身为武爷的手下，多年来深得武爷照顾，他必须保武爷安全。

武爷见密集的火力射击，完全没有反击的机会，心想着今晚必须拼死一搏，才有逃生的机会。他仔细想着，楼梯下有枪手上来，是无法逃下去，只有从窗口跳下去才有机会。全泉似乎也想到这一点，他担心时机稍纵即逝，便一个翻身从隐藏处钻出身来，开枪射击围拢武爷的人。他们完全想不到他在密集的枪雨中钻出来，倒是有两个人被击中。但是，全泉刚击中两人，其余的火力纷纷射向他。

“走呀！”全泉顿时被火力攻击，身上中了几枪，痛苦地叫嚷起来。

武爷听到全泉的叫声，心痛如绞，他知道时机稍纵即逝，不能等待，便忙从隐藏处闪身出来，往窗口飞快地跑去，然后直接往楼下跳了下去。

第二十三章　追捕暗杀

全泉此时被密集的火力攻击，身上顿时如同马蜂窝一样，全身痛楚难忍，再也无法反抗，不断地在地上抽搐着，一双眼如同死鱼眼般紧紧地盯着窗外。

武爷一跳跃下地便一骨碌在地上打了几个翻身，再稳住身体。彪叔忽然见到一个身影从楼上跳下来，依着月光一看，正是武爷，心想今晚不弄死他，自己恐怕也活不了，所以不等对方站定便放冷枪射击。武爷还没站定，后背顿时被击中一枪，差点就摔倒下去。他忍住痛，也不敢回头，拼劲地往围墙处跑过去。

彪叔和哈巴狗守在下面，见武爷要逃，连忙开枪射击。武爷原本已受伤，跑起来速度便慢了一些，后面快速的子弹呼啸着射击过来，他尽快极力地拼命跑，还是有一颗子弹再次击中他手臂。他手一抖，枪从手中滑落，然后他就地一滚，闪到一棵树后，扭头瞥见彪叔和哈巴狗边追边射击。他忍住痛，不敢久留，瞥见围墙就在近处，便咬了咬牙，拼尽全身力气向围墙跑去。

彪叔和哈巴狗射击的子弹噗噗地击中他躲身的树上，然后瞥见他往围墙跑，不由得冷笑一声，哈巴狗叫道：“武爷，今晚就是你的死期，你也别想逃了！”

武爷此时也听不到背后的人在喊什么，拼尽力气左闪右躲跑到围墙边，顺着树木往上爬，然后拼劲地翻过围墙，“扑通”一声摔倒在外面。武爷挣扎着从地上爬起来，然后踉踉跄跄地往外面走。多年来，他已经养尊处优，除了拼死弄下东码头的时候拼杀过，再也没经历过眼下的危险。

“彪叔，武爷逃了！”哈巴狗一追到围墙边，心急火燎地道。

彪叔嘴角抽搐一下，冷笑一声：“他逃不了，我们追！”

他话音刚落，忽然听到后面的脚步声，扭过头去看，见到自己的手下纷纷冲过来。他便挥手示意手下去追武爷。这些手下是跟随他看守东码头的，个个都是玩命的，也不等待彪叔发话，纷纷翻墙去追武爷。

身中两枪的李武，颤颤巍巍从围墙边往外跑，他此时极为绝望，知道自己今晚是逃不掉了，但是，他又不甘心，他心想着，出来混江湖这么久，回想以前的打打杀杀，害了不少无辜性命，今天终于要还清了。

李武公寓外是一栋栋小别墅，都是广州湾有钱人居住的地方。道路倒是四通八达，想要找地方隐秘，却比较困难。

他刚跑出没二十米，后面的人就发现了他，纷纷叫嚷着追杀过来。李武由于受伤，跑起来已经双脚乏力，脸色苍白，估计跑不出二十米就躺在地上了。眼看着彪叔这些人越来越近，就要开枪射击李武。

突然，不远处传来汽车呼啸声以及车轮摩擦马路的声音，接着看到淡黄的车灯射过来。彪叔他们纳闷地看过去，忽然看到是好几辆警车呼啸着过来。彪叔顿时吓得不轻，急忙叫道："赶紧捉武爷上车，留活口！"彪叔此时已经来不及多想，保命要紧。他猜想是逃走的谭同前往警察署报警了。看来，现在李武是他的救命稻草。

"撤！"哈巴狗见了警察，也急得直跺脚，焦急地叫道。

这些手下平日里虽然打打杀杀，但是见了警察，也好像老鼠见了猫一般，吓得屁滚尿流，搀扶着武爷就向后面飞快地撤退。

"就在前面，赶紧！"云中飞从车上瞥见彪叔他们绑着武爷往他们的车上跑，对开车的张运叫道。

"看来谭同先生的消息果然不假。"张运连忙用力踩油门，飞快地开过去。

彪叔他们见警车宛如闪电一般劈过来，吓了一跳，不过，他随即冷静下来，他毕竟是做大事情的人，对于眼前的场面可是习以为常。

"开枪阻拦！"彪叔见汽车就在前面，大声地叫嚷。

他话声一落，哈巴狗等人便纷纷掏出枪来向开在前面的警车射击。

"妈的！"张运瞥见他们开枪射过来，倒是不敢马虎，急忙一个急刹车，然后掏出枪来。云中飞冷静地向后面的警员挥手示意，他们立马推开车门下车，利用车门遮挡，开枪反击。

后面的警车也急忙急刹，警员们纷纷跳下车来利用车门遮挡开枪反击。

"大家千万别打死武爷！"云中飞大声地叫道。

"是。"其他警员纷纷应道。

今晚只要顺利将武爷救下来，将彪叔捉住，相信很多悬案都会水落石出了，不过，依然有很多的疑点他现在想不明白。

指挥彪叔的人到底是谁？对方到底有什么可怕的背景，竟然连三大商会会长也恐惧？

彪叔的人一边射击，一边后退，其中有两三个中了枪，无法再逃，便绝望地看着彪叔他们，心里却想着家里的小孩子以及年迈的父母亲。可是，这是命，他们无法逃避的命运，他们十八年后依然是条好汉。但是，如果有路可以选择，他们怎么可能干这要命的勾当呢？还不是为了改变贫穷的生活。

彪叔对于这些手下是不屑一顾的，此刻，他自身都难保了。他和哈巴狗几人将武爷弄上车，便启动汽车，一个转弯，便顺着道路飞快地往前冲。

此刻，时间紧迫，他不想在时间的轮盘里输掉。他必须逃亡以获得新生。

其余人一见彪叔溜了，也不敢继续停留，边慌慌张张地乱射，边钻上车向彪叔方向逃去。

“追！”云中飞挥了下手，钻上车，“砰”的一声关上车门。

其余警员也纷纷上车。

张运尽管年轻，却是驾驶车辆的好手。警车一启动，他猛踩油门，警车“呼”的一下子宛如飞箭一般射出去。

彪叔坐在前头，哈巴狗开着车，彪叔心想这次玩大了，有些惊慌地伸手抹着冷汗，催促道：“开快一些！”

哈巴狗此时也是紧张不已，他也一边开车一边伸手抹冷汗。

武爷躺在后座上，一个剽悍青年紧紧地盯着他。

“彪叔，就算你绑住我也没有用，今晚你无论如何也逃不了！”武爷伸手捂住流血的肩膀，有气无力地道。

“给老子闭嘴，不然老子宰了你！”彪叔怒吼了声。

“真是疯子！”武爷吃吃地笑道。

此时，警车在后面紧追不舍，彪叔的手下开枪射击，子弹打在警车上，如同放鞭炮一般，啪啪啪地响着。

张运急忙弯腰低头开枪，见子弹打在车上，前挡风玻璃破裂开，再被射击几枪，则完全碎裂开。云中飞心想这些人胆也太大了，竟然敢公然和警方对射。他毕竟是第一神探神枪手，瞄准其中一个探头出来射击的，便开了枪，子弹“噗”的一声射中对方的头颅。那人顿时直躺下去，一动也不动了。

其余警员也不是吃素的，在他们连续的攻击下，司机中枪，方向盘捉不稳，便往旁边的小河沟冲了下去。

此时，跟随彪叔逃走的一共有五辆车。在云中飞他们的射击下，接连地干掉两辆，而云中飞的警车也是千疮百孔，玻璃全部碎了。

“真是爽快呀！”张运见前面的汽车转弯消失，一个急刹，然后猛打方向盘，接着踩油门冲上去。

彪叔五辆车一路逃亡，逐渐由五辆车变成了三辆车，从公寓区逃往城南，然后向法国领事馆方向而去。此时，彪叔只能逃往法国领事馆那边法国人出入的地盘，才可以顺利逃亡。

云中飞忽然想起一事，他们跟随周会长那天晚上，被神秘人开枪射击，估计是眼前这帮人，他们也正是谋杀周会长的凶手，而马敬可能和他们有着往来。如此想来，事情就完全想通了。

此时，街上一个人影也没有，只有流浪狗和流浪猫出没，飞驰而过的汽车将懒洋洋的它们吓得屁滚尿流，纷纷逃避。

“飞哥，他们这是要到哪里去？”张运话音刚落，忽然瞥见一个流浪狗仓皇地逃出来，吓了一惊，连忙打方向盘闪避，眼看着就要撞倒马路上的树木，灵活的张运不慌不忙地回打方向盘，然后继续往前冲出去。

车上的人都紧紧地握住车把，惊魂未定地看着张运。

“臭小子，小心一点！”云中飞提醒道。

“飞哥，就算车报废，我包管你们没事。”张运得意地笑道。

此时，在他们后面的警车也纷纷跟上来。

云中飞见一直追捕，难以捉获，便站起来弯着腰伸手向后面的警车示意，后面的几辆警车便纷纷往另外一条路驶去，只有一辆跟随上来。云中飞瞥见前面的车出了城南街道，进入南北一坊，再过去就是法国领事馆的地方。云中飞心里顿时一惊，如果对方逃入法国领事馆的地界，他们警察署的人压根儿就没权力进入捉人。

“不好！”云中飞焦急地叫了声。

“怎么了？”张运疑惑地道。

“这彪叔是老奸巨猾，他知道无处可逃，但是，他想逃进法国人的地盘，我们无权进入捉人。”云中飞道。

当初，广州湾成为法国人的殖民地，法国人在广州湾已经逐渐吞噬各行各业，警察署这么重要的单位也一样，表面上是由华人管辖，实际上法国人的权力更大，甚至颁布法国领事馆附近的十街八坊，只有法国人有生死决断权，华人警察无权进入干涉。

张运一听，心里也是一惊，更是踩尽油门飞奔，但是，前面的车也是急速飞驰，一时三刻也追不上，再加上对方时不时射击，为了闪避，更是逐渐落后。

“他妈的。”张运打了个方向，急得用力拍了下方向盘。

彪叔见车顺利转入南北一坊，距离法国领事馆管辖的地方越来越近，心里狂喜不已。此时，武爷身上依然流血不断，逐渐陷入了昏迷中，他瞥见眼前所见模糊起来，他心想，想不到奋斗一生换来的繁华，不过是过眼云烟。他想到此处，无奈地长叹一声。

“如果你们商会乖乖听话，也不会是如此下场。”彪叔冷笑道。

武爷没有说话，他深知道，自己还是中国人，为了中国人着想，为了后代着想，他们宁可失去一切，也不会像彪叔这种小人一样，为了生存，可以做任何对不起良心、对不起中国人的事情。他的心，早就被狗吃了，为人甚至连狗都不如。

“狗奴才！”武爷拼力骂了句，不等对方还手打他，就昏倒了过去。

正在此时，突然，从南北一坊侧边的街道飞奔过两辆警车，汽车在前面的小桥拐了个弯，便向彪叔的车撞击过来。

这突然而来的警车吓了彪叔他们一跳。

“快！”彪叔焦急地喊道。

哈巴狗也是吓得不轻，猛踩油门，只见他的汽车刚飞驰而过，警车“砰”的一声撞中后面汽车的侧边车头，顿时那车旋转起来，打了个卷，接着往旁边的小河飞了出去，“扑通”一声掉入小河之中。

警车由于急刹，撞击的车头顿时散架，冒出阵阵浓烟来。警员受伤不轻，司机甚至昏迷过去。

“这回真的出大事了！”张运看到前面的情况，倒是吓了一惊，连忙踩急刹，打滑的车轮发出嗞嗞的声响，然后“啪”的一声停住。

“张运，上去看看同事有没有事，其余人给我追！”云中飞一打开车门跳下车，打亮手电筒照了下，便挥了下手，拼命往前冲去。

“是。”张运和其余警员纷纷应道。

再过前面虹桥大道，就到达法国领事馆管辖的地盘。此时，彪叔的车逐渐靠近虹桥，彪叔在车上从后视镜看过去，只见月色之下，云中飞带领着十几个警员向他这边飞奔过来。他不由得呵呵冷笑起来。

车过了虹桥大道，前面就是街道林立。

突然，汽车“咔嚓”一声停住了。哈巴狗猜测是车没油了，忙打火，却再也打不着了。

“真是倒霉透顶呀！”哈巴狗气愤地猛拍打了下方向盘。

“走，下车，赶紧离开！”彪叔急忙打开车门下车，瞥见街道就在眼前，后面的警察距离大概有三十米，倒是不急，嘴角反而露出冷笑。

后面车上的两个剽悍手下将武爷搀扶下来，然后跟随着彪叔以及哈巴狗便脚步匆忙地往前面海风大街跑去。

他们拼命跑进法国人的地盘，顿时长松一口气，一边喘气，一边回头看情况，发现警方的人已经来到地盘外，却没有进来，不由得哈哈大笑起来。

“彪叔，这些当警察的真是可怜呀！”哈巴狗得意忘形地笑着。

“我们还是快走吧，有时候警察也是疯狗。”彪叔身在江湖，自然看事情看得透彻一些。

“怕什么，他们怎么可能敢随便进来？要知道，他们一旦闯进来，明天他们任何一个人都会被革职。”哈巴狗不屑地道。

“我们还是快走吧。”彪叔瞪了哈巴狗一眼。

“飞哥，怎么样了？”张运看过受伤的警员没事就追上来了，见云中飞他们过了虹桥，目不转睛地注视着前面，却一动也不动。

“前面就是法国人的地盘，这事情该怎么办？”珠子挠着头咬牙切齿地道。

“广州湾是中华的国土，竟然被法国人以租界的名义垄断，实在是气愤。”

“必须赶走这些侵略者。”

“对，还我中华国土，不受人欺凌。”

……

警员纷纷义愤填膺地说着，却不敢踏进半步。

“兄弟们，你们相不相信我？”云中飞忽然心生一计，认为破案的线索就在眼前，怎么可能让线索就在眼前消失呢？如此一来，那么他们这么多天的努力则完全白费了。

警员们便纷纷看着云中飞，沉默而坚定地点了点头。

“好。”云中飞鼓起勇气，将警服脱掉，“我们现在就不是以警员的身份进入，务必在短时间内将犯人追捕归案，不然，后果难以想象。”

“是。”警员们一边脱警服，一边齐声喊道。

“上！”云中飞压低声音叫了声，便带头往前冲过去。

时间紧迫，必须在没有被法国警察发现之前将彪叔捉回来，不然，他们可能就被逮捕进入法国人的监狱。

第二十四章　诡秘黑市

彪叔几人见这些警察脱了衣服，果然如同疯狗一般发狂地追过来，顿时心下大惊。

“快走！”彪叔急切地叫了声，带头往前面跑去。哈巴狗吓得哆嗦一下，心想这些警察办事果敢，有胆量，不愧是广州湾的警察。其余两个剽悍手下也架着昏迷的武爷一路跟随彪叔往法国领事馆飞奔。

“彪叔，带着武爷这个废物可是一个累赘呀。”哈巴狗气喘吁吁地道。

“必须带上他，必要的时候，他是我们的一枚棋子。”彪叔厉声道。

他们说话间拐了个弯，沿着街道继续往前走。

深夜的广州湾，鸦雀无声，月色透亮下，房屋显出斑驳的身影，将人影拖曳着，显得孤独、无助。

彪叔对于这一带可是轻车熟路，为了逃避追踪，他带领手下走过春华街，跑向凤凰街。凤凰街是条老街，那一带都是开日夜场电影的地方，夜宵店随处可见。说起广州湾的夜宵店，都是临街摆摊的，海鲜粥、鸡子粥、糖水、田螺风味……应有尽有。

五人跑得又累又饿，却不敢停留，而且跑向旁边一家叫密尔的电影院。他们进入电影院，也不买票，径直冲了进去。看门的见了，伸手想拦，但是见到他们腰间有枪，顿时吓得连忙缩手回来，不敢声张。

他们冲进电影院后，见里面一片黑暗，便打亮手电筒，顺着过道一直往前走。哈巴狗见带路的彪叔轻车熟路的，不禁暗暗吃惊。他不曾知道，彪叔初混迹江湖的时候，曾经在这一带混，专门带暗妓到电影院做生意，法国人来了之后，暗妓更是开放，明目张胆地在街上或者电影院拉客做生意。

此时，电影院放着黑白影片，座上可见不少暗妓在和客人说着悄悄话，其中有不少男人偷偷伸手进暗妓的怀中摸索，脸上流露出贪婪的神色。

云中飞一行人追捕到凤凰街不见了彪叔几人身影，便向摆夜摊的老板打探消息，夜摊的老板见对方神色匆匆，也不敢得罪，便偷偷伸手指向密尔电影院。

“追！”云中飞挥了下手，快步往密尔冲过去。其余警员也疾步追上。

正在看门的青年见这些人疾步冲进来，心想是追捕刚才这些人的，也不敢阻拦。

云中飞他们冲进电影院，便打亮手电筒照看，发现只是暗妓和男人在偷情，完全没有彪叔他们的身影，忽然看到电影院有个用布帘遮掩的小门，心想是从此处逃走了，便快步追上去。

从电影院后面出来，后面是个偌大的广场，广场再过去，是一条通往全城的暗河。暗河分呈十字形，四条暗道是个诡秘黑市，就建在河面上，密密麻麻的，东西都放在船上，蜿蜒几公里，是广州湾出了名的专门买卖信息、盗墓的古董等类的场所。

云中飞他们出了电影院，四下察看，没有看到彪叔他们的身影，心想他们是逃往前面的黑市，便疾步跑去。

他们来到黑市，只见月色之下，船只密密麻麻的，星罗棋布，少说也有一百来条，每条船上都用篷布遮掩着，将船上的人脸遮掩了一半。因为是黑市，过手的买卖不管真假，都没有回头的，因此卖主都遮掩着。更何况，买卖消息的更是小心，担心被人认清楚，以后就麻烦大了。

“飞哥，现在怎么办？”张运环顾四周，并没有可疑的人影，再看着宛如繁星般的船只，嘀咕道。

“分开六个队，其中两个队在市附近寻找，另外四个队将黑市封起来，分别从入口处查起，”云中飞眉头紧皱，思考了下，道，“不过，千万记住，在黑市千万不要闹事，见了他们，务必打信号通知。”另外，由于时间紧迫，云中飞只是简单地说了下黑市的规矩。

“是。”警员听了，便按照云中飞的吩咐，分别疾步跑开，而云中飞则和张运顺着石阶往鬼市下走去。

下了石阶，两人租借了一条船，便顺着水流的方向往前划。张运心想着撑船人必然知道彪叔他们是否下船来，张口便问船夫，向他形容彪叔等人。那戴着竹帽的人，脸完全隐在阴影里，只看到轮廓。他似乎是聋哑人，问了却不答。张运便怒火中烧，张嘴想骂。云中飞忽然想起黑市的规矩来，便伸手打住，在张运的耳边嘀咕，说黑市撑船人是黑市的鬼魂，从来不做买卖信息的生意，所以问了也白问。张运听后，甚为震惊。

小船一路飘飘荡荡地往前，将月色荡漾成一层层碎银。云中飞和张运便左右环顾，只见有着莲蓬的船上外吊着灯笼，灯笼下面的人戴着竹帽，脸也是半掩在竹帽里面。就在灯下船上，搭着一个小台子，上面摆放着琳琅满目的东西，仔细一看，很多像是古董的东西。明眼人一眼就看出来，这些都是盗墓人盗窃来的不值钱的东西，真正值钱的，是隐藏在船里面，不容易被发觉的地方。其中，也有一些是赝品，专门欺骗外行人。

“飞哥，这种地方果然是收藏的地方。”张运小声嘀咕。

“看来只能一家一家去查了。”云中飞道。

船夫撑着船过了几家，云中飞瞥见前面一条大船上挂着两只灯笼，便让他过去。云中飞谙熟黑市，船上挂着一只灯笼的，单纯是做买卖生意，挂着两只灯笼的，则表面上是做买卖，实则上是买消息的。这些人常年混迹黑市和江湖，眼观六路，消息极为灵通，任何一个进入黑市的人，他们都会观察入微。

此时，一个剽悍的身影正坐在船上，见来了客，半抬起头来瞥了眼来人，见对方是年轻人，脸上带着好奇和焦急的神色，估计是初次来的“水货”——容易欺骗，嘴角便抽搐了下，脸上却不动声色。

云中飞和黑市的贼打过交道，深谙黑市的规矩，便向对方拱了拱手，用行话道：“大哥，这东西够肥？”

对方一听，愣怔了下，知道是内行人，便回话道：“够肥。”

云中飞仔细地端详起台面上的东西，都是一些瓶瓶罐罐，也找不到什么好货色，却拿起一个花瓶，然后往台面上放上三个铜元，道：“这也就值这个价钱。”

“先生切莫动，这东西可是明朝年间的好东西，起码值这个。”对方说着伸出十个手指。

云中飞一看就明白，这是要价，十个铜元。他冷笑了声，随即伸手拿起两个铜元，那人见了，知道对方是识货之人，急忙伸手拦住，赔着笑道：“就三个铜元，三个铜元。”

云中飞握住铜元，却不放手，道：“三个铜元可以，就问一句话。”

对方听了，愣怔了下，却极为不愉快地松开手。

云中飞见了，将铜元放在一起，再掏出七个来，往台面上一撒，道：“这样不错了。”

张运见云中飞和对方交流如鱼得水，直看得目瞪口呆。而船夫倒是一声不吭，默默地盯着月色晃荡的水面。

卖家目光紧紧地盯着台面上的十个铜元，最终咬了咬牙，伸手过去将铜元收起来，道：“请说。”

云中飞便向他打听刚才是否有五人进入鬼市，带头的特别剽悍，其中还有一个受伤被架着的。

卖家一听是这事情，眉头一蹙，伸手指了指相反的方向道：“往那边去了。”

云中飞便向对方拱了拱手，意思是多谢了，然后让船家往回走。

“飞哥，刚才那卖家所说是否值得怀疑？”张运疑惑地道。

“这些卖家常年在黑市做生意，可不敢随便说假话，他们都是拿钱做事情的，但从来不干杀人越货的勾当，所以政府对于这个黑市也是睁一只眼闭一只眼。”

张运暗暗佩服云中飞，心想这样的第一神探真是不简单。张运进入警局也有两年，打一进入警局就跟随云中飞，却对于他的秘密知之甚少，更别提他的家庭了。他只知道云中飞自小是孤儿，由伯父抚养长大，后来跟随师父学艺，下山后经伯父推荐进入警察署，后来破了惊天奇案，所以才有了“第一神探”的称号。

云中飞让船夫撑快一些，自己则打亮手电筒，往东边方向打三长一短的暗号。他的手下见了，明白过来，便打灯回应，然后向东边一起围拢追捕。如果彪叔真的隐藏在其中一条船上，云中飞想着对方就算有飞天遁地之术，也难以逃脱。不过，黑市情况复杂，如果动起手来开枪，是否能够带走人也难以确定。毕竟黑市鱼龙混杂，就算警方也拿他们没办法，何况现在还是深夜。云中飞猜想彪叔谙熟这一带，而且了解黑市的规矩，所以才隐藏在这里。

“的确是只老狐狸！”云中飞暗中咬了咬牙道。

黑市船只众多，情况复杂，加上云中飞他们是暗中追捕，不敢亮明身份，所以调查起来特别棘手，因此，只能逐条船只打探，都是借口上船看好货为由。但是，他们如此的行为，完全被人看在眼里。他们看似神秘，实则是太过显眼了。

此时，不少人目光炯炯地盯着他们，双目充满着诡谲的杀意。这些黑市之人，久经江湖，自然是看出这些人警察的身份，多年来，警察从来不敢在黑市如此追查，如此一来，是破了黑市的规矩，但是，他们也不敢贸然去动警察，更何况警察身上有枪。

云中飞和张运他们盘查几条船只后，逐渐感觉到无形的杀意从背脊升起。

“飞哥，他们不会动手吧？”张运压低声音道。

“不用担心，”云中飞道，“他们已经看出我们是警察的身份，所以不敢动手。”

“你怎么知道？”

“黑市不是寻常百姓家，很多船主都是有底细的，所以他们眼毒，我们如此查问，必然引起他们警惕，再加上他们眼观六路，自然能够嗅出我们身上的味道。”

“说得好像他们比狗鼻子还灵光。”

“我们闹出这么大的动静，如果他们不想让我们继续查问下去，必然会有所指引，不然，日后这个黑市的名声被警察破坏，就没人敢来了。”云中飞淡淡地道。

“不会吧？”张运挠着头，颇为不解地道。

果然如同云中飞所说，在西南方向的河道传来他们的信号，于是，张运交代船家快速过去。船家一直沉默不语，似乎今晚黑市的暗流汹涌完全与他无关。

船家听了张运的话，手一抖，将长长的竹竿往水中一插，船便一下子荡漾开去，转眼间便到了信号处。

此时，云中飞手下所雇的几条船围拢在一处，见队长来了，纷纷让开一条道来。

“什么情况了？”云中飞扫了眼在场的手下，道。

“飞哥，你看看！”珠子指了指眼前一个天桥洞窟处，只见里面黑黝黝的，闪烁着手电筒的光亮，一只挂着篷布的小船停靠在里面，随着水波晃荡的声音，呜呜地响着。

云中飞见了兄弟们的眼神，多少猜测到里面是啥情况，便让船夫撑船进去。他等待船靠过去，便伸手撩开篷布，只见里面躺着一具尸体，脖子上被人用凶器抹了，流了不少血，双眼瞪得极大，显得特别惊恐。

“武爷。”云中飞嘀咕了声，抬脚进入船只，仔细地端看起来，然后在武爷身上摸索，却掏出一块染血的布角来。云中飞瞥了眼武爷的衣服，见右边的确缺了一角，看来，是武爷临死之前偷偷撕下来的。

他便快速打开，只见上面歪歪斜斜写着四个字：法国胭脂。

云中飞一看，顿时蒙了，不过，他心想此地不宜久留，想继续追查彪叔他们的下落，也难于登天，于是，他便叫手下将武爷的尸体弄回去再说。

于是张运他们便上前将小船撑出来，离开黑市回了警察署。

一回到警察署，便见邱局长和蔡大队长两人从座位上蹦起来，疾步向云中飞走来。

“怎么样，捉住人了吗？”邱局长焦急地问道。

云中飞走到邱局长面前，皱着眉头摇了摇头。然后，他将追捕的过程告诉了邱局长。

“真是辛苦你了，其他兄弟没事吧？”邱局长上下打量着云中飞，关心地问道。

“有几个兄弟受伤，并无大碍，已经送往医院医治了。”云中飞抱歉地道，“只可惜没有捉住彪叔，让他们逃进法国人的地盘了，因此，要全城追捕他们，的确是件非常棘手的事情。”

“就是他们逃到天涯海角，我们警察署也要将他们追捕归案，不然，我这个局长也不用当了。”邱局长握紧拳头，双目放出锐利的光芒，猛一拍桌面怒道。

“邱局长，这彪叔跑得了人，可是，他跑不了庙，因此，我们必须尽快封查大广州湾，说不准大广州湾的老板和彪叔有着勾当。”蔡大队长插话道。

“蔡大队长说得没错，明天一大早就彻查大广州湾，我就不信动不了。”邱局长眉头一皱，坚定地道。

云中飞忽然想起一事，从身上拿出来放在桌面上，道：“这是从武爷身上掏出来的，依据武爷衣服撕了一角，可以断定是武爷临死前拼劲撕开的，他可能是想向我们透露信息。”

邱局长和蔡大队长看过之后，不由得面面相觑。

“法国胭脂？”邱局长说着双眸紧紧地盯着血布上四个可能是手颤颤巍巍写的字，喃喃道。

“到底是什么意思呀？”蔡大队长疑惑地挠着头，也是百思不得其解。

“邱局长，蔡大队长，”云中飞思考片刻，分析道，“依我看，这四个字可以这样解释，第一，法国胭脂，是指法国人的化妆品。第二，可以分开来理解，法国，意思是指法国人，武爷由于匆忙，所以没将人写上去，而所谓的胭脂，可能是指一个人名。”

“你的意思说，武爷指出幕后人，是法国人，名叫胭脂？”邱局长觉得这个解释倒是可以解释得通，但是又觉得不通。

“法国，是指法国人，杀害武爷的幕后黑手是法国人，而胭脂会不会是杀手的代号？”蔡大队长忽然猛地一拍桌面惊道。

“蔡大队长这个解释倒是很有见地，”邱局长道，“不过，如果是法国人干的，这事情就麻烦了，广州湾毕竟是法国殖民地。”

云中飞和蔡大队长心领神会地对望了一眼，心中都在暗想，如果真的是法国人在幕后操作，就是调查出真凶，他们敢不敢抓捕，倒是一个非常头疼的问题。

“我们毕竟是中国人，法国人在我们中华土地上犯案，无论花多大的代价，我们必须将他们绳之以法，以使我中华民族人民的灵魂得以安息。”邱局长思量一刻，最后下定决心，义愤填膺地道。

邱局长这番话深深打动了云中飞和蔡大队长，他们一直以为邱局长只不过是个趋炎附势之人，想不到竟然有为中华民族人民之心。

“遵命！”云中飞和蔡大队长向邱局长敬礼道。

与此同时，云中飞则在细想，如果法国人是幕后杀手，他们为什么要杀害这些人？这些人是不是知道一些秘密，还是有其他原因？

他们的死都与码头有关，因此，可以推断，三大码头隐藏着巨大秘密。

第二十五章　逃狱

几乎与此同时，广州湾监狱则发生了大事。

死气沉沉的监狱一到深夜，则是异常安静，每个监狱犯人都躺在或者坐在自己的位置上，无所事事地盯着天花板。在这个监狱中，将犯人分成重刑犯和一般犯人，重刑犯则被关在监狱里面深处，是一个个单间。至于特殊的犯人，比如曹洪这种，则是关押在地下室，有专人看守。

宋贤这个幻术后裔被关押在重型犯其中一间单间里，在门外走廊上，有专门的狱警看守，每隔两个时辰都会看一次，以防犯人逃脱。看守的狱警记得监狱长交代过，宋贤这个家伙精通幻术，最好少和他接触，不然人家跑了也不知道。但是，过了两天，宋贤却一如往常，每天都是邪笑着，不但不吃饭，还唠唠叨叨的。狱警本来是喜欢看幻术的，而且听说宋贤的幻术和梁家是一个师父，更是好奇。

“狱警小弟，给我一杯水喝，今天教你一些幻术。”宋贤觉得今晚是逃走的最好时机，所以向铁栏外的狱警叫道。据宋贤了解，狱警每隔两天换班一次，除了看守的狱警之外，巡逻的次数比较少。这些狱警认为，犯人深在牢笼，自然无法逃脱，因此看守比较懒散。今晚，他听说是监狱长的生日，看守的狱警都在办公室为监狱长庆祝，所以，今晚便是逃走的最好机会。他之所以会被捉住进入这里，是故意被捉住的，只有在这里熟悉情况后，才可以将曹洪救出去。曹洪一旦逃出去，那么，整个广州湾将会重演百年前的历史，那时候，诡道门将重现江湖，统治整个广州湾。

那狱警是个大眼睛、单纯的小伙子，压根儿不知道宋贤的心思，更何况，他认为宋贤双手和双脚被铁链捆绑住，也无法逃出去，所以听宋贤幻术师说教他幻术，便带着好奇的心态打开门来到宋贤的面前。但是，他不敢靠太近，距离大概有五米。

“宋前辈，你真的肯教我幻术？”狱警看着宋贤，怀着贪婪的神色，半信半疑地道。

“反正待在这里无聊，不然表演一些幻术给你看看，顺带教你一点。”宋贤表面上假装无关痛痒的样子，实则在瞥着狱警身上的钥匙。

“真的？”

宋贤很认真地点了点头。

“听闻你们幻术世家教人幻术，都是需要拜在门下做弟子，”狱警挠着头说，“不过，监狱长交代过了，千万不能够和你接触多，不然后果难以想象。”

宋贤听了，哈哈大笑起来。

“臭小子，你少顾虑，我只是看你五官命格强硬，适合学习幻术，所以才想教你一些。”宋贤笑完，严肃地看着狱警道。

“宋前辈，你不会是欺骗我的吧？”狱警依然提高警惕，但是，他开始有些动摇。要知道，反正这宋前辈困在这里，他只要对他好一些，自然会免费教授他幻术，如果深得真传，日后说不准能够光宗耀祖，飞黄腾达。

“臭小子，你既然不想学，我也不勉强你，你出去吧，”宋贤假装生气地道，然后又长叹一声，“唉，看来我的幻术日后真的要失传了。”

狱警听了，心里越发动摇，他仔细想来，跟随宋贤学习幻术未尝不可，而且也没其他人来这里，不用担心，因此最终决定下来，咬了咬牙看着宋前辈，拱手道：“请宋前辈不吝赐教！”

宋贤却目不转睛地盯着他，双眸流露出不易察觉的邪恶的笑意，却不言语。

狱警见宋前辈沉默不语，以为是不想教授他，心里便开始慌了，用带着央求的语气道：“宋前辈，今晚我就无法弄好酒好肉招待你了，不过，明晚开始，只要你教授我，我自然会将你当作师父一般照顾。”

“果然是聪明人。”宋贤呵呵笑着，然后正色道，“好，就从今晚开始，你先过来我身边，我教授你一些口语。”

狱警一听，也不想那么多了，屁颠屁颠地跑到宋贤的身边。宋贤让他靠过来，便在他耳边开始嘀咕起来。

“幻术，源远流长，想要学习幻术，必须精通阴阳五行……”宋贤一边说，一边口吐迷香。

那迷香极为细微，警察也搜查不出，一旦吐出，狱警顿时如同进入幻境一般。身中幻术之人，便分不清楚东南西北，谁是谁了。他只见面前站着的是监狱长，顿时吓得一哆嗦，立刻敬礼。监狱长严肃地看着他，然后让他交出钥匙，他便急急忙忙地掏了出来……

正在看守地下室的狱警看到一个狱警低着头向他走过来，眉头不由得一皱，眼前这个狱警的身影他倒是陌生，不由提高了警惕，吆喝了声："谁，给我抬起头来！"

那狱警却不理睬他，好像没听到他的话，依然继续往前。他顿时慌了，连忙掏出枪来对准对方，怒吼一声："再走过来，老子可要开枪了！"

但是，他话音刚落，那低头的狱警突然一个箭步上前，不等他反应过来，一股迷香扑鼻而来，他顿时双腿一软，"扑通"一声跪倒下去。宋贤得意地笑了笑，扭头没见其他人，便从狱警身上掏出钥匙，上前将地下室门打开。他也担心事情败露，如果招来更多的警察，他们就算会飞天遁地之术，也逃不出去这个牢笼。要知道，他故意被捉进来，就是为了十五那日水淹广州湾的事情。一旦他的计划成功，他将成为惊天地泣鬼神的人物。

宋贤疾步下了楼梯，瞥见地下巨大牢笼里的曹洪正端端正正地坐着，他似乎预感到宋贤的出现，冷静而邪恶地盯着他的双眸发出冷笑。宋贤连忙拿钥匙打开牢笼，进去之后便跪倒在曹洪的面前："师父，辛苦你了，我们赶紧走！"

曹洪倒是不急，呵呵呵地笑道："宋贤，不愧是我的好徒儿。"

宋贤行了礼，便站起来上前将曹洪身上的铁链解开。铁链一解开，曹洪顿时宛如困住的野兽脱了牢笼，舒畅地嗷嗷叫了几声。

当年，也就是五十年前——民间传闻是百年，曹洪使用诡道之术上天下地，联通海妖，水淹广州湾，只可惜，最后还是功亏一篑，致使他沦为阶下囚。当年，他曾经和当朝的官员沟通，想不到中了奸人的诡计，致使他行动失败。他一直不明白，上面为什么一直困住他，而不杀害他。或许，想利用他夺回清政府的权力。他是从宋贤的口中知道历史变革，现在已经到了“中华民国”。宋贤于多年前被抓捕进监狱，因为听说曹洪在地下室，便使用幻术进入地下室，拜他为师，学习诡道门。曹洪看出宋贤和他是同一类人，是想获得无上权力的家伙，心高气傲，从来不将凡人看在眼里。

“恭喜师父出山！”宋贤喜道。

“好徒儿，我们走吧。”曹洪抚摩着被捆得变形的双手，得意地道，“后天就是十五，是时候了。”

“是。”

宋贤答应一声，便带头往楼梯上走去。

两人出了地下室，宋贤拿起狱警的手枪，便脚步匆忙地往外面走。

广州湾监狱是清朝遗留下来的，到了民国加以改建，一共分为四巷八道，每个位置都有狱警看守，再加上出入口的狱警把守，多年来都没有出现过罪犯逃走的事情。

正在值班的狱警忽然看到一个身穿警服的同事带着一个罪犯往外走，而那同事甚是陌生，仔细一想，不由得大吃一惊，便吹响口哨。当他吹响紧急的口哨后，其余的警员听到后便纷纷往他们这边冲过来。

“给我站住！”狱警喊声刚落，突然，宋贤向他开了一枪，正在头颅，狱警便在震惊之中躺倒了下去。

“宋贤，给其他罪犯开门。”曹洪道。

宋贤愣怔了下，顿时明白过来，连忙上前拿起狱警的钥匙打开牢门。正在里面的罪犯一看牢门打开，顿时疯狂地冲出来，纷纷往外逃命。

一时之间，监狱闹哄哄的乱了套。

宋贤赶紧和曹洪从另外一条道往外走。他们刚转个弯，忽然看到两个狱警急急忙忙跑过来，宋贤不等他们反应过来，接连开了几枪。走在前面的狱警顿时中枪倒了下去，后面的狱警吓得一哆嗦，赶紧转身就跑。宋贤疾步追上去，“砰”的一声，那狱警便摔倒下去。

这些罪犯心急火燎地往外冲，见到狱警过来，却宛如疯狗一般扑了上去。他们知道，今晚是最好的逃狱机会，无论付出多大的代价都要逃出去。

正在赶过来的狱警忽然见到黑压压的罪犯冲过来，也吓蒙了，还来不及开上几枪，罪犯已经扑过来，伸手就打。狱警便拿起警棍砸了上去。一时之间，狱警和罪犯陷入了混乱的打斗中。惨叫声和口哨声不断地响起，宛如末日的信号。

“师父，赶紧走，那人正在外面接应我们。”宋贤急忙道。

曹洪则皱着眉头点了点头。

广州湾警察署。

一楼大厅会议室。

鸦雀无声。

邱局长一脸严肃，面无表情地坐在主席台上，两边坐着的云中飞和蔡大队长则面色疲倦。

蔡大队长见警员都到齐了，便向邱局长提醒了下。邱局长点了点头，便开始开会。原本他们打算今天彻查大广州湾，不过，突然接到监狱那边曹洪和宋贤逃走的消息，顿时宛如晴天霹雳。据邱局长了解到的关于广州湾的情况，政府官员在暗中支持拿股份，是政府的秘书长，后台强硬，他一个小小的局长，哪敢去得罪。除了秘书长之外，还有商界的头号钱老板以及法国人，所以，就是彻底查大广州湾，他们也只能够逢场作戏调查。身为局长，他也想保住自己的饭碗。

下面的警员听到曹洪和宋贤昨夜逃走之事，顿时震惊不已，开始交头接耳议论纷纷起来。

云中飞打了个哈欠，伸手抚摩着疲倦的脸，努力使自己思维清晰起来。他听闻曹洪和宋贤逃走的事情，顿时明白过来，捉捕宋贤，是宋贤的阴谋，他故意让警方捉住送往监狱，然后将曹洪救出来。他们的目的就是水淹广州湾。按照他们所说的日期，明天就是了。想到这里，他睁开眼扭头瞥了下背后墙壁上挂着的日历：农历五月十五。

月圆之夜。

“他们到底在搞什么阴谋？”云中飞喃喃了句。

邱局长见大家讨论得差不多了，便抬起手来制止，然后吩咐下去，全城除了搜捕彪叔和哈巴狗之外，就是搜捕曹洪和宋贤。随后，他便让大家准备行动。

警员们接了命令，便纷纷站起来开始准备行动。

“蔡大队长，搜捕彪叔的事情就交给你，法国人那边我已经打过招呼。”邱局长瞥了眼蔡大队长道。

“是。”蔡大队长提高嗓门道。

“云队长，搜捕曹洪和宋贤如此艰巨的任务就拜托你了。”邱局长伸手拍了拍云中飞肩膀，语重心长地道。

云中飞心想邱局长将如此棘手的事情交给自己，的确是委以重任，便沉默着点了点头。

“除了我们警局的人搜捕曹洪和宋贤之外，监狱那边也安排人追捕，所以人力方面不用担心。”邱局长道。

“明白。”

“好。那你们开始行动，我就在局里等待你们的好消息。”邱局长说着站起来，用激励的目光分别扫了他们一眼。

云中飞交代张运带人前往码头搜查曹洪和宋贤，自己便从警察署出来，打算去找吴宇师弟，不料看到师弟脚步匆忙地跑过来，脸上流露出不安的神色，看样子，他已经知道逃狱的事情了。

“师弟，你来得刚好，我正想去找你帮忙啊。”云中飞上前便揽住师弟的肩膀往外面警车走去。

“听闻曹洪和宋贤一起逃走了，看来事情是真的？”吴宇边走边说。

“看来我们是上了宋贤的圈套，这家伙是故意诱我们将他逮捕的。”

“真是老奸巨猾的家伙。”

两人边说边上了警车。云中飞猛踩油门，飞速地冲出警察署，顺着大道一直往前。

“师兄，你说那宋贤千方百计救曹洪出来，到底有什么目的？”

“从他们的口中得以知道，他们可能于农历五月十五，也就是明天，水淹广州湾。”

吴宇经云中飞一提，想起百年诡秘传闻来，喃喃道：“难道那曹洪真的懂得诡秘之术，能够呼风唤雨，召唤海妖？”

“传闻归传闻，我却不相信，如果他们真的想水淹广州湾，必须引海水倒灌。”云中飞无意中说出这句话，倒是愣怔了下，连忙急刹，瞥了眼师弟。

“海水倒灌？”云中飞思维快速地跳跃着，他在脑海中搜寻广州湾历史和能够倒灌整座城市的地方，倒是一时之间想不出什么地方。如果真的有这么一个地方，曹洪和宋贤此刻必然隐藏在那里，只要等待时机就开始行动。

吴宇见师兄眉头皱成一道曲田，面色疲倦，双眸泛红，不由得有些心痛，看来保护广州湾的警察，并不像民众所说的那样，专门欺负老百姓，贪婪无度，禽兽不如。

“师兄，我们现在打算去码头还是？”吴宇提醒道。

“去一趟幻术梁唐家。”云中飞说着踩下油门，飞快地往梁唐家开去。云中飞认为，梁唐毕竟熟悉宋贤和曹洪幻术的套路，想必会知道一些关于幻术能够水淹广州湾的端倪，或者，梁唐知道宋贤的底细，也能够指点一二。

“师兄，我在来的路上，看到码头上正在准备明天的祭海大典。”

“祭海大典？”云中飞顿时吓了一惊。

“难道，曹洪和宋贤两个坏家伙想着在祭海大典上闹事情不成？”

“有可能，这是个非常好的时机。”

云中飞想着，祭海大典上，广州湾码头必然人山人海，将码头围拢得水泄不通，到时候，那曹洪和宋贤一旦闹出大动静来，码头上的人可就遭殃了。云中飞越想越觉得恐怖。这两个家伙学习诡道门简直是走火入魔，危害社会和百姓。

只怪当初他们思想太简单，看不透宋贤的阴谋。

云中飞越想越觉得时间紧迫，便加快了速度赶往梁家宅院。

他们来到梁家宅院，见到宅院是大门紧闭，便上前敲了几下门。但是，过了一刻钟，依然没人过来开门，他们觉得可疑，便继续用力敲门，可是，依然没人过来开门。

“不好！”云中飞心里一惊，暗想梁唐家可能出事了，便后退几步，抬脚去踹大门。门却坚固异常，却无法打开。

吴宇扫了下围墙，便倒退几步，疾步往前跑去，一个翻身跳跃上墙头，然后跳下院中，干净利落。吴宇接着从里面打开门，两人一起往里面疾步跑去。

第二十六章　追捕宋贤

两人一口气跑到大宅院大厅，只见大厅内混乱成一片，桌椅翻倒，茶杯打碎在地面上，墙壁上那幅照片也掉落地下，而照片的旁边却躺着一个人，却是上次给云中飞开门的管家，却唯独不见梁唐的身影。

两人一惊，连忙疾步上前，云中飞伸手试探管家气息，完全没有了，但是尸体温热，却是刚死不久。

“追！”云中飞瞥了眼内堂，低吼了声。

云中飞猜测，杀死管家的人可能就是宋贤，至于他们为什么来找梁唐，可能不单纯是仇恨，一定另有原因。

两人飞快冲进内堂，依着每间房寻找，却完全没有梁唐的身影。吴宇心想着是宋贤将梁唐绑架，估计走不远，于是从房间里出来，顺着门外木柱几个跳跃上了房顶，锐利的目光放眼望去，四处扫视，却没有半个人影。他不由得大失所望，从屋顶上跳跃下，向师兄摇了摇头。

云中飞微微愣怔了下，冷静地思索，难道宋贤和曹洪水淹广州湾需要梁唐帮忙，所以才绑走他？云中飞忽然想起，梁唐曾经是广州湾水师的官员，掌管整个广州湾的码头水利。他想到这里，心里暗暗震惊。

“师兄，现在怎么办？”吴宇一时之间也手足无措，不安地道。

云中飞仔细地扫了一眼大厅的情况，没有发现什么线索，便抬起头来看着师弟，迟疑一下，道：“先出去再说！”

云中飞一边往外走，一边快速地思考着，梁唐想必谙熟广州湾各条街道的水利结构，除了他之外，当年还有谁知道？

当他走出大宅院，忽然想起一人来，此人正是自己的伯父。当年，伯父曾经在水利部门工作过，和梁唐正是旧日同事。

他想到此处，便开车直奔伯父家。在半路上，他在路边电话亭给警察署打了个电话，让警员通知法医来梁唐大宅院，顺带通知梁唐儿子梁唐失踪的事情。

云中飞一边开车一边回想往事，他记得6岁那年，父亲意外死亡，母亲跳河自尽，后来由伯父将他抚养长大成人。在进入警察署当警察之后，他曾经调查案宗，想了解父母亲当年死亡是否有着不可告人的真相，他却发现案宗离奇消失，据案宗的管理人所说，由于经历过清朝到民国，广州湾动荡之下，档案馆搬迁，加上水淹的缘故，很多案宗无处寻找。

伯父的家在城南老街，伯父退休之后，一直赋闲在家，无事之时，多到附近公园去散步、打牌过日子。

云中飞仔细回想起来，自从今年春节见过伯父一面，一直没有空闲去探望他。

正在庭院中修剪着花草的伯父倏然见到云中飞和一个俊美少

年从门外踏了进来，顿时愣怔了下。

“伯父，你倒是有闲情逸致呀！”云中飞将在半路上买来的礼物放在旁边的桌面上，嘻嘻地笑道。

“臭小子，差不多半年没回家看伯父了，我以为你成名了，就将伯父忘记了，如果真的那样，真是白眼狼呀。”伯父国字脸上，一双白眉下炯炯有神的眼睛看着云中飞，一脸严肃地道。

云中飞知道伯父爱开玩笑，不过伯父将他抚养长大，他的确是少来看望，心里自然愧疚，不由得上前搀扶着伯父到椅子上坐下，然后蹲了下去给伯父按摩大腿，温语着：“伯父，都是飞儿不好，稍有时间都会来探望你的，你是我在广州湾唯一的亲人，我怎么会忘了你呀！”

“臭小子，这么说还差不多。”伯父伸手抚摩了下云中飞的头发，张嘴想说什么，却欲言又止。

吴宇站立在旁边，见云中飞和伯父之间轻声细语，透露出深深的温情，不由得长叹一声，黯然神伤起来。

云中飞担心耽搁时间，直接问起伯父关于梁唐在广州湾水利部门工作的情况，伯父是聪明人，见他问起，也不问因由，思考了一会儿便告诉他，梁唐当年在水利部门是广州湾水利设计师，也就是说，广州湾任何一处关于水利的情况，他都一清二楚。当年，建设码头之前，广州湾地下曾经是四通八达的暗河渠，由于修建码头，加上暗河渠发生异事，后来便封了起来，后人逐渐将暗河渠遗忘。

云中飞听完之后，顿时大惊失色，原来，宋贤绑架梁唐，其实是很早就知道暗河之事，毕竟梁唐和宋贤关系非同一般，自然可能知道暗河的情况，更何况，当年曹洪水淹广州湾，说不准也和暗河有关。

“那么，当年暗河的出入口在什么位置？”云中飞焦急地问道。

“这都是老时年间的事情，容我想想，想想。”伯父眉头皱成一弯曲田，站起来缓缓来回踱步。当年，码头一带是海边，由于开放码头，便将码头填埋起来，逐渐将暗河渠封了起来。

云中飞和吴宇面面相觑，心中暗想，这个时候，宋贤三人可能已经进入暗河渠进行他们巨大的阴谋了，务必在他们阴谋得逞之前制止，不然不知道是怎样的后果。

这时候，时间似乎是停滞的，浪费一分钟或者一秒钟，都是危险的。

“对了，我想起来了，那暗河渠的出入口就在水仙庙里。当年，修建水仙庙，就是为了镇压海河妖的。”伯父猛拍了下手掌，双眸放光地注视着云中飞道。

两人一听，更是一惊。

“既然是暗河渠，两个口一个出口一个是入口，或者多个出入口，不会单纯是一个吧？”云中飞有些纳闷地道。

“目前我只想起这个，至于其他的，我倒是记不起了。”

“伯父，事情紧急，我也不多说了，等个案子水落石出，我回来看你。”云中飞上前抱了下伯父，便转身和吴宇往外疾步跑去。

两人上了车，便向码头飞驰而去。

一路上，云中飞在想，此时，张运他们在码头搜寻曹洪他们的身影，估计他们不可能贸然出现，但是，现在码头在准备明天的祭海大典，想必是熙熙攘攘的，他们难免混入人群之中再进入水仙庙。

两人心急火燎地赶到广州湾码头，顺着石阶而下，只见码头上倒是熙熙攘攘的，顿时一愣。

遇上广州湾祭海大典，可是十年难得一遇的事情，今年要不是五月初五龙舟赛上出现浮尸案，从此闹得人心惶惶，不太平，祭海大典也不会举办。

此时，码头上尽管人头攒动，却是依次有序。他们一路上往水仙庙跑去，只见打竹楼张灯结彩的、搭建舞台的、玩杂要表演节目的、大鼓手在轰轰隆隆地敲击试鼓的……应有尽有。他们也没空多看，顺着中间的人行道一路疾步飞奔。

张运瞥见云中飞和吴宇在人群之中狂走，脸上充满焦急的表情，心想可能出事了，便快步迎了上来。

云中飞和吴宇如同利剑般穿梭过人群，难免碰撞，人群倒是转身愤怒地瞪着他们，张嘴就骂，有认识是广州湾第一神探的，则纷纷闪避。他们顾不了这么多，一路飞奔到水仙庙的戏楼前，忽然见到张运气喘吁吁跑过来，云中飞便问道："可曾见到曹洪和宋贤身影？"

"飞哥，没见过。"张运纳闷地道，"你们心急火燎跑来这里，是不是发现什么线索？"

"说来话长，"云中飞边说边往水仙庙走去，"你让几个兄弟过来，我自然有安排。"

"是。"张运挠着头，甚是不解，转身便往码头下走去。

"给我冲！"云中飞头也不回怒吼了声。

张运吓得一抖，急忙疾步往下跑去。

两人进入水仙庙，首先对着端端正正坐在上面的炎河二帝拜了拜，便分开来搜寻。按照伯父所说，暗河渠出入口建在庙下，暗河渠出入口应该不大，估计是用水泥板或者什么封闭起来的，所以应该不难寻找，但是，寻找归寻找，总不能将炎河二帝庙翻了起来。

庙不大，两人溜达一圈，很快就看完，便没有发现可疑之处。

这时，张运带着五六个便衣警员进入庙宇，纷纷向云中飞问候。云中飞看着他们，整理了一下思绪，道："你们给我看看底下，是否发现有暗道。"

张运和这些警员不解地面面相觑。

"别愣着，赶紧行动！"云中飞吆喝了声。

张运他们吓了一跳，便分开来蹲下去搜寻。

水仙庙当年建设的时候，是用地板铺设的，因此敲击寻找，听回声可以听清楚下面是否是空的。

云中飞深吸一口气，逐渐冷静下来，他想着此时宋贤和曹洪已经绑架着梁唐进入暗河渠了，他们可能等到明天祭海大典就行事。

吴宇见他们在搜寻密道，便仔细地打量起庙宇来，里面除了炎河二帝的雕像以及祭拜的香宝蜡烛，并无多余之物，因此里面的一切一览无余。他想起炎河二帝是镇压海河妖的，如果当初真的有暗河渠，并且发生过异事，那暗河渠出口的地方，必然是……他想到这里，便走向炎河二帝，蹲下身子搜寻。

云中飞瞥见吴宇在炎河二帝下面搜寻，眉头不由得一皱，也和吴宇想到一处了，便过去蹲下搜寻。

当吴宇敲击炎帝座下的木板时，发现传出来沉闷的声音，不由得愣怔一下，随即叫过师兄，用匕首去撬，当用力撬开后，露出一个黑洞来，足以容纳一个人下去。

"果然有暗渠！"云中飞和吴宇皆为一惊。

张运他们听到找到暗渠的声音，连忙围拢过来。

"赶紧找手电筒过来。"云中飞冲张运叫了声。

张运立刻转身往门外跑，过了一会儿，便拿了手电筒过来，每人一个。

云中飞用手电筒照向黑洞，发现暗渠下有可以容纳脚人去的地方，便弯腰钻了下去。随后，吴宇等人相继下了暗渠。

暗渠大概有两米深、两米宽，干枯无水，幽深无比。他们担心有沼气，不过仔细闻了闻，空气似乎流通，便放心地往前面走去。

他们顺着暗渠走出一段距离，却发现暗渠四通八达，密密麻麻分成很多大大小小的暗渠，宛如星罗棋布一般。他们顿时傻了。

云中飞感觉这暗渠的布局宛如迷宫，而且深长，也不知道有几里，人一旦迷失在里面，可能会无法走出为了安全起见，云中飞便吩咐两人一队，开始往不同方向寻找，一旦发现逃犯，第一时间通知就近的同事，千万不可轻举妄动。

张运等人听了，便纷纷往其他暗渠走去。寂静之中，脚步声逐渐远离。

吴宇和云中飞顺着一条暗渠快步往前跑去，云中飞一边跑，一边细想，如果宋贤和曹洪真的绑架梁唐进入暗渠，应该会怎么做呢？这里面的设计想必有着什么玄机，要不然他们也不可能会想到引水水淹广州湾。他越想越觉得此事蹊跷，似乎哪里不对劲，却想不透。

就在云中飞他们搜寻暗河渠的时候，蔡大队长不辱使命地将彪叔和哈巴狗捉回了警察署。

蔡大队长毕竟是老油条，他接了命令，从警察署出来之后，便将警员分成两队人马，一队前往法国领事馆的法租界去搜捕，另一队人马则悄无声息地摸向大广州湾。蔡大队长当队长多年，在江湖上也安插了几个暗桩，专门给他搜寻情报，他从暗桩的口中得以知道，彪叔得知警察全城搜捕的消息后，决定逃离广州湾，而他一旦想逃离广州湾，务必回大广州湾偷偷摸摸取走他的东西。因此，为了能够准确逮捕彪叔，他派出一队人马前往法国领事馆法租界只是一个幌子，暗藏的彪叔毕竟消息灵通，他知道之后，便可能会潜回大广州湾。

蔡大队长悄悄带领人摸到大广州湾附近，便安排人隐藏起来，紧紧地盯着，另外安排人假装卖报纸的，时不时盯着大门，最后安排人在后面盯梢。

果然不出蔡大队长所料，半个时辰之后，一辆汽车停靠在大广州湾门外，却没有人下车，蔡大队长猜测彪叔可能就在车上，却让手下按兵不动。他对付嫌疑犯这套打听消息和动静的计谋，可谓驾轻就熟。

那汽车停了一会儿，依然没有人下车。

蔡大队长一个年轻手下便有些焦急，压低声音道："蔡大队长，要不冲上去，不然让他们跑了。"

"先别急，那彪叔可是老奸巨猾，这应该就是疑兵之计。"

他的手下听得一头雾水，焦急地挠着头。

过了一刻钟，那汽车竟然缓缓开走了。

"蔡大队长，是不是他发现了我们的人，然后跑了？"手下几乎惊叫出声。

"别急！"蔡大队长掏出香烟来点上，沉住气缓缓吸起来。

果然如同蔡大队长所料的一样，过了一会儿刚才那辆汽车再次出现在大广州湾门外。这回，车门打开，从里面走出一个男人来，身材高大，他戴着帽子，低着头往卖报纸的当口走去。

"蔡大队长，我们是不是猜测错了？"手下纳闷地道。

"如果我没看错，这人可能是彪叔的人，是来探路的。"蔡大队长忽然想起什么，看到那人正走向自己卖报纸的手下，顿时愣怔了下。手下脸生，对方一定起疑，可能会露出破绽。他想到此处，额头冒出了冷汗。

“他到底在哪里？”蔡大队长顺着那人的身影往后面的街道看去，却看到一辆一模一样的汽车停靠在路边，上面人影模糊，心里不由得一顿，随即冷静地吩咐道，“彪叔就在后面的车上，赶紧行动！”

蔡大队长说完，便带领手下悄无声息地摸了过去，与此同时，守卫在路边的警察看到蔡大队长的暗示，一起向后面那辆汽车跑去。

后面的汽车看到不少人冲过来，知道事情败露，想开车冲过去，不料枪声响起，砰砰地打在车身上，而且有警车围捕过来。

坐在车上的彪叔和哈巴狗绝望地长叹一声，知道这回是跑不了，便乖乖打开车门钻了出来。

“彪叔，别来无恙呀！”坐在彪叔对面的邱局长面带微笑双眸如狼一般盯着他，直看得他打冷战。

彪叔倒是和邱局长相识，知道这人是笑面虎，对待犯人极为凶残，今天落在他手里，后果自然不容说了。

“邱局长，今天落在你手里，我无话可说，要杀要剐，悉听尊便。”彪叔是老江湖，见过大场面，更何况自己混江湖日久，自然说起话来气定神闲。

邱局长也摸透此人心思，所以并不焦急审讯，对方落在他手里，就算他有上天下地的本领，也难以逃走。

“彪叔，你想必清楚我的为人，到底该不该说，你自己拿主意，我也没强逼你。”邱局长冷笑着盯着彪叔，似乎在看着一只受伤的老虎。

彪叔心里咯噔一下，眉头皱起来，陷入了深思之中。他是在考虑着招供的利与弊，如果不招供，各种手段侍候着；招供，也用不着死刑，再花钱买通关系，也用不着几年就能够出去，继续过着花花世界。他想了大概一刻钟，才抬起头来如同丧家之犬地看着邱局长点了点头。

“不愧是聪明人！”邱局长呵呵地笑道。

彪叔心里清楚，就算他不招供，依哈巴狗的德行，也熬不过今天就招供，到时候，人证、物证俱全，他也无处可逃。

而此时，蔡大队长则在另外一间审讯室审问哈巴狗。哈巴狗是贪生怕死之辈，是欺软怕硬之人，熬不得蔡大队长几拳下来，一切都交代得一清二楚了。

云中飞和吴宇他们在暗河渠搜查了一番，发现暗河渠只是一条古老的排水暗渠，并没有发现什么可疑之处，更别说看到宋贤他们的身影了。云中飞带着吴宇他们失望地从暗河渠出来，心想可能是自己的推断错误了，他们压根儿没来这种地方，不过，他心想着明天是祭海大典，他们必然在码头搞事，可是，他们到底要怎样水淹广州湾？难道他们是欺骗他的，故意吸引他的注意力是水淹广州湾，而另外有着深沉的阴谋不成？

云中飞刚走出水仙庙，忽然见到一个身影熟悉的女孩向他这边神色慌张地跑过来，云中飞仔细一看，却是胡玉儿的人——雁儿。他似乎预感到发生了什么事情，心里一惊。

“云警官……”雁儿跑到云中飞的面前，一脸惊慌，气喘吁吁地说不上话来。

“雁儿，是不是玉儿她？”云中飞急切地道。

除了吴宇和张运之外，其余的警员见了雁儿，个个目瞪口呆，完全傻了一般，甚至有两个吧唧着嘴巴，直流口水。

“对，玉儿姐姐今天没来上班，我打电话到她家里去，也没人接听，我心想着会不会出事了，所以到警察署去找你，但是他们又说你在广州湾码头，所以我就寻到这里来了。”雁儿一口气说完。

云中飞心里大惊，忽然回想起武爷血布上的字迹：法国胭脂，再想起谭小牙和周会长他们临死前提到的胭脂店铺，难道，所谓的胭脂不是指水粉，而是指胡玉儿？他想到这里，顿时茅塞顿开，可是，他不明白，胡玉儿只是一个女孩子，不过长得漂亮点，会和什么阴谋拉扯上关系？忽然，他想起胡玉儿好像懂得什么诡秘之术来。

“估计是宋贤他们绑架了胡玉儿。”云中飞让雁儿先别慌，然后向兄弟们招手，让他们跟随过去帮忙寻找，另外，让张运安排人继续蹲守码头。后面的兄弟却不关心胡玉儿，而是目不转睛地盯着雁儿的背影，心里七上八下的。

“你们别乱打主意呀！”云中飞知道这帮兄弟的想法，头也不回地嚷道。

他们不由得失落地面面相觑。

“不会连丫鬟也不放过吧？”其中一人瞪了云中飞背影一眼，压低声音道。

第二十七章　祭海大典　浮尸真相

滔滔大海之水，掩不尽浩浩中华魂。

千百年来，神海河浩浩天际来，造就了万顷庾田，也曾经让这里遭遇水患之灾。母亲海河啊，广州湾儿女现敬备盛宴，时果美酒，举办祭海大典祭颂广州湾码头，祈求风调雨顺，鱼粮满仓……

一个戴着眼镜、身材修长、透着书生气质的男人在搭建的舞台上面对人山人海的人群高声说着。此人正是广州湾市长，今天的祭海大典由他来主持。

他话音一落，舞台下面顿时响起如雷一般的掌声。

市长讲完话之后，便走向后台，接着，鼓声响起，然后看到一队舞狮队进入舞台。

广州湾舞狮队可是在全国出了名的，直看得台下的人目瞪口呆，表演结束之后过了一会儿才回过神来，然后掌声如雷一般响起。

如雷的掌声刚落，忽然听到鼓声一震，随即咚咚咚地响了一会儿，接着鼓声压抑起来，然后听到一个男人高嗓门的声音：

“祈福！”

男人声音一落，便看到十来个身穿旗袍的袅袅婷婷的女子端着祭品走向码头。她们来到码头，听到鼓声有节奏地响起，然后听到刚才那男人高声道：“祭奠海神，保平安！”

他话音一落，这些女孩便将祭品抛入海中。

此时，站在码头上的云中飞，目光锐利地扫视着在场熙熙攘攘的人群，寻找可疑的身影。而他的人，也分别潜伏各处，都在等待着宋贤他们出现。

昨天邱局长已经安排今天的布局，将码头围拢得水泄不通，宋贤他们一旦出现，也难逃法网。

可是，到目前为止，完全不清楚宋贤他们真正的阴谋，所以每个警员都忐忑不安，提高警惕。他们似乎都预感到有大事情要发生。

云中飞回想昨天跟随雁儿到胡玉儿的家中去调查，发现玉儿家里东西整齐，并无盗贼光顾，一路上按照玉儿到胭脂店铺的路径询问，也没有看到玉儿被可疑之人绑架。

胡玉儿凭空消失了。此时，他在担忧着玉儿的安全，他不知道宋贤会对玉儿使用什么手段。

后来，无法调查出玉儿的下落，他便回到警局，听邱局长和蔡大队长所说，已经逮捕彪叔和哈巴狗，并且他们已经招供。据他们交代，周会长、六爷，包括武爷三大商会会长都是他安排手下干的，杀害三大商会会长是因为他们不肯和法国人合作。法国人是想利用三大码头走私鸦片和枪支弹药，他们为了广州湾儿女着想，所以和法国人耍手段，最后法国人忍无可忍，便买通他来干这事情。彪叔看到五月初五发现浮尸，也就是谭小牙，于是他利用百年诡秘传闻的传说来杀人，使警方和民众都认为是海妖杀人。谭小牙虽然是他们大广州湾的人，但是他们并没有杀害她，也不清楚她怀的孩子是谁的。

至于杀害他们所捆绑的手法，彪叔也是不懂。

为什么谭小牙和周会长以及六爷三人捆绑手法是一样，却不是同一人所为？这个问题困扰着所有人，包括云中飞。

那么，到底是谁杀害了谭小牙？

云中飞预感到背后还有着一个巨大的谜团，凶手另有其人。

刚开始，警察署以为彪叔提供的法国人是法国领事馆的，但是仔细一打听，根本没有这个人。这个消息不但使警察署所有人震惊，包括彪叔在内。彪叔感觉自己被欺骗了，他竟然被欺骗得体无完肤，完全不知道对方的底细。

可是，这个名叫凯德的法国人为什么要他杀害三大商会会长？目的又是什么？他们觉得有两种可能性，第一，法国人那边否认这件事实。第二，法国人背后另有其他人，而这个人就是一切的主谋。

到底是谁？

三大商会会长，马敬和彪叔是同谋，马敬也是被法国人收买的，毕竟密谋杀死周会长，马敬就可以一呼百应，顺利地当上会长。

获知马敬是杀害周会长的帮凶，警方第一时间就前往码头将他逮捕了。在人证面前，马敬也如实招供。他因为贪心会长的位置，所以沦为狗奴，以后一直帮法国人走私鸦片和枪支。他认为，一旦当上会长帮法国人走私，以后是有权有势，不但拥有金钱和权力，他一直渴慕的胡玉儿，自然也有办法弄到手。

另外，据彪叔交代，他一直在宋小曲和胡玉儿处秘密寻找的东西，其实是周会长获知他们和法国人勾结的证据，至于证据在哪里，却无处可寻。

云中飞正想间，人群忽然惊呼起来，顿时乱了套。他一惊，顺着人群的目光看去，待看清楚眼前的一切，不敢置信地瞪大了双眼，全身也吓得禁不住颤抖了下。

只见不远处海面上钻出一只海妖，那海妖身形宛如巨船一般，张着满嘴獠牙的大嘴巴，双眸宛如灯笼般血红，舞动着无数的爪子向码头游过来。正在此时，海妖近处出现一条古老的巨船，那船宛如现在的海盗船般吓人，乘风破浪而来。当人们看清楚船上鹰的标志，顿时震惊不已。

“是鹰船，是鹰船！”人群纷纷惊呼起来。

原本有些昏暗的天气，突然之间乌云密布，紧接着，天雷轰隆隆地响起，闪电宛如无数的爪子向海面上噗地捉下来。过了几秒，倾盆大雨便“啪啪啪”地拍打下来，宛如石子砸落在地面上和人身上。

原来受了惊吓的人群顿时慌乱起来，宛如无头苍蝇一般往码头上冲去，任何人也阻拦不住。

云中飞见了此等情形，也吓得不轻，但是他立刻冷静下来，闪避开人群，大声呼喊着，让人们冷静下来，不要自己人踩伤自己人。但是，他的话宛如无声的电台，任何人都听不到，完全被雨声覆盖。

云中飞站立在原地，颤抖地看着惊慌失措乱跑的人群，不少人走得慢的，被拥挤摔倒在地上的，纷纷被踩在脚下，发出绝望的呐喊。

他忽然想起什么，抚摩了下冷水淋着的脸，转过身去。只见海面上那艘鹰船乘风破浪，逐渐靠近那巨大的海妖，在闪电的瞬间，他看到鹰船上站立着三个人，其中一人竟然是胡玉儿，另外两人分别是宋贤和曹洪。

“原来是他们绑架了玉儿。”云中飞暗暗吃惊。他从胡玉儿失踪就想到了这点。但是，令他疑惑的是，他们为什么要绑架胡玉儿？难道胡玉儿身上有他们想要的东西，还是其他原因？

“对了，梁唐呢？”他仔细地搜寻鹰船上，却没有梁唐的身影，不由得纳闷起来，难道梁唐的失踪完全和宋贤他们没关系？

此时，码头喧闹异常，已经分不清是雨声，还是叫喊声。看守的警察们被拼命逃亡的人群冲击得七零八落，加上电闪雷鸣，大雨滂沱，已经分不清谁是谁了。

就在此时，忽然听到轰隆隆的声音从远处传来，云中飞震惊地看过去，只见黑黝黝的洪水从上游快速地冲击下来，那汹涌的巨浪有一人多高。云中飞见了，顿时吓愣了，这汹涌的波浪是怎么来的？

水淹广州湾？

果然如同宋贤和曹洪所说，正月十五水淹广州湾。

眼前的一切实在是太过诡异了，完全不真实。

眼看着洪水滔天地向码头冲击过来，云中飞见那鹰船越来越靠近，船上三人的面孔清晰地出现在眼前。船上的玉儿似乎也看到孤独地站立在码头水中的云中飞，便向他不断地挥手，嘴里喊着什么，他却什么也听不清楚。而那巨妖扬起头颅，愤怒地怒吼着，无数的爪子猛力地拍打着水面，如同火山喷发般的眼神紧紧地盯着云中飞，然后疯狂地冲过来。

“这到底是啥怪物呀？”云中飞吓得全身一抖，忙弯腰钻入水中。

此时，疯狂逃亡的人逐渐逃离，没有逃离的人看到洪水冲过来，再看到巨兽，早吓得双腿发软，傻了。

蔡大队长等警员此时也纷纷沿着石阶往上跑。面对如此突然而来的变故，他们完全吓傻了，只顾着逃命。

洪水，电闪雷鸣，使黑黝黝的广州湾如同世界末日一般。

洪水不断地、迅速地涌上码头，将停靠在码头上的渔船完全吞噬，接着涌向码头上的房屋，转眼间，房屋倒塌，跑得慢的人宛如蚂蚁一样在水面上挣扎着。

一场前所未有的洪水灾难袭击着广州湾，再这样下去，整个广州湾将成为一片汪洋大海，房屋倒塌，人员死亡，接着洪水退了之后，瘟疫来了，再下去，死亡的气息弥漫整个广州湾，然后成为死城。一切实在太过恐怖了。

云中飞钻入水中之后，拼命往鹰船游去，但是浩浩荡荡的水将他用力地往岸上推。如此沉沉浮浮间，他再也喘不过气来，便拼劲钻出水面。当他钻出水面，刚好那巨妖从他身边钻了过去，直吓得他屁滚尿流。要知道，他只够塞这妖物的牙缝。

他正惊魂未定间，那鹰船如同飞箭一般射了过来，船上的人忽然瞥见他，都吃了一惊。

“飞哥，赶紧逃呀！”胡玉儿带着哭腔叫嚷起来，却完全被雨声淹没。

就在此时，那冷笑着的宋贤忽然将胡玉儿从船上推下去。

“不要呀！”云中飞急得大声叫道。

他喊声刚落，忽然那巨妖转过身来，直奔向胡玉儿，一张嘴，就将胡玉儿吞噬进嘴巴。

“啊？！”云中飞感觉到心一阵刺痛，竟然喊不出声来了。

时间就在这一刻停止了，他绝望地望着巨妖、鹰船、闪电下一片汪洋的广州湾。他心中热爱的广州湾就此淹没了……

“喂，师兄，清醒一下，清醒一下！”他昏昏沉沉中感觉到有人不断地摇晃他、拍打他。他的意识逐渐清晰起来，猛然惊恐地张开眼睛。他看到一张熟悉的面孔，一双清澈如水的眼眸。

吴宇见他清醒过来，脸上不由得露出微笑。

“到底怎么回事？”云中飞从地上站起来，惊魂未定地看着吴宇。

“你看看……”吴宇伸手指了指前面。

云中飞疑惑地看过去，只见码头上熙熙攘攘的人群依然看着舞台上，但是，舞台上却站立着梁唐和宋贤以及曹洪，还有胡玉儿。

“这是？”云中飞震惊地瞪大了双眼，完全不敢相信自己的眼睛，“其他同事哪里去了？”

“他们都已经中了迷香幻术，包括你在内，不过，还好我及时给你吃了药，你才从深沉的幻境之中清醒过来。”吴宇回想刚才祭海神的时候，他瞥见曹贤和宋贤乔装出现在人群中，当时，他便立即偷偷地摸了过去。但是，当他摸到他们隐藏的地方，却完全没有了身影。他当时完全摸不透他们今天的真正阴谋是什么，要说水淹广州湾，没有海水暴涨，倒灌，或者利用暗河渠——暗河渠上游有个总开关，当年是河运之时用的，但是荒废多年，完全打不开，就算打开，也只能够让海水冲击，一时之间也无伤大雅。

吴宇一边想着，一边往人群外挤出去，四处搜寻曹洪他们的身影，忽然，他看到宋贤出现在码头上面，便快步地跑过去，但是，当他跑到对方隐藏处，却完全没有身影。他心下暗暗一惊，猜测自己是上当了，便转身往码头跑下去，不料梁唐突然出现。吴宇当时见梁唐旁边无人，再看他并不被绳子捆绑，心下便甚是疑惑。

梁唐见了他，突然一转身，往码头上小巷跑去。

吴宇此时一头雾水，完全搞不懂对方的目的，但是想通知师兄，时间又来不及，便咬了咬牙，冒险追了上去。他在小巷四处寻找，哪里有梁唐半个影子。吴宇忽然想起，宋贤精通易容术，刚才可能是化装成梁唐的样子来故意引他进入小巷。当他意识到这点，便飞快地往码头跑下去。

当他跑下码头，忽然见到曹洪和宋贤以及梁唐、胡玉儿出现在舞台上，而舞台下的人却鸦雀无声。吴宇忽然闻到一阵奇香，意识到什么，连忙捂住嘴巴弯腰钻入人群，悄无声息地摸向云中飞的位置。此时，他心里明白，在场的人都被迷香迷惑了，但是对方是用什么手段迷惑的，却是不解。据他了解，迷香很多是用曼陀罗等东西经过复杂的工序制作，厉害的迷香能够使人在刹那间被迷惑。

“现在该怎么办？”云中飞依然惊讶地道。

“还能够怎么办？只能够和他们干上了，要不然后果难以想象。”

云中飞此时已经别无选择，因此和吴宇弯腰悄悄地摸了上去。

就在此时，忽然有一个人影疾步往舞台冲过去，然后一个翻身跳了上去。

宋贤和曹洪以及梁唐、胡玉儿则大吃一惊。

“你到底是谁，为什么不中我们的迷香？”宋贤随即冷静下来，惊问道。

“老狐妖，你还记得谭小牙吗？”谭同双目圆瞪，怒吼了声。

宋贤听了，微微愣怔一下，但是只见他一个人，随即冷笑起来：“你说小牙啊，长得特别水灵，皮肤白皙如水的那个女孩啊。”

谭同一听，顿时血气上涌，便不再询问，怒吼一声：“老狐妖，拿命来！”便挥刀扑了过去。

宋贤冷笑一声，身形一晃，便闪避开去。

谭同深知这老狐妖功夫了得，自然不敢马虎，便使出狠招来，连环挥刀狂劈，一边劈，一边骂道：“狗奴才，为什么要对我妹妹动手？”

“我可没有对她动手！”宋贤冷冷地道。

“哪到底是谁？”

谭同的刀影越来越快，但是只能劈到对方的衣服。

“远在天边，近在眼前。”

“谁？”

“大名鼎鼎的幻术梁唐。”

宋贤的话一落，谭同的刀突然一收，震惊地看着梁唐，与此同时，胡玉儿也无比惊讶地看着他。

梁唐眯着眼盯着谭同，忽然哈哈大笑起来，张狂地道：

“不错，就是我杀了她。”

他回想当初在大广州湾盯上谭小牙，随后跟随她回家用迷香将她迷奸，却想不到谭小牙意外怀孕了。谭小牙的怀孕也完全出乎他的意料。但是，一个未出阁的女孩子怎么敢随便将这事和外人说？

“为什么？”谭同瞪着怒火的眼神看着梁唐。他万万想象不到，一个幻术世家的高手，竟然会对一个弱女子动手。

“如此我猜测得不错，谭小牙怀的孩子就是他的。”谭同的背后忽然传来熟悉的声音。他大吃一惊，连忙看过去，见是云中飞，旁边则站立着吴宇，不由得又惊又喜。

“果然不愧是大广州第一神探。”梁唐嘴角抽搐了下，露出邪恶的笑意，“不过，今天你们都会死在这里，所有的秘密都会埋葬。”

“如果我猜测得不错，所有的事情都是你一手策划的。”云中飞倒是不着急，冷静地道。他说完，扫了一眼他们，目光停留在胡玉儿身上，见她可怜兮兮地看着自己，心里不由得一紧。他猜测梁唐知道自己喜欢这个女孩子，担心事情有变，所以将胡玉儿绑了过来。

“哦？”梁唐颇为惊讶地睁大眼睛，有些不敢置信的样子。

云中飞便告诉他，第一次到梁家大宅院去的时候，梁唐故意隐瞒宋贤，但是，第二次却和盘托出，当时，他就觉得此事蹊跷。昨天再到大宅院去，看到管家的尸体和现场混乱的假象，他就猜测出梁唐是假装被人绑架，但是为什么这么做，很明显，他就是和宋贤一伙的。接下来，云中飞分析起来，梁唐在大广州湾认识谭小牙——当时在大广州湾调查的时候，舞女小样和他说过，她看见过一个瘦小的男人跟踪过谭小牙，后来将谭小牙迷奸，致使谭小牙怀孕。当时，谭小牙刚开始并不知情，后来知道了，告诉了周会长，于是周会长调查，但是，为了隐瞒真相，梁唐便和曹洪，宋贤三人合作，利用金钱收买法国人，让法国人出面和三大商会沟通，后来指使彪叔去暗杀，从而弄出了一系列的奇案。其真正的目的，是想让三大商会听命于他们。一旦掌握三大码头，相当于掌握广州湾所有的经济脉门。

对于云中飞一通冷静的丝丝入扣的分析，梁唐听完后，不置可否地呵呵大笑起来。

“臭老头，还我妹妹命来！”谭同早已经按捺不住，便挥刀扑了过去。

与此同时，云中飞和吴宇也扑了过去。他们必须在短时间将对方拿下，不然他们若使出什么幻术来，他们则完全没有胜算。

其实，这是一场完全没有胜算的赌博，但是，为了报仇，为了保护整个广州湾的人们，为了民众，他们必须冒险一搏，一直到死。

“飞哥，小心呀！”胡玉儿见宋贤放在后面的手紧握，知道是握住迷香，急得跺脚喊道。

“少给老子废话！”宋贤头也不回地飞起一脚，直接将胡玉儿踢倒。

“找死，竟然敢动我的女人！”云中飞手一抖，三支利箭齐发，射向宋贤。

宋贤脸色微微一变，忙弯腰闪避。

正在此时，忽然听到码头上面传来杂沓的脚步声，紧接着，看到监狱长带领着一队狱警飞快地跑过来。

“师父，事情不妙，怎么办？”宋贤忙向云中飞抛下迷香，云中飞见他往前一抛，急忙闪避。

“赶紧使用幻术控制这些人。”曹洪闪开吴宇紧随的身影，倒是焦急地叫道。

但是，宋贤哪里还有机会，云中飞接连发出利箭，与此同时开了枪，“砰”的一声响彻整个码头，然后看到宋贤摔倒了下去。

“给我住手！”云中飞吆喝一声。

他话音刚落，忽然人影一晃，胡玉儿已经被曹洪伸手捉住，其中一只手捏住胡玉儿的脖子，顿时使后者呼吸困难，脸色发青。

云中飞见了，担心胡玉儿的安危，便不敢轻举妄动。

“哈哈哈，还是梁唐想得周到，知道你喜欢她，所以才绑她来，想不到果然能够派上用场。”曹洪放肆地笑起来。

可是，他还没笑完，突然，只听到“砰”的一声枪响，曹洪顿时双目惊恐，紧捏胡玉儿的手一松，便往后摔倒下去，“啪”的一声砸在舞台上。

云中飞见胡玉儿吓得双腿发软，急忙疾步上前抱住。

吴宇见到站立在后面的邱局长，他正用口吹着枪口，不屑地看着舞台上的曹洪，冷笑一声：“我去，还说是诡道门高手，还幻术，还不如我这手枪实用。”

吴宇一听，顿时乐了，云中飞和胡玉儿、谭同也忍不住扑哧一笑。

梁唐瞥见背后黑洞洞的枪口，扫了码头上的人一眼，知道策划和阴谋失败，不由得长叹一声，“扑通”一声跪倒在舞台上，仰望着晴朗的天空，喃喃自语着：原来梦真的是一场空！

“喂，云队长，你注意一下警察的形象！”邱局长说着跳上舞台，严肃地道。

云中飞和胡玉儿羞涩地相视而笑，分别站了起来。

“是，局长大人！”云中飞立刻敬礼道。

“飞哥，梁唐是日本人。”胡玉儿被绑架之时，曾经听到梁唐他们的谈话。

云中飞不由得一惊。

云中飞忽然想起什么来，眯着眼瞥向码头下的海面，回想起五月初五那天龙舟赛海上谭小牙的浮尸，而刘队长所看到的那个黑影到底是人还是妖物？他相信是前一种。

“云副大队长，将梁唐他们押回去！”邱局长见一直笼罩在广州湾上空的阴霾已经散去，不由长松了一口气，他彼为欣赏地看着云中飞，下达命令道。

“是。”云中飞答应声音，便上前将梁唐捆绑起来。

“妹妹，杀害你的凶手终于绳之以法，你在九泉之下可以安息了！”谭同望着碧波荡漾的海面，回想起妹妹生前的音容笑貌，一直压着的沉重的心事终于如释重负。他说着，禁不住双眼红润起来，他想着妹妹背井离乡，好不容易在广州湾生存下来，但是，社会和人性复杂，她一个弱女子无法逃避命运，最终客死异乡。

胡玉儿回想去周会长以前对她的好，在广州湾一直得以他照顾才有今天，想着现在他的死也找到凶手，也算是一种慰藉吧。

当天晚上，警察署在警局举办了庆功宴，由于云中飞在广州湾命案频繁发生的连环奇案之中立下大功，故此，警局决定将云中飞升为副大队长，张运顶替云中飞的位置。

庆功宴结束之后，云中飞和谭同，吴宇从警察署出来，瞥见门外站立着楚楚动人的胡玉儿，不由面面相觑，吴宇半开玩笑道，“师兄，看来你艳福不浅呀！”

“真是双喜临门呀，看来这餐喜酒我们是喝定了！”谭同随声附和道。

“你们可不要乱说，八字还没一撇呢。”云中飞道。

“师兄，你的心事都写在脸上了，还给我假装糊涂。”吴宇嘻嘻笑道。

“你们这么开心，到底在说什么呀？”胡玉儿微笑着迎了上来，宛如灿烂盛开的樱花般动人。

“说你呀。”吴宇微笑道。

“说我？”胡玉儿羞涩地笑笑，多半猜透他们男人的心思，道，“不会拿我一个弱女子开玩笑吧？”

“当然不会，当然不会。”吴宇连忙道。

“走吧。”云中飞担心师弟他们越说越胡扯，道，“我们边走边说。”

“好呀。”胡玉儿今晚一改之前的愁容，宛如少女般活跃。

四人出了警察署，沿着街道往码头方向走去。刚开始，彼此都想着心事，沉默着。

云中飞看着远处码头的方向，眉头轻轻皱着，他回想起自从老狐妖迷案之后，女浮尸悬案，码头凶案，周会长等会长的连环奇案，一路走来，谜团重重，现在终于破解了。原来是法国人是想操控码头走私，才设计出这一系列的诡秘案件，不料梁唐是日本人，他才是幕后的真正黑手，他想将法国人和中国人的矛盾激发，从而达到他们不可告人的目的。

但是，依然有着他无法破解的地方，就是五月初五谭小牙浮尸的那天，捞尸队队长所看见的那个黑影，是否与一系列的奇案有所关联?

“看来，是风雨欲来花满楼了！”

“师兄，既然一系列的迷案都已经侦破，我今晚收拾一下明天就回道观，看看师傅是否回来，也算给他老人家交差了。”吴宇回想起师傅来，也不知道他现在是否还在云游四海，真的有些怀念他了。

“这次能够侦破奇案，还真的谢谢师弟的帮忙，要不然，广州湾的阴霾也不知道什么时候能够散去。”云中飞喟然长叹一声道，“你回去之后看到师傅，告诉他老人家，我会抽空回去看看他。”

“好的。”吴宇答应一声。

“谭大哥，接下来你有什么打算？”云中飞瞥了眼谭同道。

“既然妹妹的案情已经侦破了，我想着带妹妹的魂魄归故土，好让她的灵魂安息。”谭同有些黯然神伤道。

“好。”云中飞想了一下，道，“如果谭大哥再回来，我想请谭大哥到警察署帮小弟的忙，一起维护广州湾人民的安危，毕竟，现在我们还处于法国人欺负下，并且日本人也虎视眈眈，所以，我们中国人必须团结一致，才能够将外族人赶走，还我中华河山！”

“处于乱世之中的人民的确极难，”谭同无奈地长叹一声，“云队长的话，我会好好考虑一下的。”

“云队长——”他们的背后忽然传来熟悉的声音，四人几乎与此同时转过身去，只见张运队长气喘吁吁地跑过来，来到他们的面前，深呼吸一下，焦急地道，“刚才警察署接到一宗奇案，邱局长让你马上回去一趟。”

“什么奇案？”云中飞惊问道。

“老鼠精杀人案！”

四人一听，完全觉得张运在开玩笑，但是见他一脸认真的表情，似乎不是在说笑，不由吃惊地瞪大了双眼。

“不会吧，这年头连老鼠也成精了？”吴宇喃喃自语着。

“真是不能够让人安宁的。”云中飞分别看着吴宇三人，道，“看来，接下来可能需要你们的帮忙了。”

“飞哥，无论什么时候，我都会等你的。”胡玉儿说完，羞涩地微笑道。

“哦？”吴宇几人几乎与此同时指着他们，不道破地呵呵笑起来。